Die Briefmarke war schlampig weiß, trug aber in der Mitte eine grüne Zeder, um das wettzumachen. „Liban“ stand auf der Marke und Arabisches dazu. Kein Absender. Anton öffnete das Kuvert und lachte laut.

Lieber Anton war ohne Datumszeile und Ort zu lesen. Michel Hobeika grüßte ihn herzlich. In Beirut habe es gestern das erste mal in diesem Winter geregnet. Fast drei Wochen zu spät.

Es hatte also geregnet in Beirut und vermutlich auch in der Umgebung. Für Beirut bedeutete dies mehr als für Salzburg. Salzburgs „Schnürlregen“ war weltweit nicht ganz so berühmt wie die Mozartkugeln und die Musik von Wolfgang Amadeus Mozart in der Fassung von Herbert von Karajan oder jetzt vielleicht schon von Nikolaus Harnoncourt, aber als Nummer drei der Salzburger Geschenke an das Weltbewusstsein konnte der Schnürlregen durchgehen, jenes Dauernässeln, das nur die ihm hoffnungslos ausgelieferten aus reiner Verzweiflung lieben konnten.

Sein Onkel spreche noch immer voller Hochachtung von ihm.

Gangster Samtstimme, dachte Anton. Er hatte Anton nach Strich und Faden ausgetrickst.

Tannounis Aoun habe dank Antons Großherzigkeit eine neue amerikanische Beinprothese erhalten und sei jetzt einer der besten Verkäufer von Gebrauchtwagen in ihrer Firma in Jounieh. Wenn Anton komme, würde er den besten Preis bekommen. Und den hartnäckigsten Rost auf der Bodenplatte, war sich Anton sicher.

Der dritte Sekretär des Erzbischofs sei aufs Dorf versetzt worden, aber sein Onkel habe ihm einen nur zwei Jahre alten VW-Polo leihweise auf zwei Jahre überlassen.

Die Firma habe sich erweitert und gehöre jetzt zur vorderen Gruppe der mittelständischen gewerblichen Betriebe im Großraum Jounieh und habe mit eigenem Geschäftslokal, nicht bloß gemietet, in Beirut an der früheren grünen Linie an bestem Standort ein Leasing mit Luxuslimousinen eröffnet. Zweigstelle auf dem Flughafen.

Der gute Michel schrieb nicht, wie viel Prozent an der erweiterten Firma eigentlich unter Antons Namen eingetragen sein sollten.

Dann wurde Michel unverschämt. Seine Kusine Rachel denke gerne an Anton zurück. Sie habe jetzt eine neue Dreizimmer Eigentumswohnung in Beirut gekauft und zwei Hektar einer lieblichen Landwirtschaft am Hang des Libanon, mit ausreichend Wein und Obst. Das Haus sei noch herzurichten, aber es biete jenen Sommerkomfort an Kühle, der den Beirutern so heilig und so teuer ist.

Die immer frische Plüschlöwin Rachel, wie Anton sie in Erinnerung hatte, war also vom weiblichen Wesen zur guten Partie aufgestiegen. Dank seiner Dollars. Michel ließ mehrere Sätze lang durchklingen, Anton hätte seine Chancen, wenn er sich bewerben würde. Aber er müsse sich beeilen. Das schrieb der höfliche Michel nicht. Er drückte dies damit aus, dass er Anton mitteilte, eine Reihe von Männern schauten mit neuen Augen auf Rachel. Sie sei zwar nicht alt, aber nach libanesischen Sitten täte sie gut daran, sich zu bald zu entscheiden. Sie würde es bald tun.

Die libanesischen Sitten. Anton entschied sich für den Schnürlregen und das Singleleben. Da kannte er sich aus. Er würde Michel antworten, aber so höflich ausweichend, dass alle ihr Gesicht bewahren konnten und Anton bei einem Gelegenheitsbesuch im Libanon als Gast aufgenommen werden konnte. Wenn er oft genug hinfuhr, konnte er auf diesem Weg ein paar Dollar zurückholen. An mehr glaubte Anton nicht. Er war dort gewesen und der Brief war ein Postnachtrag zur folgenden Geschichte.

Die Finsternis war total. Sie diente dazu, dass der Geruch nach Ziege, gemischt in frisch und alt, ohne Ablenkung gerochen werden konnte. Obwohl der alte Geruch mehr Festigkeit hatte, in allen Ecken und Rinnen und Grübchen der von Metallwerkzeugen zerkratzten Felswände Vorräte gesammelt haben musste, die nun in die kühle Nachtluft eindrangen, war der frische Geruch unangenehmer. Das Ablaufdatum, die wichtigste Grundlage der gesunden Nahrung im vereinten Europa, galt für Ziegenmist und Ziegenschweiß anscheinend in der gegenläufigen Richtung. Das Produkt wurde bekömmlicher, je länger es aufbewahrt worden war. In dieser Höhle war der Reifungsprozess in vollem Gange. Die Sorge, in die noch feuchten Klumpen des Ziegenkotes zu tappen, hielt seine Hände und seinen Körper mehr zurück als die großzügig bemessene Kette an seinem linken Bein. Sie diente mehr dazu, ihn daran zu erinnern, dass er bei aller Freizügigkeit ein Gefangener war. Sie war insofern nützlich, als er nicht sinnlos zum Eisengitter vordringen konnte und dort die Nachtruhe im nahen Bauernhaus durch lautes Schlagen auf die Eisenstäbe hätte stören können. Es gab zwei schwache Kurven in der Höhle und zwei schwere, stinkende Stoffvorhänge zwischen seinem Campingbett und der gut gesicherten Eingangstüre.

Das reichte als Schallschutz für die Leute draußen, falls sie nicht gerade direkt vor dem Gitter stehen sollten. Aber das würden sie nicht tun. Sie hatten keinen Grund dafür. Sie lagen in ihren Betten und schliefen. Das wollte er nun auch tun. Er war erschöpft. Trotz der essigsauren Tonerde und des fachkundigen Kopfverbandes schmerzte die Stelle, an der er sich beim unvorsichtigen Aussteigen aus dem Auto den Hinterkopf kräftig angeschlagen hatte.

„He, verletzen Sie sich nicht. Dann heißt es wieder, die Libanesen behandeln ihre Geiseln schlecht."

Sein Entführer war im kleinen Hof des Bauernhauses das erste mal seit der Ankunft im Hof gut aufgelegt gewesen. Die Kopfschmerzen des kleinen, schlanken Mannes waren mehr seelischer Art gewesen. Wie alle vernünftigen Menschen suchte er die Schuld dafür nicht bei sich, sondern bei Anton.

Es musste schon nach Mitternacht sein. Er hätte protestieren sollen, als ihm sein Entführer die Uhr abnahm. Nicht um sie zu stehlen, sondern um sein Zeitgefühl durcheinander zu bringen, wie er sagte. Geiseln sollten möglichst wenig wissen, das sei ein Grundsatz seiner Arbeitstechnik, behauptete er. Uhrzeit und Datum und Ort des Aufenthaltes müssten rasch unbestimmbar werden.

Anton hatte ihn von der Seite angeschaut, noch benommen von der Tatsache, dass dieses Taxi ihn nicht zum Hotel in die Innenstadt bringen würde. So hatte er den Moment verpasst, als ruhige Finger sein Uhrband öffneten und er mit dem bloßen Unterarm dasaß. Eine schmale, helle Stelle der Haut würde noch lange beweisen, dass er einmal Uhrträger gewesen war.

Da war sein Entführer noch glänzend gelaunt gewesen. Er war überhaupt ein Musterbeispiel levantinischer Gastfreundlichkeit. Als Anton um 20.00 Uhr Ortszeit mit dem Flug der Austrian Airlines aus Wien auf dem Flughafen Beirut angekommen war, hatte sich sein Koffer auf dem Band verzögert. Dann hatte der Zöllner sein Gepäck kurz sehen wollen. Er suchte nicht wirklich etwas. Er tat nur seine protokollarische Pflicht. Nach einem freundlichen Dank für den Besuch im Libanon hatte Anton in der Halle erfahren, dass der öffentliche Bus schon weg war. Aber das war kein Problem gewesen, denn in der Halle waren noch mehrere Schlepper gewesen, die auf solche Opfer warteten. Anton war vom Flug und vom Champagner, den die Austrian Airlines auch im Jahr 1994 trotz Defizits großzügig ausschenkten, etwas benommen gewesen. Fünf Miniflaschen sind auch viel, dachte er sich, als sein Koffer seinen rechten Arm auf den Bogen zog und in der Handfläche ein lästiges Brennen erzeugte und der Träger der prall gefüllten Reisetasche, beschwert mit der ausgiebigen Fotoausrüstung, ihm die Schulter anschnitt. Er hatte den eifrigen Mann gesehen, sein freundliches offenes Gesicht war ihm gleich sympathisch gewesen und gerne hatte er ihm den Koffer anvertraut.

Vor vier Jahren hätte er das noch nicht getan. Damals waren noch Leute auf dem Weg vom Flughafen in die Stadt entführt worden. Inzwischen aber, so der libanesische Konsul in Wien, der Erste Sekretär der Österreichischen Botschaft in Beirut und ein halbes Dutzend Journalistenkollegen, die er befragt hatte, inzwischen gab es wieder Frieden und Sicherheit. Wenn man nicht gerade ein Hisbollah Anführer war, der einen israelischen Piloten einmal in Gefangenschaft genommen hatte, konnte man ruhig schlafen. Nur solche Leute mussten befürchten, dass israelische Kommandosoldaten das Haus stürmten. Seit Jahren hatte es keine Entführungen von Europäern mehr gegeben.

Der sympathische Bursche hatte den Koffer in den Kofferraum eines Taxis gestellt, diesen zugeklappt, höflich die Tür geöffnet, dem rauchenden Fahrer zugenickt. Anton war zu gleichgültig gewesen, um den Fahrpreis auszuhandeln. Er würde also einige Pfund einbüßen, libanesische. Die würde er sich in den Souks beim Ankauf eines Messingleuchters zurückholen. Sein freundlicher Retter aus dem Chaos des Champagner hatte ihn ungläubig angeschaut, als er als Adresse das Hotel „Triumph" in der Rue Madame Curie angab.

„Ein Stockwerk ist nach dem Bürgerkrieg schon wieder hergerichtet", versicherte ihm Anton, „Ich habe das vom libanesischen Konsul in Wien erfahren."

Anton genierte sich ein bisschen, dass er seinem Freund und Helfer nicht erklären mochte, dass Anton nun mal kein Luxusreisender war, sondern nur ein Mittelklassetourist. Und dass er auch nur diese Nacht im Hotel verbringen würde und sich dann ein billiges Quartier in einem christlichen Kloster und in christlichen Pfarrhöfen in den Bergen des Libanon suchen würde. Er hatte erste Verbindungen geknüpft, aber Buchungen gab es für diese Unterkunft nur an Ort und Stelle, hatte man ihm im Salzburger Erzbischöflichen Ordinariat erklärt, das er befragt hatte. Er hatte einen Referenzbrief des Erzbischofs mit. Damit ließen sich alle Türen öffnen. Er müsste nur anklopfen.

Anton hatte seine beiden Libanesen, Helfer und Fahrer, das erste mal genauer und ungläubig angesehen, als diese viel zu früh nach rechts abbogen. Er hatte seinen Stadtplan soweit im Kopf, dass er nicht in seine Tasche greifen und den kopierten Stadtplan herausziehen musste, auf dem eine Route zum Hotel mit grünem Filzstift vorgemalt war. Von konsularischer Hand. Mit besten Grüßen. „Damit Sie nicht hineingelegt werden." „Die Taxifahrer in Beirut müssen auch verdienen", hatte der Konsul in Wien freundlich gesagt, als er die letzte Unterschrift zum letzten Stempel für das Visum leistete. „Der Wiederaufbau hat begonnen und alle wollen mitmachen. Aber Sie sollen als Gast nicht das Opfer sein."

Anton stieß seinen neuen Bekannten in die Seite und merkte an, dass dieser Weg nicht zum Hotel führe. Sein Chef hatte doch recht gehabt, ihn nach Beirut zu schicken. Sein Französisch war jetzt wertvoll.

Der neue Bekannte schien zu überlegen, redete heftig auf arabisch mit dem Fahrer und erklärte dann lächelnd: „Umleitung".

Und als Anton noch immer nicht ganz beruhigt war, fügte er hinzu, dass in Westbeirut die Wasserleitungen und Stromleitungen und die Telefonkabel erneuert würden. „Damit die Schiiten zufrieden sind", erklärte er den politischen Hintergrund. Das schluckte Anton, denn es passte zu seinen Informationen. So wartete er ruhig ab, bis sie plötzlich eine Straße überquerten, die einmal zur grünen Linie gehört hatte, zur Schießallee und absoluten Todeszone während des Bürgerkrieges. Er erhaschte aus dem Fenster sogar begierig einen Haufen mit Häusermüll, versteckt hinter Betonrohbaukonstruktionen, denen er nicht ablocken konnte, ob es alte Ruinen oder neue Hausskelette seien. Diese Hausskelette mit Menschen in den Mauerhöhlen und tausenden Einschusslöchern gehörten zu den abrufbaren optischen Erinnerungen Antons.

„Ich will nicht nach Ostbeirut. Das mache ich morgen. Ich will direkt zum Hotel."

Soviel Auflehnung störte den freundlichen Retter. Anton ließ seinen Engelsplan platzen, die insgeheime Rückkehr zum Paradies von Beirut.

„Ich wollte Sie als Gast überraschen. Es gibt hier in Ostbeirut ein ganz neues libanesisches Restaurant mit der besten Mezze des Nachkriegsbeirut. Das Hotel hat ewig Zeit für Sie. In Beirut geht man um neun Uhr nicht schlafen. Das ist unanständig."

Anton hatte dann die Sorge ausgedrückt, dass sein Hotelbett verfallen könnte, wenn er nicht rechtzeitig käme. Schließlich gebe es derzeit viel weniger Hotelbetten als Reisende.

Sein Begleiter hatte dazu ernsthaft genickt und mit aller Überzeugung versprochen, vom Restaurant aus werde er das Hotel „Triumph" anrufen können.

Als Anton mit plötzlichem Misstrauen eingeworfen hatte, er habe gehört, dass die Regierung beim Erneuern der Telefonleitungen noch lange nicht zu Ende gekommen sei, hatte sein sympathischer Begleiter sein ganz sympathisches Lächeln aufgesetzt und ein Handy vorgezeigt. Anton war zufrieden und setzte sich mit dem Rücken gemütlich zurecht. Warum nicht den ersten Abend gleich mit einem guten Essen beginnen? Er war nur 170 Zentimeter groß. Das galt am Ende des 20. Jahrhunderts in Europa bereits als unangenehm klein. Dafür wog er 75 Kilogramm. Dieses Gewicht hätte gepasst, wäre er 190 Zentimeter groß gewesen. Der Unterschied zwischen Größe und Gewicht war eines seiner kleinen, unlösbaren Lebensprobleme. Die Größe ließ sich nicht mehr erhöhen. Das Gewicht hätte sich erhöhen lassen. Aber es sollte ja in die Gegenrichtung gehen. Er galt seinen Freunden als fester Mann und nur seinen Feinden als Kugel oder fett. Er hatte sich vorgenommen, im Libanon drei Wochen lang gesund und sparsam zu essen, um fünf Kilogramm abzunehmen. Aber dieser Tag war eigentlich noch kein Tag im Libanon. Es war der Anreisetag, der nach dem Abflug um 15.40 Uhr in Wien noch einmal einen Kalorienschub gebracht hatte. Was sollte ein Mensch drei Stunden lang im Flugzeug tun, ausgenommen essen und trinken? Nun sollte in Gottes Namen der erste Abend noch nicht dem Fasten gewidmet sein. In den Bergen würde er sich zur Freude seiner Gastgeber beim Hammelfleisch beherrschen und beim fetten Reis. Ungezuckerten Tee würde er trinken, nicht Wein oder Bier oder Arrak, den Schnaps mit Anis. Das würde seinem Körper gut tun. Nachdem der Anreisetag mindestens ein Kilogramm zusätzlich bringen würde, so könnte er beim

Abflug stolz melden, er habe 6 Kilogramm abgenommen. Werde schlank im Libanon!

Während Anton über sein Gewicht und dessen Verringerung nachdachte, war das Taxi offensichtlich in die Außenbezirke von Ostbeirut vorgedrungen. Die Villen und die Büsche häuften sich, die Autos waren sehr selten geworden, die Straßen liefen ohne Beleuchtung ziemlich dunkel kreuz und quer und bogen sich in den Räumen zwischen den Kreuzungen schlangenartig in jede Richtung. Es war für Proteste zu spät geworden.

Der Ziegenmist war als Zimmeraroma auf Dauer doch weniger erträglich als Anton anfangs angenommen hatte. Die Kühle der Nacht hatte sich gesteigert und Anton bekam zum Kopfschmerz noch das Kältezittern dazu. Er entschloss sich, die Decke über seinen Körper zu ziehen. Die Kette störte ihn, denn das Fußeisen ging über seinen nackten Unterschenkel. Er würde am nächsten Tag verlangen, dass der Eisenring nicht innen, sondern außen, mit der Hose als Schutz, angelegt werde. Als er darüber nachdachte, erschrak er, weil er erstmals mit einem längeren Aufenthalt rechnete und dann lachte er bitter, weil er seine Anpassung schon so weit entwickelt hatte, dass er um Nachsicht seitens dieser Gauner zu bitten bereit war. So konnte es nicht gut gehen. Er würde jetzt einmal schlafen und dann fit und beherrscht mit der Lage umgehen.

Als nächstes fühlte er, dass Finger an seinen Händen und Unterarmen herumfummelten. Und als er richtig wach war, hatte er bereits die Handschellen um und nahm wahr, wie sich das kühle Metall rasch etwas Wärme von seinem Körper besorgte und dann nur mehr ein stumpfer Druck war, den er bald nur noch wahrnahm, wenn er sich mit dem Unterarm bewegte oder wenn er absichtlich daran dachte.

Sein freundlicher Entführer und ein etwas finsterer Typ, der auch am Abend im Hof unangenehm aufgefallen war, hatten Anton gemeinsam für den neuen Tag vorbereitet. Der finstere Typ roch deutlich nach Schweiß, sehr altem Schweiß und er schien noch nichts von den neuzeitlichen Bräuchen gehört zu haben, dass die Unterwäsche täglich zu wechseln sei. Der Finstere hatte einen Schraubenschlüssel mit und öffnete damit den handgestrickten Verschluss des Eisenringes über Antons linken Unterschenkel. Anton hatte am Abend zuvor nachgetastet und Heimarbeit vermutete. Es war ein offener Ring, der mit einer Mittelplatte mit Schrauben geschlossen wurde. Zu kaufen gab es dieses Ungetüm sicher nicht. Aber der Libanon, hatte Anton daheim voraus gelesen, war seit sechs oder gar acht Jahrtausenden bekannt für das handwerkliche Können seiner Bewohner.

Das schlimmste an seiner momentanen Lage war der Gestank des Lappens, den der Finstere vor seine Augen gelegt hatte und der achtlos über die Nase herunterhing. Anton meinte, sich übergeben zu müssen. So gingen die leichte Sonnenwärme und das Gespür für das Licht ganz oberflächlich durch sein Bewusstsein und bevor er sich freuen konnte, der finsteren Ziegenhöhle entronnen zu sein, war er schon in einen Raum gestoßen worden und saß auf etwas Weichem auf dem Boden. Anton kämpfte noch immer mit dem Geruch des Tuches. Als ob der Finstere einen Fetzen aus seinen Schuhen gefischt hätte. Was unwahrscheinlich war, da er vermutlich Sandalen über der nackten Haut trug. Die Tür öffnete sich wieder und ein angenehm weiblicher, frischer Geruch kam auf Anton zu. Zwei warme, weiche Hände lösten seinen Kopfverband und prüften die Wunde und klopften leicht auf die Stelle. Anton zuckte und vermied aus Stolz, den Schmerz auszudrücken, der dabei entstand. Die Hand wischte mit einem feuchten warmen Tuch sorgfältig über die schmerzende Stelle, tröpfelte eine Flüssigkeit drauf, die keinerlei Wirkung hervorbrachte und dann kam wieder der Verband hinzu. Er hatte kein einziges mal den Atem gehört, den dieses weibliche Wesen geatmet haben musste. Nun entfernte das Wesen sich wieder und eine Tür schlug zu.

Vorher musste ein Mensch ein Tablett herein getragen haben, oder zumindest eine Kanne. Denn Anton schnupperte gierig nach dem leichten Geruch von heißem Tee. Er durfte zwei Tassen trinken und ein ordentliches Stück Fladenbrot essen.

„Sie sind Anton Berger, Angestellter aus Salzburg, geboren 19.6.1954 in Salzburg, Ihre Adresse ist Salzburg, Gartnerstraße 24."

Die Stimme überraschte Anton. Am Abend vorher war er auch mit verbundenen Augen aus dem Hof ins Haus gebracht worden. Aber diese Stimme war nicht dabei gewesen, als man ihn befragt hatte. Sie war dunkel, saß ganz hinten in der Kehle und mit dem Samt darin hätte man ein Schloss austapezieren können. Sie las aus seinem Reisepass vor.

„Ja."

„Sie arbeiten nicht für die Firma ‚Aquatechnik', die die Wasserleitung für Ostbeirut reparieren und erneuern soll?"

„Nein."

Das war eine Wiederholung von gestern abend. Die damalige Stimme, eine merkwürdig hohe, ungeduldige, hatte sich geärgert, dass er nicht für die Firma „Aquatechnik" arbeitete. Sie hatte seinen Entführer auf arabisch, jedenfalls nicht auf französisch, angebellt.

„Sie haben unsere Firma in eine sehr schwierige Lage gebracht, Herr Berger."

Das nächste Schloss bekam Samt auf alle Wände.

Hoffentlich sehr schwierig, hoffentlich sehr schwierig, dachte sich Anton. Aber noch mehr dachte er daran, dass seine Lage noch schwieriger war. Und dass die anderen ihn dahin gebracht hatten.

„Sie sind Journalist bei der ‚Salzburger Zeitung'?"

„Salzburger Zeitung" klang so exotisch wie John F. Kennedy „Ich bin Berliner" gesagt hatte. Samtstimme rechnete nicht mit Jubel unter den Zuhörern. Anton war nicht klar, wer noch im Raum war.

„Ich arbeite im Ressort Außenpolitik der ‚Salzburger Nachrichten'."

Wenn auch der Zeitungstitel hier nicht so wesentlich war wie daheim, stimmen sollte er doch.

Damit hatte er bereits seinen freundlichen Entführer geschockt. Es gab nämlich am gestrigen Abend den großen Bruch des Gemüts, als Anton im Taxi gemütlich erzählt hatte, dass er drei Wochen den Libanon erkunden werde, um dann Zeitungsartikel zu schreiben. Der Höhepunkt werde seine Reportage über den Besuch von Papst Paul II. sein, der am Sonntag den 23. Oktober um 08.00 Uhr jene Stelle des Asphalts auf dem Flughafen küssen würde, die Anton mit seinen Schuhen getreten hatte. Ungefähr die Stelle. Die AUA-Stewardess hatte stolz gesagt, man habe diesmal jenen Ausstiegsplatz bekommen, den der Papst benutzen werde. Anton war Protestant. Genauer, er war Protestant gewesen. Er gehörte jetzt zu jenen säkularisierten Mischformen des Bewusstseins, die die Metaphysik schon hinter sich gelassen hatten, die die Kirche nur aus alter Anhänglichkeit, aus Anerkennung für ihre gelegentliche soziale Rolle nicht verlassen hatten und die sich für ausgewählte Spendenziele anzapfen ließen. Vom Bildungsprojekt in Nicaragua bis zum Brunnen im Tschad und zum Ausbau eines Heimes für Drogenabhängige in Salzburg. Nicht ansprechbar war Anton für die Auferstehung von den Toten, den Himmel, die Existenz Gottes oder die Ansicht, dass Jesus Christus der Sohn Gottes gewesen sei, was auch nicht gut möglich war, wenn man nicht an Gott Vater glaubte. Anton hielt sich seit vielen Jahren an Albert Camus, der erklärt hatte, der Mensch sei allein und müsse damit zurechtkommen. Einfacher war die Existenz damit nicht und Anton ärgerte sich nur dann über die Christen, wenn sie ihn zu trösten versuchten mit dem Glauben an die Liebe und die Gerechtigkeit Gottes. Da war er allergisch. Sonst kam er mit diesen Leuten ganz gut aus.

Während Anton das alles so etwas schläfrig gedacht hatte, hatte sein Entführer mit Ernst zurückgefragt, warum er nicht zugebe, Martin Suchovski zu heißen und leitender Angestellter der Firma „Aquatechnik“ zu sein.

Als Anton darauf etwas ungehalten geworden war, war die Szene in Beirut erstmals gekippt. Sein Entführer schrie dem Taxifahrer auf arabisch etwas nach vorne. Es stellte sich in einer Sekunde heraus, dass der sehr sympathische Helfer nicht nur ein Handy besaß, sondern aus der anderen Tasche eine Handfeuerwaffe herausziehen konnte.

„Ich muss Sie bitten, ganz ruhig zu bleiben, bis ihre Identität geklärt ist."

Von da an war das Taxi nach einem kurzen Halt, bei dem Anton eine Augenmaske bekommen hatte, eine neutral riechende Straße bergwärts gefahren. Bis zum Halt in einem Hof. Diesen Blick hatte Anton als einzigen erwischt, weil beim Aussteigen und beim Anschlagen seines Hinterkopfes auch seine Augenmaske etwas verrutscht war und er für Sekunden in der mondhellen Dunkelheit um sich hatte schauen können. Wie aus dem Nichts war eine große Decke über seinen Kopf gefallen und seither war er in Dunkelhaft gewesen.

„Es ist so, dass unsere Firma grundsätzlich keine Diplomaten und keine Journalisten nimmt."

„Dann kann ich ja gehen. Ich ersuche Sie, mich nach Beirut zu bringen."

Warum die Leute immer so umständlich sein müssen, fiel Anton ein.

„So einfach ist es nicht. Sie haben Spesen verursacht. Sie haben Michel getäuscht. Ich will hoffen, Sie können nachweisen, dass Sie nicht versucht haben, unsere Firma auszuspionieren."

Samtstimme hatte das dritte mal ein Schloss mit Samt ausgeschlagen. Er war der Christo der Innenarchitektur. Anton würde dem Verpackungskünstler den Tipp geben, einmal von außen nach innen zu gehen. Nach der Außenverhüllung des Reichstages in Berlin vielleicht die Innenseiten der Ruine der Frauenkirche in Dresden, bevor sie wiederaufgebaut war oder besser noch die Tiefgarage unter dem World Trade Center in New York, die nach einer Innenverpackung richtiggehend schrie.

„Ich habe Michel nicht getäuscht."So hieß der freundliche also. „Ich ging erschöpft durch die Flughafenhalle. Ich war so spät dran, weil mein Koffer so spät gekommen war und ein Zöllner einen Blick hineinwerfen wollte und ein anderer Zöllner mit zwei Händen darin herumwühlen wollte. Daher verpasste ich den öffentlichen Bus und war bereit ein Taxi zu nehmen."

Auch diesen Text hatte er bereits gestern abend aufgesagt und ein schrilles „Lügen Sie nicht!" der damaligen Verhörstimme als Antwort bekommen. Aber auch diese Stimme hatte sich der Macht des Reisepasses gebeugt und den Entführer angebellt. Jedenfalls hatte Anton die Schreierei, die er nicht sehen konnte und wegen der anderen Sprache auch nicht hatte verstehen können, so gedeutet.

Samtstimmes Wiederholung ließ diese Deutung als sehr wahrscheinlich erscheinen.

„So einfach ist das mit Beirut nicht. Wir müssen unsere Sicherheitsprobleme bedenken. Und wir sind eine Firma, die ihre Spesen noch immer bekommen hat. Ihr Pech ist, dass die Leitung des Hotels Ihre Ankunft nicht einmal vorgebucht hat. Als Sie gestern nicht ankamen, fiel das nicht auf. Wir haben das herausgefunden."

Die Samtstimme verwendete das Wort recherchieren. Wohl um zu belegen, dass die Firma mit einem Journalisten mithalten könne. Aber im Französischen ist recherchieren kein Fachausdruck für Journalisten wie im Deutschen.

Anton wurde klar, wenn das stimmte, dann hatten sie drei Wochen weniger drei Tage Zeit, bevor er vermisst wurde. „Schicken Sie den ersten Vorbericht zum Papstbesuch frühestens drei Tage vor der Ankunft." hatte sein Ressortleiter gemeint. Die Zeit vom 02. Oktober am Abend bis Donnerstag den 20. Oktober wollte er als Tourist den Libanon erkunden. Und zwar in jener Form der zwanglosen, aber doch geordneten Entdeckung eines fremden Landes und seiner Menschen, die Anton an seiner beruflichen Tätigkeit am meisten schätzte. Dafür verwendete er gerne seinen Urlaub. Selbst den Freitag konnte die Firma hier noch bedenkenlos ausnützen. Erst wenn er sich bis Freitag abend den 21. nicht gemeldet haben würde, wäre man in Salzburg in der Redaktion alarmiert gewesen. Am Freitag begann der dienstliche Teil seines Libanonaufenthaltes.

Das konnte Samtstimme nicht wissen. Mit dem kleinen Informationsvorsprung musste Anton nun geschickt umgehen. Der stinkende Lappen in seinem Gesicht erinnerte ihn ständig an den Ernst der Lage.

„Ich gebe zu, dass Sie Fragen der Sicherheit zu lösen haben. Ich könnte aber nur Michel wieder erkennen."

„Und den Taxifahrer."

„Möglich", gab Anton zu. In Wirklichkeit hatte er ihn als bezahlten Diener angesehen und nicht beachtet. Der Fahrer drückte nichts Besonderes aus. Außerdem war Anton etwas betrunken gewesen. Anton schilderte der Samtstimme offenherzig seinen gestrigen Alkoholzustand. Und er schloss mit der Idee, sie könnten ihn ja irgendwo hinbringen, dort so freilassen, dass er eine Zeitlang brauchen würde sich zu befreien. Seine Koffer würde er im Hotel „Triumph" abholen. Oder in einem anderen Hotel.

„Irgendetwas von der Art haben wir uns auch gedacht." Samtstimme klang zustimmend Dann erläuterte sie noch eine Reihe von Möglichkeiten, über die die Firma verfüge, wenn er sich nicht an die Vorschriften hielte. Anton hörte kühl zu. Das waren die üblichen Drohungen ohne Realgehalt. Samtstimme musste ganz schön in der Klemme sein, dass sie so unfundierte Geschichten erzählte wie die, dass man in jedem zweiten Dorf schon jemanden habe, der auf ihn achtgeben könnte. Nach Antons Urteil hatte Samtstimme die Hose voll.

Dann kam Samtstimme auf das zu sprechen, was er vorher Spesen genannt hatte.

„Wir sind eine gewerblich mittelständische Firma. Unsere Grundlage ist die erweiterte Familie. Alle arbeiten für ein Ziel. Wir sind daher sehr flexibel. Auch größere Schwankungen des Marktes sind von uns beherrschbar."

Anton war enttäuscht. Das hörte er wenigstens einmal in der Woche von seinen Salzburger Funktionären der örtlichen Handelskammer, vielmehr Kammer der gewerblichen Wirtschaft. Obwohl er in der Außenpolitik darüber wenigstens nicht berichten musste, konnte man sich schwer abschirmen. Die Präsidentin der Kammer, Helga Rabl-Stadler, drang durch jede Absperrung. Samtstimme hätte ein Klon von ihr sein können. Die Schlusspointe war allerdings nicht mitteleuropäisch.

„So stellt sich die Firma vor, dass eine Million Dollar angemessen ist."

Wären da nicht die Handschellen gewesen, die ihn nachdrücklich an die Schwachstelle seiner Position erinnerten und das stinkende Tuch über dem Gesicht, hätte Anton laut gelacht. Dann erinnerte er sich, dass ihm in Ägypten ein Mann, der ihn tagelang bestens betreut hatte, ägyptische Münzen im Wert von 20 Dollar um 120 Dollar andrehen hatte wollen. In aller Freundschaft.

Anton rechnete der Samtstimme vor, dass die Kosten der Firma nicht mehr als 50 Dollar betragen konnten. Da sie selber an ihrem Irrtum schuld gewesen sei, sehe er sich außerstande, neben den Zugeständnissen für die Sicherheit der Firma, die er akzeptiere, auch noch zu zahlen.

„Nicht jedes Einzelgeschäft kann Gewinn bringen. Es geht für eine Firma darum, dass die meisten Geschäfte Gewinn bringen."

Anton konnte auch mittelständisch reden. So ging das lange hin und her. Anton hatte auf 1000 Dollar erhöht. Die absolute Obergrenze, die er ohne Information über die Gründe für seine Spesenzahlung rechtfertigen können würde. Samtstimme hatte sanft erklärt, er wisse schon, warum seine Firma keine Politiker und Journalisten entführe. Sie brächten nur Spesen. Er bevorzuge als Geschäftspartner mittelständische Menschen wie eben den leitenden Wasserbauingenieur der „Aquatechnik". Der hätte sicher bezahlt. Anton wusste, dass dessen Firma höchstens 10 000 Dollar gezahlt hätte, wenn er wirklich ein Chef gewesen wäre, vielleicht bis zu 100 000 Dollar. Aber das wäre ein absoluter Ausnahmefall gewesen. Samtstimme sollte ihn nicht für blöd halten. Der Libanon war noch weit davon entfernt, die Spezialfirmen zu haben, die in Italien zur Blütezeit der Entführungen viele Millionen pro Fall herausgeholt hatten. Diese Firmen hatten es mit der gesamten Exekutive des Landes und mit den Konkurrenzfirmen aufnehmen müssen.

Samtstimme schwieg. Als das Schweigen sehr lange gedauert hatte, begriff Anton, dass Samtstimme unbemerkt den Raum verlassen haben musste. Bald nach dieser Erkenntnis kam der Mann mit dem Geruch, brachte ihn in die Höhle und kettete ihn wieder an. Anton hatte ihn angesprochen, aber der Mann verstand kein Französisch. Da hatte er ihn vorsichtig auf den Unterarm getippt und per Tastgespräch gezeigt, dass er das Eisen über die Hosen haben wollte. Der Mann hatte ihm den Wunsch erfüllt. Die Handschellen waren auch entfernt worden. Ganz am Ende der Zeremonie nahm er ihm den Stirnlappen ab. Die Höhle war auch am helllichten Tag, den er draußen, bei den wenigen Schritten vom Haus zur Höhle als warmes Geschenk für seine sonnengierige Haut gespürt hatte, finster und kühl.

Jetzt hatte er also jene Zeit, von der er sich in manchen Stressmomenten soviel versprochen hatte. Eine Zeit, die nichts anderes erlaubte als nachzudenken. Anton entdeckte in den folgenden Stunden, dass er im Gegensatz zu seiner Fantasie von sich selber kein Philosoph war. Er dachte stundenlang nichts Großartiges auf seiner Campingliege. Dann erinnerte er sich, dass Tag war und er setzte sich auf und ging ein paar Schritte hin und her. Er hatte vor der Libanonfahrt in den Erinnerungen der französischen Hisbollah-Geisel Kaufmann gelesen. Anton stellte erleichtert fest, dass im Libanon die Humanität gewaltige Fortschritte gemacht hatte. Er lag nicht angekettet in einer benzinvergifteten Garage. Er konnte trotz seiner Fußkette gehen. Anton nützte den Fortschritt, dem auch die „Salzburger Nachrichten“ sich so verpflichtet fühlten und ging im Einklang mit der Redaktionslinie zehn kleine Schritte nach rechts und zurück und dann zehn kleine Schritte nach links. Nach vorne konnte er nur drei Schritte tun, dann kam der Felsen, dessen Grübchen Anton abtastete, ohne draufzukommen warum er das tat. Vermutlich deshalb, weil sie erreichbar waren.

Der Ziegengestank, den er in der ersten Nacht nur unwillig ertragen hatte, stieg ihm schon vertraut in die Nase. Der frische Ziegenkotgestank hatte nachgelassen. Die kleinen Stunkkugeln waren trockener geworden, sandten viel weniger Geruchseinheiten aus. Aber insgesamt war der Ziegenduft stark genug, um den Gestank jenes Kübels zu überdecken, in den Anton die letzte Mahlzeit in Freiheit an Bord der Austrian Airlines korrekt entsorgt hatte. Mülltrennung war 1994 das große Thema in Österreich gewesen. Anton war etwas mühsam auf dem harten Blechrand gehockt und hatte auf das Platschen im Wasser gewartet. Aber anscheinend setzte man auf diesem Bauernhof mehr auf Lufttrockung. Es hatte nur einen schwachen, dumpfen Ton gegeben, als sein Kot auf den Boden fiel.

Nach der gründlichen Entleerung des Körpers fühlte sich Anton in jener Weise erleichtert, die er daheim nur selten empfunden hatte. Nun würde er in dieser Höhle auch abnehmen. Denn der Tee und das Stück Fladenbrot ergaben auch beim Nichtstun ein Kalorienminus. Die großen Gedanken kamen ihm aber noch immer nicht. Er vermutete, dass Platon sein berühmtes Höhlengleichnis nicht in einer Höhle eingefallen war. Vielleicht in einem attischen Weinkeller.

Seine Entführer waren Geschäftsleute. Das glaubte er ihnen. Sie waren zumindest nicht von der Hisbollah. Allem anderen fühlte sich Anton irgendwie gewachsen. Die Hisbollah hingegen, über die hatte er in seiner beruflichen Arbeit zuviel Unangenehmes erfahren. Sie war zwar im Libanon zurückgedrängt, aber keineswegs besiegt. Ihr islamischer Fundamentalismus und ihre Fernsteuerung aus dem Iran störten ihn deshalb ganz besonders, weil Anton den Islam mochte und diese neurotische Karikatur der Erleuchtungen des Propheten Mohammed seinen Sinn für Fairness ärgerte. Keine Religion verdiente es, in solche Hände zu fallen. Anton hatte die christlichen Wellen des Fundamentalismus nie spöttisch gesehen. Er wusste von der Gewalttätigkeit der Inquisition und der Unduldsamkeit der Konfessionen und dem Irrsinn der Hexenverfolgung. Seine protestantischen Vorfahren waren noch 1731 aus Salzburg vom damaligen Fürsterzbischof Leopold Anton von Firmian verjagt worden. Erst sein Vater war 1944 wieder als Flüchtling, diesmal aus Ostpreußen, in das Land seiner Vorfahren zurückgekehrt als Exulant des 20. Jahrhunderts. Es war schlimm zu sehen, dass keine Religion davor geschützt war, an gesellschaftlichem Wahnsinn zu erkranken. Aber Anton war historisch ausreichend trainiert und glaubte sich bei Mensch und Gesellschaft ausreichend auszukennen, um jeder der vorhandenen Hochreligionen auch eine menschliche Ausfaltung zuzugestehen.

Die Samtstimme, wie er den Mann mangels anderer Informationen nennen musste, war anscheinend ein höherer Chef als die Schrillstimme vom Abend zuvor. Samtstimme war eingeschaltet worden, weil Schrillstimme den Mist, den Michel gebaut hatte, nicht wegräumen konnte. Aber was sollte der Mist mit der mittelständischen Firma? Nicht einmal die libanesische Handelskammer nahm Geiselfirmen als Mitglieder auf. So hoffte Anton. Vielleicht war es auch nur der Zweitzweig einer ganz normalen Handelsfirma, ein Autoreparaturbetrieb zum Beispiel, der im Libanon natürlich ländliche Wurzeln haben musste. Der mehrfache Hinweis, man nehme keine Politiker und keine Journalisten, konnte nur bedeuten, wenn er stimmen sollte, dass diese Firma streng kommerziell ausgerichtet war, ohne ideologischen Hauptzweck, sogar ohne Nebenzweck. Anton hatte nicht aufgepasst. Aber er hatte bei Michel und beim Taxifahrer keinerlei religiöse Symbole gesehen. Weder die Gebetskette der Muslime noch ein Kreuz. Wie üblich kannte die amtliche Statistik des Libanon nicht die religiöse Realität des Bewusstseins, sondern versteifte sich wie die österreichische auf irgendwelche Kürzeln wie r.-k. oder AB. Er war AB, Augsburger Bekenntnis.

Und Samtstimme? Sie hatte sicher den Empfehlungsbrief des r.-k., römisch-katholischen, Erzbischofs von Salzburg an seine christlichen Brüder gelesen, dass sie Anton Berger gegen den ortsüblichen Preis freundlich aufnehmen sollten. Wenn Samtstimme zum Beispiel maronitisch sein sollte, wie der mit Rom und dem Papst verbundene Zweig der Christen im Libanon nach einem Mönch Maron des sechsten Jahrhunderts hieß, Anton hatte sich vorgebildet, dann hatte Samtstimme ihn bisher nach Salzburger Praxis behandelt. Das hieß, dass Geschäft Geschäft sei und die Religion nur am Gewinn mitnaschen durfte, sich aber in die Geschäftspraxis nicht einzumischen habe. Auch der Salzburger Erzbischof hatte nur die Wahl, von der Ausbeutung in dieser Welt ein wenig zu kassieren oder überhaupt leer auszugehen. Anton nahm es ihm nicht übel, dass er sich für die erste Wahl entschieden hatte.

Wenn das alles stimmte, es konnte ganz anders sein, Samtstimme konnte zu den Kurden gehören, die im Libanon wohnten und den Befreiungskampf ihrer Brüder in der Türkei finanziell unterstützten oder zu den Griechisch-Orthodoxen zählen, die dem Papst misstrauten oder zu den Griechisch-Unierten gehörten, die mit dem Papst am Altar flirteten oder zu den Armeniern, denen Anton, vorurteilsbeladen großen Geschäftssinn zubilligte. Wenn Samtstimme nun ein Maronit sein sollte, war noch lange nicht klar, wie fromm, wie geizig und wie sonst er wäre. Ganz klar war, dass Anton an den Bestbieter losgeschlagen werden würde. Da hatte Anton trotz der ungünstigen Verhandlungsposition das wesentliche verstanden. Es gab derzeit im Libanon keinen Markt für Medienleute aus Europa. Die Großen kamen nicht ins Land, etwa der Chefreporter des ZDF oder Ähnliche. Und die „Salzburger Nachrichten“ als Österreichs Qualitäts-Regionalzeitung, so das Selbstverständnis von Firmenleitung und Mitarbeitern, das Anton auch im Libanon nicht verraten würde, waren fürs große Aufsehen wie fürs große Geld zu leichtgewichtig. Daher musste Anton nur hart bleiben. Er ärgerte sich, dass er der Samtstimme 1000 US-Dollar angeboten hatte. Das war sein privates Gesamtreisebudget für den Libanon. Ohne das extra Geld für die Einkäufe in den Souks. Beim nächsten Treffen würde er auf 100 Dollar zurückgehen. Das waren die Spesen, die der Samtstimme so wichtig gewesen waren. Wenn sie sich auf Geschäftsreisende spezialisiert hatte, wie der Hinweis auf die „Aquatechnik“ vermuten ließ, dann sollten sie bei ihrem Fachgebiet bleiben und ihn laufen lassen.

Als Anton gerade den psychologischen Schlachtplan fertig entwickelt hatte, hörte er, dass die Tür seines Gefängnisses geöffnet wurde. Die Vorhänge wurden zurückgezogen und nicht ganz zugezogen. Es gab ein Dämmerlicht, das den Blick auf die Felsen freigab, die mit einfachen Werkzeugen bearbeitet worden waren. Der Boden war stark mit Ziegenmist belegt. Niemand hatte ihn weg gekehrt. Auf Anton kam der Finstere zu, der im Dämmerlicht nicht weniger finster wirkte als im mondhellen Hof, als Anton den bisher einzigen Blick auf ihn hatte werfen können. Der große, wie Anton sehr kräftig gebaute Mann trug eine Riesenschüssel, einen Riesenkrug und zwei große flache Bergfladenbrote. Er stelle alles auf der Campingliege ab, sagte nichts und ging wieder, verschloss die Türe, das konnte Anton hören, ließ aber eine geringe Menge Licht da, damit Anton bequemer essen konnte. Und Anton aß mit größtem Vergnügen einen warmen Eintopf mit Reis und Hammelfleisch, mittelscharf gewürzt. Dazu trank er Wein, mit Wasser ordentlich verdünnt und das Fladenbrot ging in eingeplanten Stücken mit hinunter. Heute würde er auch noch nicht abnehmen. Aber er befand sich in einer Extremsituation, entschuldigte sich Anton vor seinem Diätgewissen. Wer konnte wissen, ob dies nicht die letzte Mahlzeit für lange Zeit war. Er hatte Schreckliches über die Verpflegung von Kaufmann gelesen. Der Fraß hatte Anton noch mehr beeindruckt als die Schilderung der Scheinhinrichtung. Nach dem Essen verdaute er, auf seiner Liege ruhend, bis der Finstere wiederkam. Er brachte einen Gegenstand mit, den Anton mit Gold aufgewogen hätte, wäre es nötig gewesen: eine ganze Rolle feines Toilettepapier. Für seinen ersten Schiss hatte er die Papiertaschentücher geopfert, die er in der linken Hosentasche gehabt hatte. Mit Sorge hatte er der Zukunft seiner Arschreinigung entgegengesehen. Er würde die Spesenabrechnung für die Firma doch nicht ganz so brutal kürzen wie vor dieser Fütterung von ihm beschlossen worden war. Die Humanität sollte belohnt werden. Auch und gerade im Libanon. Gegen diese Verwöhnung war es eine lässliche Sünde, dass die Vorhänge wieder ganz zugezogen waren und die Dunkelheit wirklich finster war. Platon hätte zugeben müssen, dass ihr jetziger Zustand mit ihrem Ideal identisch war und Aristoteles hätte mühelos seine Behauptung bestätigt gefunden, dass der Dunkelheit innerer Sinn, ihre Zielgerichtetheit, ihr natürliches Sein, in dieser Form erfüllt war. Gutes Essen förderte bei Anton im Gegensatz zur Meinung dieses deutschen Scheinmoralisten, dieses Doktor Faust, das Verständnis für intellektuelle Feinheiten. Johann Wolfgang von Goethe, der Fachmann für die Saufereien in Auerbachs Keller, hatte sich wahrscheinlich eins gelacht, als er seinen Faust sagen ließ „Ein satter Bauch macht grässlich dumm." Im Gegenteil. Im Gegenteil. Nach dem Gedenken an das Abendland setzte sich Anton fröhlich auf den harten Blechrand des orientalischen Afterlandes, wischte sich sorgfältig und mit Genuss ab und aus. Dann legte er sich hin und schlief sorgenlos. Die Zuflucht der Ziegen war zu seiner Wohnhöhle geworden.

So nahm Anton zwei Tage lang zu an Weisheit und Leibesfülle. Keine Schrillstimme störte ihn, keine Samtstimme erzählte von der Philosophie der Firma, deren Ladenhüter Anton wegen der Panne Michels geworden war. Sie würden schon auf ihn zurückkommen müssen. 100 US-Dollar plus 100 Dollar für das wirklich gute Essen. Und das Toilettepapier nicht zu vergessen. Weil, wie ein weises Sprichwort seiner geistigen Heimat, das Abendland als Bewusstseinsland, sagte, nichts schwerer zu ertragen ist als eine Reihe von guten Tagen, endeten diese am dritten Tag. Er bekam kein Frühstück, dafür Handschellen. Das Tuch, mit dem sein Gesicht verbunden wurde, war nicht gewaschen worden und stank weiter entsetzlich. Es musste dasselbe sein. Zweimal könnte auch der größte Fachmann nicht soviel Gestank, so ziemlich alle Duftnoten zwischen Gespieenem und Scheiße, in so wenig Textilfasern unterbringen.

Der Finstere setzte Anton, nach dem kurzen Zwischenspiel der wärmenden Sonne auf seiner Haut, wieder auf etwas Weiches im Haus. Vermutlich derselbe Polster wie bei den beiden ersten Verhören. Aber im Zimmer überraschte ihn die Stimme von Michel, der fröhlich klang und ihm das Tuch abnahm.

„Das gehört wirklich gewaschen“, rümpfte er die Nase und warf es durch das offene Fenster in den Hof.

Anton sah ein Zimmer und doch keines. Es waren vier Wände, blassblau gestrichen, der Boden bedeckt mit billigen Industrieteppichen, die Decke zeigte leichte Sprünge im weißen Verputz. Eine nackte Glühbirne baumelte ganz sacht hin und her. Anton wurde zum kleinen Holztisch gerufen, auf dem zwei Kannen standen. Michel saß ihm strahlend gegenüber.

„Kaffee oder Tee?“

Anton beschloss, das Frühstück ernst zu nehmen. „Kaffee“.

Die Schale war nicht groß, aber es sah danach aus, als ob er heute aus der Kanne nachbestellen dürfe. Michel trank Tee. Der einzige Konkurrent fiel weg. Unter einem Tuch verbargen sich ein gutes Dutzend Croissant, ein Töpfchen mit Butter und eines mit Marmelade und eines mit Honig waren lecker herum gruppiert und ein Messer und ein Löffelchen luden ein zuzugreifen. Anton griff zu.

Michel, der Unglücksrabe, war nun wieder der Glücksbote. Es musste sich das wesentliche ereignet haben und Michel würde bald damit herausplatzen. Anton wartete pokersicher darauf. Bei der dritten Schale Kaffee und dem vierten Croissant konnte Anton seinen Martin Luther, die Autorität seiner Kinderzeit und den geschätzten Lehrer einer guten Sprache in späterer Zeit, bestätigt sehen „Wem das Herz voll ist, dem geht der Mund über.“

„Wir haben dich verkauft“, freute sich Michel hemmungslos. Seine Panne war wieder gutgemacht. Die Schrillstimme konnte ihm nichts mehr antun.

Anton aß einen Bissen ruhig weiter. Erst als er den Honig zwischen dem mürben Teig des Croissant im Mund spürte, begriff er. Das war eine äußerst schlechte Nachricht für ihn.

„An wen?"

Michel lehnte sich zurück wie ein König.

„Das darf ich nicht verraten. Sie werden sehen Anton."

Er nannte ihn kühl Anton. Da wollte Anton nicht zurückstehen.

„Michel, raus mit der Sprache. Ich bin nicht leicht einzuschüchtern."

„Darum geht es nicht. Ich muss es geheim halten. Ich kann nur sagen, es wird Ihnen gefallen, Anton."

War es Bosheit oder journalistische Neugier oder beruflicher Reflex auch in eigener Sache, Anton hörte sich fragen, wie viel die Firma für ihn bekommen habe.

Michel wand sich wie ein guter Geschäftsmann im Angesicht des Steuerbeamten, entdeckte dann, dass Anton eigentlich unverschämt gewesen war, zeigte ihm den Zeigefinger und sprach der Samtstimme nach, die Firma sei auf ihre Spesen gekommen.

Danach war die große Euphorie vorbei. Anton durfte in Ruhe zu Ende frühstücken. Er tat es, bestellte Croissant nach, bekam zwei Fladenbrote, schmierte die großen Reste der Butter und der Marmelade auf eines und die des Honigs auf das andere, bestellte erfolgreich noch eine Kanne Kaffee.

Dann kam das Ende des Essens. Anton fürchtete sich doch ein bisschen. Ein Transport war niemals angenehm. Vorher brachte Michel einen Riesenschüssel heißen Wassers und Antons Toilettetäschchen. Dazu stellte Michel die Reisetasche und den Koffer in das Zimmer und forderte Anton auf, sich frisch anzuziehen.

„Sie sollen dort einen guten Eindruck machen."

Also hatten sie ihn nicht nach Westbeirut an die Hisbollah verkauft, hoffte Anton. Bei denen spielte der gute Eindruck überhaupt keine Rolle, wenn es um eine Geisel ging.

Er wusch sich mit Sorgfalt, trocknete sich mit den eigenen Handtüchern ab, schlüpfte in frische Unterwäsche, ließ die alte auf dem Boden liegen. Er hatte genug Reserve eingepackt. Er sollte bei der alten Jeans bleiben, hatte Michel gemeint. Für Anzug und Krawatte sei der Transport noch nicht der richtige Zeitpunkt.

Dann holte er einen 50-Dollar-Schein aus seiner unversehrten Brieftasche. Er überreichte ihn später an Michel für die Köchin der letzten Tage.

„Das wird Mama aber freuen", gab er ein weiteres Mitglied der Firmenfamilie preis.

Dann wurde es wieder ernst. Anton musste sich erneut Handschellen anlegen lassen. Dann erklärte ihm Michel, dass er leider nichts von der Gegend sehen dürfe und zog aus einer Tasche einen Sack hervor, der für Orangen bestimmt war. Aber zusätzlich war ein schwarzes Futter eingenäht und Anton sah wieder einmal nichts, als Michel den Sack über ihn gestülpt hatte und ihn um die Körpermitte in komplizierten Knoten und Schlingen festband, sodass Anton keine Chance haben würde, den Sack etwa hochzustreifen. Die Beine wurden durch einige Strickschlingen zusammengehalten, die verknotet wurden. Schmerzfrei, aber eine große Menge Strick mit vielen Schlingen um seine Unterschenkel.

„Ich darf mir mit Ihnen keine Panne mehr leisten", entschuldigte sich Michel für die Sorgfalt seiner Arbeit. Dann erklärte er ihm noch, dass er auf der Ladefläche eines Gemüsetransporters gelegt werden würde, mit leichtem Feldgemüse zugedeckt. Er werde keine Atemprobleme haben. Michel selber würde das Auto lenken. Er solle sich auf keinen Fall bemerkbar machen. Es könnte unterwegs Straßenkontrollen geben.

„Nicht nur die Polizei. Viel unangenehmere Firmen haben ihre Schlagbäume unterwegs."

Das sollte wohl das Wohlverhalten Antons steigern. Anton war sich nicht so sicher, dass er leise bleiben würde. Er würde die Geräusche bei einem Halt genau prüfen. Sollte es wirklich die Polizei sein, würde er so lebhaft wie möglich werden.

Wie um Abschied zu nehmen, kam der Mann, den er immer „Der Geruch" nennen würde und der in seiner Höhle gewesen war. Er packte Anton an den Beinen und Michel hob ihn vorne auf und er lag auf der Ladefläche. Vier Stunden später, nach endlosen Serpentinen auf und wieder ab und wieder auf, von Asphalt auf Sand und Schotter und zurück, nach vielen Dutzend verkehrsbedingten kurzen Halts, Anton hatte nach dem 75. zu zählen aufgehört, hielt das Auto plötzlich. Leute waren um ihn herum, stiegen auf die Ladefläche kräftige Hände packten Anton und trugen ihn wie ein langes Gepäckstück einfach weg.

„Auf Wiedersehen, Anton. Alles Gute."

Michels Stimme hörte sich durch den Sack mit Futter ferner und stumpfer an, als sie wohl geklungen haben mochte.

Dann wurden fünf Türen geöffnet und wieder geschlossen, wie Anton mitzählte. Er wurde auf den Boden gelegt, nicht sanft, nicht unsanft, einfach so. Die Träger gingen weg. Es kam noch ein Träger, der stellte zwei Gegenstände auf den Boden. Der knarrende hätte sein Koffer sein können, das weiche Schleifen die Reisetasche, wenn sie etwa mit Schwung so hingesetzt worden sein sollte, dass sie noch ein kleines Stückchen rutschte, bevor sie stillstand. Dann ging die Türe wieder zu. Anton hatte die Besitzer gewechselt und war wieder allein in einem Raum, der vermutlich finster war. Aber es war ein Raum in einem Gebäude, keine Ziegenhöhle im Fels. Der Boden roch nach einem chemischen Reinigungsmittel. Eine angenehme Abwechslung nach dem Ziegenstall und dem Altgemüse.

Anton fühlte sich fit. Er hatte die Nacht gut durchgeschlafen. Die Fahrt war trotz der vielen Kurven bequem gewesen, da Michel ein fürsorglicher Fahrer gewesen war, der rechtzeitig bremste und gemächlich beschleunigte. Defensiv wie eine Pensionistin in Salzburg hätten die wilden Vierziger hinter ihm hergeflucht. Das Gemüse war Salat gewesen, Zwiebel, Knoblauch, Orangen, Melonen. Michel hatte ihn gut eingebettet. Die harten Früchte hatten rundherum einen kleinen Schutzwall gebildet und die nachgiebigen waren neben und auf Anton gelegen.

Da niemand kam, um seine Schnüre zu lösen und die Handschellen aufzuschließen, nahm man wohl an, dass er selber daran zu arbeiten beginnen werde. Er setzte sich auf und versuchte herauszufinden, ob er irgendeine Schnur mit seinen auf dem Rücken gefesselten Händen erreichen konnte. Ein Misserfolg. Michel hatte sorgfältig gearbeitet. Dann versuchte es Anton durch kräftiges Einatmen und Aufwölben seines beträchtlichen Leibes. Er kam näher an die Verschnürung heran, fühlte ihren Hauptverlauf, aber sie blieb unerreichbar. Das schwarze Futter seines übergestülpten Sackes war lichtundurchlässig, sorgfältig genäht, vermutlich von der Mutter Michels. Da bereute er den 50-Dollar-Schein, 20 hätten genügt. Dann genierte er sich doch. Es war für das Essen gewesen und die Frau war schließlich keine Verbündete von ihm, wenn sie überhaupt die Näherin gewesen war. Er sollte sich seine Pfadfindertat nicht mies machen.

Es blieb ihm nichts übrig, als tastend den Raum zu erkunden. Er bekam immerhin einen Schuh vom Fuß, er hatte ein Schuhband etwas schlampig zugeknüpft und konnte so die Zehen und Sohlen als zusätzliche Informationssinne einsetzen. Er streckte die Beine von sich und rutschte und kugelte sich bis zu einer Wand. Damit hatte er nach den Vorschriften von Archimedes seinen festen Punkt für diese Raumwelt erreicht. Die Wand war nach Meinung der Fußsohlen glatt. Auch die Hände konnten durch den Sack hindurch keine groben Unebenheiten wahrnehmen. Das Ersturteil Zimmer aufgrund des Bodens wurde von der zweiten Instanz bestätigt. Dann kollerte er bis zur ersten Ecke und begann die Vermessung. Nach mehreren Versuchen hielt er diese Wandseite, die türlos war, für zwei Antonkörper lang und kam damit auf 3,4 Meter. Er rundete großzügig auf 3,5 Meter auf. Fenster konnte er an dieser Zimmerwand keines erfühlen, auch keinen Luftzug. Die nächste Wand überraschte Anton, weil sie gekrümmt war. und weil sie anscheinend aus Natursteinen bestand, die aufgemauert waren. Sie waren unverputzt und durch die Socken spürte er die Kühle der Steine und mit den Zehen ertastete er einige Fugen, die aber alle schmal und seicht waren. Der Eindruck Mauer verfestigte sich. Die zweite Überraschung war, dass die Vermessung vier Antonkörperlängen ergab. Die Krümmung schätzte er mit seinem Rücken auf deutlich weniger als einen Halbkreis. Damit fiel als Ort eine Kapelle aus. Eine ordentliche Apsis hatte ein Halbkreis zu sein.

Aber dann gab Anton zu, kein Fachmann für Kirchen im Libanon zu sein. Die nächste Wand war wieder glatt. Rasch kam Anton zu einer Türe. Sie fühlte sich fest und glatt an. Anton kam nicht so hoch, dass er eine Türschnalle hätte ertasten und ausprobieren können. Ein Stoß mit seinem Hinterteil ergab nichts. Korrekt: die Tür gab den ganzen Stoß zurück: Reaktion gleich Aktion. Auch an dieser Wandseite kein Hinweis auf ein Fenster. Die Länge der Wand etwa drei Antonkörper, also fünf Meter. Genau ließ es sich nicht sagen, weil er bei dieser Ertastung erstmals auf einen Gegenstand gestoßen war. den seine Füße als Bett erklären konnten. Dies gelang, weil er die Füße soweit hochbrachte, dass sie auf einem weichen Teil zu liegen kamen. So ein Teil in einem Zimmer konnte nur eine Matratze mit Decke sein. Und eine Matratze lag auch in diesem Teil der Welt dann in einem Bettgestell, wenn sie jene Höhe vom Boden entfernt war wie hier. Das Urteil Zimmer erreichte damit die dritte Instanz. Gleich nach dem Bett begannen wieder gemauerte Steine wie auf der zweiten Seite. Dann stießen Antons Beine beim nächsten Taster an einen nachgiebigen Stoff und stürzten ins Leere. Anton erschrak gewaltig und war froh, als die Füße nach kurzem Fall auf dem vertrauten Holzboden aufprallten. Es war kein tiefes Loch vor ihm. Anton schob sich vorsichtig in diese etwa einen Meter breite Spalte und erlaubte sich nach ausgiebigen Tastereien das erste Lachen. Er hatte ein Spülklosett identifiziert. Hinter der Muschel war die Mauer. Nun schickte Anton seine Füße am Boden vor und hatte bald eine weitere Öffnung, geschützt durch einen Stoffvorhang, vor sich. Ein fliesenkühler, etwa fußhoher Rand mit einer fliesenkühlen Innenfläche war sehr wahrscheinlich eine Duschtasse. Das Urteil Zimmer bestand auch vor dem obersten Gerichtshof. Es folgte wieder die Mauer. Er konnte auf dieser Seite keine Krümmung feststellen. Anton versuchte, mit abgewinkelten Beinen herauszufinden, ob die Ecke rechteckig war, aber das Resultat war ungewiss. Die Länge dieser Wand war vier Antonlängen. Asymmetrisch war sein neuer Aufenthaltsort auf jeden Fall. Anton erforschte nun kühn den leeren Raum, um Tisch und Sessel und Kasten zu suchen. Er fand nur Koffer und Tasche und eine ausreichende Flächen frisch gewischten Bodens.

Anton setzte sich wie ein verlassener Hund zu seinem Koffer und seiner Tasche als den letzten Verbindungen zur vertrauten Welt.

Schallendes, explodierendes, wie aus einem lange verstopften Vulkan herausbrechendes, die Welt erschütterndes Gelächter zerriss die Stille. Die Stille danach war schockierend. Anton saß an seine Reisetasche gekuschelt, als ob ihn das bisschen Segeltuchleinen schützen könnte.

War er die ganze Zeit über beobachtet worden? Er hatte nichts wahrgenommen, das ihn die Anwesenheit eines anderen hätte ahnen lassen. Einer der Träger musste im Raum geblieben sein. Er hatte nicht genau aufgepasst, wie viele Schritte sich entfernten, nachdem er abgesetzt worden war. Nun hörte er deutlich Schritte, die sich entfernten, eine Türe, die geöffnet und wieder geschlossen wurde. Die Schritte brachen sofort ab. Die Türe musste dick sein und gut schließen. Anton widmete sich die nächsten Minuten dem Versuch, seinen Schweißausbruch unter Kontrolle zu bekommen. An wen hatte ihn die Firma verkauft? An einen Irren? An einen Perversen, der in seinem Verlies seinen Vergnügungen nachging? Das erste mal im Libanon war Anton ernsthaft beunruhigt. Die Käufer hatten weiter kein Interesse an ihrer Erwerbung. Er blieb lange allein. Wie lange wusste er nicht. Er konnte seine Uhr wieder am linken Handgelenk spüren, wohin sie Michel zurückgegeben hatte. Aber er konnte die Uhrzeit nicht sehen. Dann musste er den nächsten Schreck aushalten, den sein verdammtes Gehirn für ihn erarbeitet hatte. Wenn ein Mensch unbemerkt im Zimmer gewesen war, dann konnte jetzt noch immer einer im Zimmer sein. Anton überlegte lange, was er tun sollte. Schließlich entschied er sich für die lächerliche Vorwärtsverteidigung. Wer auch immer ihn angeschaut hatte oder noch immer anschaute, hatte ihn ohnehin beobachten können. Anton wälzte sich so rasch wie möglich kreuz und quer durch den Raum, um den möglichen Besucher zu einem raschen Schritt zu zwingen oder gar an ihn anzustoßen. Fehlanzeige. Nur einige blaue Flecken dürfte er sich geholt haben, als er mehrfach an Wand und Mauer stieß. Aber wenigstens konnte er jetzt glauben, allein im Raum zu sein. Eine Wohltat. Da er nichts zu tun hatte und die Erkundung des Raumes und der Schock des Gelächters und die kleinen Blessuren bei der Suche nach dem Nichtanwesenden ihn ermüdet hatten, suchte sich Anton wieder das Bett, schaffte es, hinaufzukommen und schlief ein.

Als er aufwachte, wusste er, es war höchste Zeit, zu urinieren. Es war der klassische Aufwachtraum gewesen, mit jenem Schuss Alb dabei, der imstande ist, den Schlaf zu vertreiben. Er war auf dem Mirabellplatz in Salzburg dem Bus hinterdreingelaufen und immer wenn er ihn erreichte, schloss sich die automatische Tür. Lag er hinten, ging sie wieder auf. Der Alb war mit dem Aufwachen beseitigt. Der nächste Alb traf ihn härter. Er konnte gar nicht urinieren, weil er seinen Penis nicht hervorholen konnte. Außerdem steckte er bis zu den Oberschenkeln im Sack, der mustergültig am Körper festgebunden war. Anton war sofort bereit, auch einen Perversen ins Zimmer zu lassen, wenn ihm dieser nur die Entsorgung seiner für den Körper nicht weiter verwendbaren Flüssigkeiten ermöglicht hätte. Auch lautes Hilferufen fand er nicht mehr unter seiner abendländischen Würde. Aber er konnte die Würde bewahren.

Der Gedanke, dass er seine Hose vorne öffnen müsse, hatte seiner Hand befohlen, sich an diese Tätigkeit zu begeben. Das Gehirn hatte im Aufwachzustand vergessen, dass die Hand gefesselt war. Die Hand, ein Ding ganz ohne eigenes Bewusstsein, hatte sich auf den Weg gemacht. Da hatte das Bewusstsein die Änderung bemerkt. Die Hand war nicht mehr in einem Metallring befestigt und die zweite Hand war auch nicht mehr in einem Metallring befestigt und zwischen beiden gab es auch keine verbindende Kette mehr. Anton schnellte hoch, als die Sensation als Schlagzeile im Gehirn durchkam und bemerkte dabei, dass auch der Sack viel loser um ihn hing als zuvor. Nach einigen Sekunden hektischer Erkundung stellte Anton fest, dass er trotz aller Fluchtversuche dem Herrn und Gott nicht entkommen war. Den Seinen gibt es der Herr im Schlafe. In seinem Fall war das „Es" die Freiheit von Fesseln. Selbst die Stricke von den Beinen waren entfernt worden. Anton musste tief geschlafen haben. Er riss sich den Sack vom Körper und schaute gierig um sich. Enttäuscht stellte er fest, dass die Dunkelheit sein Begleiter geblieben war. Stockfinster war die korrekte deutsche Bezeichnung. Anton erinnerte sich rasch an die Ursache seines Aufwachens und tastete sich bis zum Spülklosett durch. Der umgewandelte Morgenkaffee spritzte in einem lang dauernden dicken Strahl gegen feste Keramik

Anton schnürte seine Hose zu und fühlte sich jedem Perversen gewachsen. Nun konnte er das Zimmer auch der Höhe nach untersuchen. Für die Decke war er zu klein. Selbst vom Bett aus, wie er bald erfuhr. Aber die Öffnung der Tür zog ihn magisch an, wenn auch die Türe selber ihn nicht ermutigte. Sie war solide bis zum Geht nicht mehr unter seinen Fingern. Aber neben der Tür ertastete er eines jener Wunderdinge, die in der Bibel schon ganz zu Beginn mit der Allmacht verknüpft werden, einen Lichtschalter. Anton sprach göttlich: „Es werde Licht", und drückte und es ward Licht.

Anton erstaunte, wie weniges und doch wie entscheidendes das Licht dem Eindruck über das Zimmer hinzufügen konnte. Die Einzelheiten der Mauer und der Wand hatten seine Zehen richtig gesehen. Auch das Bett und der Koffer und die Tasche und die Vorhänge waren vom Tastsinn gut getroffen worden. Der Boden hatte sich der Nase mitgeteilt. Aber das Auge erfasste jetzt den Raum und dieser war formschön in seiner schon erfühlten Asymmetrie. Alles war weiß gestrichen, makellos neu. Die Vorhänge vor den Nasszellen knallten ein Grün und ein Orange ins Zimmer. Die Glühbirne war auf der rein weißen Decke an einer Lampenfassung befestigt, deren Metall glänzte und deren Glassturz fehlte. Der einzige Mangel, den Anton feststellen konnte. Fenster gab es keines, aber in einer Ecke der Mauer, wo Klo und Dusche waren, führte ein dunkler Kanal in die Tiefen der Mauer und musste eine Verbindung nach außen haben. Die Tür übergab auch dem Auge die Botschaft, dass von ihr nicht erwartet werden konnte, dass sie die Mauer schwächte, die den Raum umschloss. Heimatlich lag sein brauner Reisekoffer etwas links von der Zimmermitte und die gelbe Reisetasche neigte sich zutraulich zum harten Bruder hin. Es war ein Stilleben.

Anton erfasste immer mehr, welches Wunder er mit dem kleinen Schalter neben der Tür hatte und er klickte ein und aus, ein und aus, wie ein kindischer Gott, dem sein Spielzeug gefiel.

Dann setzte sich Anton, nicht Anton, der Gott der Lichtschöpfung, sondern Anton, die verkaufte Geisel, auf das Bett und dachte nach. Es war kein Fenster im Raum. Das würde bedeuten, dass der Raum unter der Erde lag. Die dicken Mauern aus Naturstein unterstützten diese Deutung. Aber wenn der Raum, in den eine Geisel verfrachtet wurde, schon mit Spülklosett und Dusche ausgestattet war, dann dürfte sich das Gesamtgebäude in bestem Zustand befinden. Er war nicht an arme Leute verkauft worden. Aber wer könnte im Libanon des Oktober 1994, drei Wochen bevor der Papst dorthin reiste, an einem Journalisten aus Österreich interessiert sein? Anton kam nicht dahinter und hoffte, dass die Käufer sich bald äußern würden.

Dann blickte er erstmals auf seine Uhr. Er hatte wieder die Zeit in seinem Besitz, jenes Gut, das einer Geisel als erstes abgenommen werden musste, wie Michel ihn aufgeklärt hatte. Der Zeiger zeigte zwölf Minuten vor drei Uhr und die Anzeige war ein Donnerstag und die Ziffer daneben die Vierzehn. Da hatte jemand herumgefummelt, um ihn zu verwirren. Er war am 02. Oktober um 20.00 Uhr in Beirut gelandet, er hatte im Flugzeug seine Uhr auf die Lokalzeit umgestellt. Wenn er seit seinem Einschlafen in diesem Raum nicht tagelang unbemerkt in der Bewusstlosigkeit gehalten geworden war, dann konnte jetzt nur Mittwoch der 05. Oktober sein. Drei Nächte war er im Ziegenstall eingesperrt gewesen. Die Abfahrt war an einem Morgen gewesen. Nach nüchternem Überlegen konnte die Uhrzeit doch stimmen. Es konnte zwölf Minuten vor fünfzehn Uhr sein. Aber am Mittwoch dem 05. Oktober. Für seine Zeitrechnung würde er bis zu besseren Beweisen am Mittwoch festhalten. Er stellte das Datum und den Wochentag wieder richtig.

Dann öffnete sich plötzlich die Türe. Er hörte keinen Schlüssel, der sich im Schloss gedreht hätte. So schaute Anton überrascht auf einen kleinen Mann, sehr dünn, für einen mediterranen Menschen sehr blass, als ob die Sonnenhaut seit vielen Jahren vom Schatten gebleicht worden wäre. Der Mann sagte nichts, sondern legte ein blaues Überkleid auf den Boden und verschwand wieder. Die Tür klackte leicht. Kein Schlüssel drehte sich. Sie mussten ein elektronisches Schloss haben. Das Kleid war wohl ein Befehl, es auch anzuziehen. Anton stieg aus den Jeans, entfernte das Hemd und schlüpfte hinein. Es passte für seine Figur. Das war nichts Besonderes. Die Konfektion des Orients war gegenüber beleibten, kurzbeinigen Männern viel entgegenkommender als die europäische. Anton musste meist Maß tragen. Seine Mitte war wohl erst für vier Meter Körpergröße bei einem Modellschlanken eingeplant. Vier Meter wuchsen auch die Schlankstars nicht in die Höhe. Konfektionsjeans brachte er nur bis knapp über die Knie an seinem Körper hoch. Er probierte es schon lange nicht mehr. Diese luftige Baumwollumhüllung genoss Anton.

Er hatte die einheimische Kleidung schon mehrfach auf seinen kurzen Reisen nach Ägypten und Israel getragen und hatte sich stets wohl gefühlt.

Er holte seine Sandalen aus der Reisetasche und zog sich frische Baumwollsocken an. Spiegel hatte er keinen gefunden, aber das war kein Problem für Anton. Er hatte ganz kurzes Haar, rundum geschoren und einen Vollbart, auch ziemlich kurz geschoren. Es gab nichts zu frisieren oder zu rasieren. Einmal im Monat ließ er sich nach schneiden. Aber er konnte auch zwei bis drei Monate durchhalten. Als er sich nun über den Kopf fuhr, war das nur eine Geste, die aus der langhaarigen Evolution des Menschen sich herübergerettet hatte und sie diente ihm dazu, seinen Hinterkopf zu befühlen, den er sich beim Aussteigen aus dem Entführungstaxi angeschlagen hatte. Anton musste schon kräftig auf die Stelle drücken, um einen kleinen Erinnerungsschmerz zu erzeugen. Das konnte abgehakt werden.

Dann putzte er sich die Zähne. Im Duschraum gab es kein Waschbecken, aber aus der Dusche floss das Wasser mit gutem, salzburgischem Druck, nicht diese Wüstenrandtröpfelei, die einem das Leben am südlichen Mittelmeer so verleiden konnte. Der Libanon, genauer, die Westabdachung des Libanongebirges zum Mittelmeer hin, war reich an gutem Quellwasser. Anton testete den Warmwasserdrehhahn und das Wasser steigerte die Temperatur zur mittleren Wärme. Er konnte zufrieden sein.

Wer zufrieden ist, wird automatisch bald darauf unzufrieden. Um halb vier fehlten Anton ein Kasten, ein Tisch, ein Sessel, ein gepolsterter Sessel für das bequeme Ausruhen. Er befürchtete, das würde nur der Anfang der Unzufriedenheit mit dem Raum sein, der ihn zuerst so glücklich gemacht hatte. Eine Tür für das Klo wäre dem Vorhang vorzuziehen. Aus Geruchsgründen. Mit einem Fenster hätte er etwas von der Umgebung sehen können. Vielleicht einen der berühmten Blicke vom Libanon über die schmale Küstenebene ans Meer und bis zu dessen Horizont. Hunger bekam er auch schon wieder. Das war ganz natürlich und trotzdem eine Schande.

Er wollte im Libanon abnehmen. Von 75 auf 70 Kilogramm. Seiner Schätzung nach hatte er bisher zwei Kilogramm (AUA und die vollen Töpfe von Michels Mutter) zugenommen. Er musste also von 77 auf 70 abnehmen.

Die Türe öffnete sich schon wieder und der kleine Mann kam herein. Er begutachtete Anton aus pechschwarzen Punktaugen. Aber das Gesicht blieb gleichgültig. Er nickte ihm mit dem Kopf zum Gehen. Martin sah nun die Türe von außen. Tatsächlich hatte sie das elektronische Schnickschnackschloss, das mit einem jederzeit wechselbaren Kode gesichert war. Eine aus Steinen gemauerte Stiege führte in einer kleinen Kurve aufwärts. Die Wand war gemauert wie Antons beide Zimmerseiten. Vor der Stiege führte ein Gang vorwärts und schien sich zu verzweigen. Aber dorthin fiel kein Licht mehr. Am Ende der Stiege gab es eine große, sehr schwere eiserne Tür, grün gestrichen, „Achtung: fällt von selber zu" stand auf französisch oben. Auch sie war elektronisch gesichert. Vor der Tür wechselte der Steinboden in Betonboden. Der Raum wirkte wie ein Zwischenreich mit zwei weiteren Eisentüren, eine gelb, eine rot gestrichen, beide ohne Aufschrift. Eine schmale Eisentreppe wand sich hoch und hatte über sich eine Eisenklappe ohne irgendwelche Sicherungen. Der dünne Mann klappte sie hoch. Oben war es taghell und sonnenwarm. Das Licht flutete durch eine riesige Glasfläche, in die Drahtgeflecht eingeschmolzen war. Das Sicherheitsglas ließ keinen Blick nach außen zu. Aber der Wärmestoß tat Anton wohl.

Er war also in seinem Raum zwei Stockwerk unter Tag. Der kleine Mann ging nun auf ein Türchen zu, das er öffnete und das so schmal schien, dass er kaum durchkam. Anton begann zu schwitzen und er musste sich tatsächlich etwas quetschen wie das biblische Kamel durch ein übergroßes Nadelör. Aber Anton kam durch, stolperte dann schwerfällig in einen abgedunkelten Raum, weil eine niedrige Stufe unangekündigt sein Gleichgewicht prüfte. Er sah auf großen Brettern jede Menge Dosen und Kanister und Gläser mit Marmelade und Gurken und Oliven und Kisten mit Flaschen.

Korbflaschen waren übereinander gestapelt. Zwei gewaltige Kühlschränke surrten an der Wand.

Bin ich in einem Hotel, fragte sich Anton. Aber die Wände sahen verstaubt aus und die Flaschen auch. In einem Hotel musste es mehr Umschlag geben. Dieses Vorratslager deutete auf längere Entnahmezeiten hin und auf selteneren Gebrauch.

Der kleine Mann war nun durch, musste kurz auf Anton warten, weil dieser beim Herumschauen langsamer geworden war. Die Tür war kaum zu sehen. Nur eine orange Leuchtschrift schrie, dass dahinter eine Küche sei und eine arabische Grünschrift schrie vermutlich dasselbe oder eine Schrift übersetzte für die andere. Der kleine Mann öffnete die Tür und dahinter war nicht die Küche. Es wand sich ein Gang durch, schmal, aber nicht so schmal, dass Anton Probleme gehabt hätte durchzukommen. Die Vorräte hier wirkten, als ob sie verwendet würden. Ein Marmeladetopf war halb geleert, ein Korken auf einer Korbflasche steckte schief im Flaschenhals. Nach der zweiten Kurve hing ein sehr dichter Stoffvorhang von ganz oben bis ganz unten in einer Maueröffnung und als der kleine Mann den Vorhang auf die Seite schob, drang der Küchenduft erstmals in Antons Nase. Es bedurfte noch zweier Vorhänge, die Wände dazwischen mit Regalen mit handlichen Gewürztöpfen und metallenen Kochtöpfen von ganz alt bis höchst modern, dann war der lange Weg zur Küche zu Ende. Der letzte Vorhang führte wieder ins Licht und in die Wärme, mit demselben grünlichen, drahtverschmolzenen Sicherheitsglas an einer ganzen Wandfront. Alle anderen Wände waren makellos weiß. Die Küche schien einen traditionellen Teil zu haben, mit einem offenen Holzkohlengrill und einen westlich modernen Teil mit E-Herd, Gasherd und zwei Mikrowellenherden in halber Höhe, mehrere Kühlschränke, eine wunderschöne Holzarbeitsplatte mit einer sehenswerten Messergalerie für Fleisch und für Gemüse. Die Küche war für ein Hotel entschieden zu klein, Anton hatte in Salzburg genügend viele gesehen, aber für eine Familie war sie viel zu groß. Er schätzte, dass

20 bis 30 Leute hier bekocht werden konnten. Wenn er die beiden großen, glänzenden kupfernen Kessel sah, dann würden bei dieser Speisenwahl auch hundert Gäste auf ihre Kalorien kommen.

Dann hörten alle Spekulationen in Antons ohnehin sehr mäßigem Kochteil seines Bewusstseins auf. Durch eine andere Tür war nämlich ein Mann gekommen, hatte sich als Halbschatten rasch von der Tür dem Licht zu bewegt und sich dabei zu Anton umgedreht. Die Überraschung schien beiderseits zu sein. Sie sahen einander so ähnlich wie Zwillinge. Ein Klon von mir, durchzuckte es Anton. Auf den zweiten Blick war die tiefere Tönung der Haut beim Eingetretenen ein zuverlässiges Unterscheidungsmerkmal und das viel tiefere Braun der Augen. Da bei diesem ersten Zusammenkommen beide ein blaues Kleid trugen, war die Ähnlichkeit noch frappanter. Und wenn Anton sich später erinnerte, so war ihm lebenslang eingeprägt, wie sein erster Gedanke brüderliche Sympathie gewesen war, vielleicht auch scheinheilige Hoffnung auf Hilfe seitens des Fastgleichen und wie das Gesicht seines Gegenübers sich mit einem Ruck von Gleichgültigkeit in Feindseligkeit verwandelt hatte, als ob hier der Böse böswillig die Gestalt des Guten angenommen habe, um den Guten bis ins Tiefste zu verletzen und der Gute sich nun zu wappnen habe gegen diese so offenkundige Herausforderung durch das Böse. Das Unheil war in diesen zwei bis drei Sekunden unwiderruflich fixiert, wie wenn man in einen großen Krug reinen Wassers einen Fingerhut Tinte schüttet. Es dauert, bis die Tinte sich aufgeteilt hat, als Trick bleiben manche Teile des Wassers noch eine Zeitlang rein, aber der Prozess ist unaufhaltsam. Angesichts der unwiderruflichen, blitzartigen Feindschaft des Dicken würde der kleine, dünne Mann in dieser Küche nicht einmal seinen Schatten verteidigen können. Er war erstarrt, wie ein Insekt, das den Tod sehr nahe weiß.

Ein Grollen auf arabisch kam aus dem Mund des erzürnten Klons.

Dann erstarrte Anton vor Staunen. Der kleine, dünne Mann ließ sich weder seinen Schatten von der Sonne auffressen noch hatte er die geringste Angst vor dieser Kanonenkugel vor ihm.

Ein gemächliches, gutturales Plätschern antwortete auf den Ausbruch. Oder so wie ein Berghang gelassen der wildesten Lawine ihre Laufrinne aufnötigt.

Der Klon drehte sich um und begann mit einem großen, gefährlichen Messer eine Gurke nach der anderen in gleichmäßige Stücke zu hacken. Anton zuckte bei jedem Hacker zusammen.

Wer hatte ihn im Zimmer beobachtet? Der Klon konnte es nicht gewesen sein. Seine Überraschung war echt gewesen. Vielleicht hatte er aber sein Gesicht nicht sehen können, weil der Sack darüber war. Der kleine, dünne Mann konnte nicht so laut lachen, wie es der Mann im Zimmer getan hatte. Aber Anton nahm sich vor aufzupassen. Der Minidiener war auf jeden Fall der unbestrittene Chef des Klons. Und da Anton annehmen durfte, dass sein Ort auf der Hierarchieleiter deutlich unterhalb des Klon liegen musste, war der kleine, dünne Mann für ihn noch viel mehr der Chef. Das mit dem Insekt und der Totenstarre hatte er völlig falsch beobachtet. Der Mann war einfach die Ruhe der absoluten Autorität gewesen und hatte nur aufgepasst, wann er sie ausspielen musste. War er der Käufer gewesen?

Die Tür, die der Klon für seinen Eintritt benutzt hatte, wurde wieder geöffnet. Ein Mann trat herein und stellte einen großen Korb mit Salat, Gurken, Tomaten, Zucchini auf den Boden neben der Arbeitsfläche. Der Klon kam herum, fasste Anton am Arm, deutete auf den Korb, auf die beiden Wasserbecken mit den Hähnen. Anton schaute kurz zum dünnen, kleinen Mann hin, der ganz klein nickte. Es war geklärt, dass der Klon in der Küche sein Chef sein würde. Anton nahm den Korb und trug ihn zum Becken und begann die Gurken abzubürsten, wie er dies in Ägypten gesehen hatte. Man ließ ihn arbeiten. Er häufte die gewaschenen Gemüsesorten in getrennte kleine Berge, bis der Korb leer war. Der Klon holte sie sich und schnitt sie zu. Messer bekam Anton keines in die Hand. Aber er hätte sich jederzeit eines greifen können. Sie hingen vor seiner Nase herum. Aber das hätte dem Klon vermutlich gefallen. Er war ein Fachmann mit dem Messer. Als Anton sich zwischendurch nach dem kleinen Dünnen umgeschaut hatte, war dieser verschwunden gewesen.

Dann führte ihn der Klon in die hintere Vorratskammer, ließ ihn einen Sack Kartoffel herausschleppen, abwaschen und abschälen. Dabei lehnte er grinsend gegen die Arbeitsplatte, während Anton auf seinem zugewiesenen, kleinen Schemel kaum sitzen konnte und mit den Kartoffeln seine Mühe hatte. Er war kein Profi. Er kaufte seine Mahlzeiten tiefgekühlt, wenn er nicht im Gasthaus aß. Wenn ihn die neuen Besitzer als Küchenhilfe gekauft hatten, dann war ihnen ein Fehler unterlaufen.

Klon schickte Anton mit einem Eimer Wasser und einem Tuch in den hinteren Vorratsraum und deutete energisch, er möge dort saubermachen. Anton startete die Reinigung. Er durfte ausgiebig sauber machen. Dann holte ihn Klon zurück und überraschte ihn neuerlich. Es war ein Drei-Kilogramm-Kessel mit Reis und Hammelfleisch und gedünstetem Gemüse, der da auf dem Brett dampfte.

Ein freundlicheres Arabisch grollte aus Klons Hintermund und eine Hand wies auf den Kessel. Anton fiel auf, dass Klon inzwischen sein Kleid gewechselt hatte. Er trug nun rot-weiß gestreift. Anton aß mit Appetit die scharf gewürzte Speise und wollte um etwas zu trinken bitten. Klon schüttelte den Kopf, als er die Zeichensprache verstanden hatte. Anton fasste dies so auf, dass er nur Wasser trinken dürfe und eilte zum Hahn. Klon riss ihn zurück und lächelte zumindest der Absicht nach tückisch. Anton war hineingelegt worden. Sein Leibesumfang ließ Appetit erwarten. Nun sollte er Durst leiden. Er durfte zwei Stunden lang leiden. Anton sah auch keinen Sinn, einen neuen Versuch zum Wasser zu wagen. Der Klon hatte zwar seine Figur, aber unter der Haut musste er ganz anders aussehen. Sein Griff war die richtige Klammer gewesen und Antons fleischiger Arm hatte sich nur ein bisschen winden können. Anton war nicht direkt schwächlich. Er war ein Dicker mit fester Grundlage. Seine Oberarme wirkten ausgedehnt. Aber Anton hatte an Muskeln nur jene Reste, die ihm eine gütige Biologie nach vierzig Lebensjahren gelassen hatte. Er hatte nie trainiert. So musste er den Klon, der in der Muskelfrage keiner war, walten lassen.

Dann kam der kleine, dünne Mann und führte ihn durch die Gänge zurück in seinen Raum. Anton wurde nicht gefesselt, nicht verwarnt, der kleine, dünne war sehr wahrscheinlich unbewaffnet. Es musste klar sein, dass Anton nichts unternehmen könnte, was von Bedeutung war.

Als die Tür zugeklickt war, stürzte Anton zur Dusche und ließ kalt rinnen und trank. Dann wollte er seinen Koffer und seine Reisetasche heranholen und nachschauen. Das Licht ging aus. Es musste eine Kamera geben und er musste ständig beobachtet werden können. Vielleicht war auch das schockierende Gelächter über Mikrofon und Lautsprecher eingespielt worden und der Mensch war still im Raum gestanden. Beim nächsten Licht würde er versuchen, die Kamera und den Lautsprecher zu entdecken und den Lautsprecher. Anton putzte sich im dunkeln die Zähne, wusch sich unter der warmen Dusche, zog mit Gefühl seinen Pyjama aus der Reisetasche und legte sich schlafen. Bevor er einschlafen konnte, musste er noch einmal trinken. Der Klon hatte den Pfeffersack weit aufgemacht für Antons Schüssel.

In der Nacht kam der Klon im Traum zu Anton. Er schüttete ständig Pfeffer in Antons Mund und sagte ganz freundlich „Iß nur, damit du groß und stark wirst.“ Weil so etwas auch im Traum nicht lange gut gehen kann, wachte Anton auf und der Klon stand vor ihm. Im Zimmer brannte die Glühlampe. Anton wollte sofort in die Duschhöhle gehen, denn sein Hals brannte immer noch. Der Klon fasste ihn von hinten, und damit war klar, dass jeder Widerstand nur dem

Vergnügen des Klon dienen würde. Anton wollte ihm keines gönnen. Sie gingen über die erste Stiege aufwärts, Anton strich zärtlich über die kalten Steine. Sie waren so wundervoll gleichgültig und garantiert frei von Rachsucht. Nach der grünen Eisentüre schob ihn der Klon schräg vorwärts zur gelben Türe. Er klopfte und der kleine, dünne Mann öffnete sie geräuschlos. Sie musste bestens geölt sein. Der Raum war klein, fensterlos, völlig weiß, ein abgenutzter Holzstuhl stand in der ersten Raumhälfte auf der rechten Wandseite. Anton wurde vom Klon mit kräftigem Armschub hingesetzt. Der Klon blieb hinter ihm stehen. Der kleine, dünne Mann setzte sich auf einen dicken Polster an der Wand gegenüber. Anton war nun klar, dass das Verhör der neuen Besitzer beginnen würde. Aber warum hatte man ihm nicht die Augen verbunden oder einen Sack drübergezogen? Der Sitzort des kleinen, dünnen Mannes schien zu sagen, dass er hier nicht der Chef sei, eher nur ein Sekretär des Chefs, einer, der das Material heranbringt und vorbereitet. Der Klon war der Mann, der für den körperlichen Druck auf Anton zuständig sein würde.

„Sie sind Anton Berger, Redakteur bei den „Salzburger Nachrichten“, einer Bundesländerzeitung in Österreich, zuständig für das Ressort Außenpolitik. Sie sind im Libanon, weil Sie über den Papstbesuch berichten werden. Sie möchten das Land und seine Menschen und die Probleme besser kennen lernen und haben sich daher drei Wochen ihrer gesetzlichen Freizeit genommen, um das zu schaffen. Es ist sozusagen eine Mischform zwischen Ihrer Arbeit und Ihren privaten Interessen. Ist das korrekt?“

Wer auch immer die Stimme auf französisch sein mochte, sie klang etwas verzerrt durch den Lautsprecher. Sie wollte nicht wiedererkannt werden. Die Angaben stimmten. Anton überlegte kurz. Samtstimme hatte ihn samt Informationen verkauft. Ein harter Griff im Nacken belehrte ihn, dass es Zeit war zu antworten.

„Das ist korrekt.“

„Sie haben bisher Ägypten, Tunesien und Israel besucht.“

„Ja."
„Warum auch Israel?"
„Weil es ein dienstlicher Auftrag war."
„Privat wären sie nicht hingefahren?"
„Ich würde meine Arbeit schlecht leisten, wenn ich sie nicht mögen würde."
„Das ist eine ausweichende Antwort."
„Ich wäre auch privat nach Israel gefahren."
Die Stimme schwieg kurz. Antons Antwort schien nicht in das vorbereitete Schema zu passen. Der Klon rührte sich bei diesem Bekenntnis nicht. Er verstand anscheinend kein Französisch. Umso besser.
„Würden Sie auch in den Südlibanon fahren?"
„Nein."
„Warum nicht?"
„Ich bin politischer Redakteur und kein Kriegsberichterstatter."
„Wenn Ihr Dienstgeber Ihnen den Auftrag dazu gibt?"
„Dann würde ich mich weigern."
„Das würden Sie nicht, dann würden Sie entlassen."
„Nein. In Österreich kann kein Journalist in ein Kriegsgebiet genötigt werden."
Die Stimme schwieg wieder. Das schien ihr neu zu sein.
„Aber es gibt österreichische Journalisten in Kriegsgebieten, in Bosnien zum Beispiel."
„Ja. Aber die sind freiwillig dort."
„Sie gehören nicht zu diesen Freiwilligen?"
„Nein."
„Aber Sie sind in den Libanon gefahren?"
„Der Libanon gilt als deutlich geringeres Risiko als ein Kriegsgebiet."
„Was würde Ihre Firma für Ihre Freiheit zahlen?"
Nun war die erste wichtige Frage, wenn nicht überhaupt die wichtigste auf dem Tisch. Anton hatte oft über die Antwort darauf nachgedacht. Er hatte sich entschlossen, sie nicht zu kennen.
„Das weiß ich nicht."

„Warum nicht?"

„Weil die Firma, bei der ich angestellt bin, ihre Mitarbeiter nicht in solche Risiken schickt."

„Aber nun sind Sie mitten im Risiko."

Jetzt galt es, einen Gegenzug zu führen.

„Ich meine das nicht. Medienleute sind derzeit keine brauchbaren Geiseln im Libanon."

„Warum sind Sie dann hier?"

„Eine geschäftliche Panne eines mir dem Namen nach nicht bekannten libanesischen gewerblichen Mittelbetriebes."

Und da musste Anton nachlegen, sonst kam er überhaupt nicht mehr an ein Wasser gegen das Brennen im Hals.

„Ich würde mich freuen, wenn Sie diese Panne nicht fortsetzen würden."

„Wir haben für Sie 10 000 US-Dollar gezahlt."

Die Stimme gab sich offenherzig. Anton konnte ohnehin nichts nachprüfen.

„Wir werden mindestens diese Summe und unsere Spesen verlangen."

Die Spesen waren anscheinend ein fixer Bestandteil des libanesischen Weltbildes an sich, unabhängig von der Weltanschauung.

„Aber in einem Punkt haben Sie recht. Wir haben im Augenblick keine besondere Verwendung für Sie. Wir haben Sie als Option erworben. Für den Fall, dass vor oder während des Papstbesuches einer unserer Kämpfer verhaftet werden sollte. Dann würden Sie zu unserer Geisel werden. Und viel weniger angenehm leben müssen. Leider. Wie unangenehm, das wissen Sie ja aus den Berichten Ihrer Vorgänger. Bis dahin erwarte ich vollständigen Gehorsam und keine Fluchtversuche. Wir können grundsätzlich keine Pannen zulassen und wir möchten grundsätzlich 10 000 Dollar plus Spesen nicht verlieren."

Zu Antons Überraschung kam jetzt ein arabischer Wortfetzen und dann riss ihn der Klon schon hoch und brachte ihn in seinen Raum zurück. Ohne Gewalttätigkeit. Anton trank kaltes Wasser, bis ihm der Magen weh tat. Es gab also, fasste er vor dem Einschlafen zusammen, im Libanon inzwischen eine Optionsbörse für Geiseln. 20 000 Dollar würden die „Salzburger Nachrichten“ für ihn schon ohne großes Jammern lockermachen. Bei 50 000 Dollar vermutete Anton eine erste Schmerzgrenze. Wissen konnte er nichts. Das Thema war wirklich nie erörtert worden. Nicht einmal als Faschingsscherz. Weil das Brennen im Hals nun bekämpft schien, konnte Anton mit dem Einschlafen anfangen. Den Pyjama hatte er bereits an. Verhöre mit kurzen Wegen hatten auch ihre Vorzüge. Am meisten erstaunte Anton, dass der Vertreter der Hisbollah ohne politische Sprüche ausgekommen war. Der kleine Hinweis auf Israel und den Südlibanon war nicht einmal protokollarisch von Bedeutung. Anton hatte bei seiner Arbeit seitenweise fundamentalistische Verrücktheiten gelesen und war auf eine Auswahl vorbereitet gewesen. Vielleicht war der Bursche gar kein Hisbollah, vielleicht gehörte er zu einer Gruppe der Amal-Miliz. Aber deren Führer Nabih Berri saß in der Regierung. Diese Milizen brauchten keine Option auf eine Geisel. Anton konnte nur hoffen, dass wenigstens der syrische Geheimdienst durch das Chaos der Milizen und ihrer Untergruppen durchblickte. Anton fühlte sich müde und schlief ein.

Der nächste Tag begann mit Gemüsewaschen. Ohne Frühstück. Endlich abnehmen, freute sich Anton und ärgerte sich über seinen Hunger. Der Klon deutete ihm die Arbeit vor und Anton bemühte sich. Der kleine, dünne Mann war nicht im Raum, was Antons Gehorsam vermehrte. Dem Klon war nicht zu trauen. Aber er brachte ihm gegen Abend wieder einen Riesentopf mit Reis und Gemüse und Fleisch und grinste unverschämt und lehnte sich mit der Hand am großen Hammelfleischmesser gegen das Fleischzubereitungsbrett. Was auch immer in den Klon gefahren sein mochte, diesmal war der Topf bestens gewürzt. Als Anton ihn leer gegessen hatte, hatte er zwei Kilogramm Speisen und einen Liter besten Libanonwassers in sich. Der Klon geleitete ihn in sein Zimmer. Dort wartete die nächste angenehme Überraschung. An der Wand stand ein größeres Gestell mit Vorhängen. Dahinter war der Inhalt von Antons Koffer und Reisetasche fein säuberlich geordnet aufgelegt. Tisch und Sessel fehlten noch und Anton war mutig genug, dies dem Klon zu erklären, indem er sich in der Raummitte auf den nichtvorhandenen Sessel setzte und die Ellbogen auf den nichtvorhandenen Tisch stützte. Der Klon nickte verständnisvoll. Er ging hinaus, die schwere Tür klickte zu und das Licht ging von selber aus. Anton versuchte kein Gottspiel am Schalter. Er wusste, es gab hier einen Obergott. Waschen und Zähneputzen und Pyjamaanziehen schaffte Anton auch im Finstern.

Diesmal erschien der Klon nicht im Traum. Aber in der Wirklichkeit kam er trotzdem.

Anton folgte ihm widerspruchslos in das Zimmer hinter der gelben Tür. Der Sessel stand dort, als ob er mit dem Boden fest verbunden sei. Der Klon setzte sich auf den Platz, den am Abend vorher der kleine, dünne Mann eingenommen hatte. Der Klon grinste. Anton fand nicht heraus wie. Ihn störte, dass er mit dem Klon allein war.

Der Klon sprach ihn arabisch an. „Was soll das?", fragte sich Anton. Zu voreilig. Denn eine französische Stimme kam über den Lautsprecher, leicht verzerrt. Nicht die Stimme der letzten Nacht. Die Lautsprecherstimme wollte von Anton wissen, ob er ein Kreuzesanbeter sei. Auf diese Frage war Anton bestens vorbereitet. Er antwortete propagandistisch korrekt mit „Nein". Die Stimme sagte irgendwie „la". Anton fuchste heraus, das könnte Nein auf arabisch sein. Er hatte in den Langenscheidt Sprachführer Arabisch gelinst, im AUA-Flugzeug. Aber sofort aufgegeben, als er gemerkt hatte, wie wunderschön komplex arabisch war. Der Klon hatte sich also einen Dolmetsch organisiert. Der Chef und der Oberchef kontrollierten ihn heute Nacht anscheinend nicht. Anton bereitete sich auf unangenehme Zeiten vor.

Den Klon hatte Antons Nein erzürnt.

„Du lügst, Kreuzesanbeter. In deinem Ausweis steht etwas unter Religion."

Anton hatte jetzt immer zwei Informationen zu koordinieren. Die emotionale des Klons, die er sehen konnte und die sprachliche der Übersetzerstimme. Er konnte seine emotionale Interpretation auch dem Klon direkt mitteilen.

„In Europa sagt der Hinweis im Ausweis nichts darüber, ob jemand an Gott glaubt oder nicht. Viele Leute lassen das aus Gewohnheit drinnen stehen. Ich auch."

„So bist du noch schlimmer als die Kreuzesanbeter. Du glaubst überhaupt nicht?"

Darin schwangen Wut und eine Art Erstaunen, tatsächlich so ein Objekt gefunden zu haben. Der Klon war aufgesprungen und stand aggressiv vor ihm.

„Nein." sagte Anton „La" sagte die Stimme. Klare Verhältnisse. Anton hätte ihm gerne die viel kompliziertere Fassung seines Bewusstseins erläutert. Aber am Ende hätte sich für das Bewusstsein des Klon nichts geändert. Er mochte in Sachen Religion keine Nuancen.

„So gehörst du zum großen Reich des Satan."

Er schien keine Antwort zu erwarten und Anton sagte auch nichts. Der Klon setzte sich wieder. Anton trug die Bürde des Scheitans, des Satan, leicht.

„Die Partei Allahs wird auch im Libanon siegen."

Das hatte Anton fast ohne Dolmetsch verstanden. „Hisbollah", die Partei Gottes. Der Mann war ihr Anhänger.

„Wir werden die Christen, die Drusen, die Sunniten und die Syrer vernichten. Dann werden auch die Juden einsehen, dass sie im Libanon nichts mehr gewinnen können."

Anton wollte ihm nicht erklären, dass die politische Lage für die Partei Gottes deutlich weniger günstig lag.

„Der Libanon wird nach dem Iran die zweite islamische Republik auf dieser Welt sein und von hier aus werden wir Syrien und Ägypten und Jordanien und die Türkei erobern. Und Scheich Fadel Allah wird unser Führer sein."

Die Erwähnung von Scheich Fadel Allah bestätigte, dass der Klon Hisbollah-Anhänger war. Mit dem Scheich wollte

Anton nichts zu tun haben. Er war einer der Meister der Maske und des Tricks und ein völlig ungerührter Vertreter des Terrors, dem er seine geistlichen Mäntelchen umhängte.

„Wir werden ein ganz modernes Krankenhaus in Westbeirut haben. Und alle Schwestern werden den Schleier tragen und nur Ärztinnen werden die Körper der Frauen sehen und angreifen. Und in den Schulen wird das Gebot des Koran gelehrt werden und kein großes Gift. Alle werden Arbeit haben und Brot."

Die soziale Utopie der islamischen Fundamentalisten war Anton vertraut. Die weite Entfernung der Wirklichkeit im Iran auch. Aber Anton wusste, dass diese Gemeinschaften auf sozialem Gebiet einiges leisteten und ihre Verwurzelung unter den Menschen nicht nur auf propagandistischen Tricks beruhte. Aber die nun fünfzehn Jahre Entwicklung im Iran hatten die engen Grenzen des fundamentalistischen Konzepts aufgezeigt.

„Zwei Söhne und eine Tochter sind mir unwürdigem Vater als Märtyrer vorausgegangen."

Der Sprung ins Private überraschte Anton. Was ging in dem dicken, kräftigen Mann vor ihm vor, der ihm in der schwachen Beleuchtung noch ähnlicher sah?

„Ahmed stürmte mit der Kalaschnikow ein Haus in Ostbeirut und tötete viele Christenhunde, bevor sie ihn erwischten. Rashid deponierte den Sprengstoff in einem weißen Mercedes, der eine Versammlung gottloser Arafatanhänger in die Hölle schickte. Und Fatima, mein Herz und mein Leben, band sich das rote Tuch um die Stirn und warf sich mit einer Sprengladung unter dem Kleid in eine gottlose Discothek an der grünen Linie, die versuchte, die Anhänger der Propheten zur Pornographie zu verführen."

Der Klon war zusammengesunken, richtete sich wieder auf.

„Ich sage dir das, damit du weißt, ich werde dich töten, wenn es mir befohlen wird."

Anton hatte ohnehin nicht mit Begnadigung von dieser Seite gerechnet. Es gelang Anton nicht, das Erschreckende und das Berührende des verführten Fanatikers zu sehen. Der Horror in Anton war stets groß gewesen, wenn er solche Typen vor sich hatte. In Salzburg waren nur einige unbeirrbare Nazis zu haben. Meist zu alt zur Tat. Und die Jungnazis aus Deutschland hatten Salzburg auf der Mörderebene noch nicht erreicht. Es war schlimm, wenn ein Mensch in einen solchen Zustand geriet wie der Klon und tausende andere seiner Bewusstseinsgenossen. Aber es war noch schlimmer war, was sie dann anderen Menschen antaten. So konnte Anton kein Mitleid mit ihrem Unglück fühlen. Sie waren das Unglück, das bekämpft gehörte. Aber es war kein spezifisch islamisches Unglück, wie kurzsichtige Europäer in diesen Zeiten behaupteten. Es war eine grundlegende Möglichkeit an Unglück für jede Gesellschaft, die ihre Offenheit verlor, die nicht fähig war, mit ihren Schwächen zu leben.

Wer war dieser Mann, den er Klon nannte? Er konnte keinen hohen Rang in der Hierarchie haben. Anton wusste, dass die Hisbollah unter der geistlichen und terroristischen Leitung von Fadel Allah große Freiheiten in allen ihren Plänen hatten. Sie fragten den Scheich, ob ein Plan Gottes Wille sein würde. Wenn der Scheich zustimmte, war die Sache geritzt. Oder der Scheich erklärte allgemein ein gewisses Ziel wie die Reinigung Beiruts von westlichen Videos oder Musikdarbietungen oder ein Dutzend anderer Dinge als wichtig, dann konnten die Gruppen auf eigene Planung und Verantwortung vorgehen. Der Klon konnte einer solchen Gruppe angehören. Aber was sollte die Gruppe an diesem Ort? Anton bremste sich ein. Er wusste kaum etwas von diesem Ort. Er war hineingetragen worden, kannte zwei Räume, zwei Vorratskammern, eine Küche und hatte zwei Leute gesehen und zwei andere gehört. Das war zu wenig um etwas zu vermuten. Aber ganz unbedeutend konnte die Gruppe nicht sein. Sie hatte nach eigener Aussage 10 000 US-Dollar für ihn bezahlt. Der Jubel von Michel über den guten Verkauf Antons bestätigte die Information. Es war Anton bekannt, dass der Iran zwar eine Menge Terror im Libanon finanzierte, aber ein sparsamer Onkel war. Die örtlichen Gruppen mussten sich ihr Geld selber organisieren. Der Hinweis auf ein Attentat im Zusammenhang mit dem Papstbesuch war daher nicht unbedingt eine Großsprecherei gewesen. Dafür könnte es soviel Geld gegeben haben, dass sie 10 000 Dollar für eine solche Nebenausgabe zur Verfügung hatten.

„Ich werde dich töten, wenn es mir befohlen wird."

Der Klon stand jetzt vor ihm und deutete an, wie gerne er Anton erwürgen würde. Er war zu sprunghaft für eine leitende Aufgabe. Anton betrachtete ihn deutlich kühler.

Der Klon konnte ihn zwar durch Gags schrecken, aber er war nicht zu fürchten. Es durfte nur kein Befehl gekommen sein. Aber Anton konnte in keiner Weise wissen, wer und wann einen Befehl ihn zu töten geben konnte. Die Verhörstimme der ersten Nacht? Konnte genauso gut ein besserer Bote, ein Assistent sein. War es wahrscheinlich gewesen. Denn Anton war noch kein Fall, war erst eine Option. Und viel zu wenig wichtig für einen wirklichen Terrorchef. Wenn ein solcher ein Attentat beim Papstbesuch plante hatte er Wichtigeres zu tun als den kleinen Wortwechsel mit Anton in der vorherigen Nacht.

„Ich möchte schlafen gehen."

Anton griff an.

Der Klon hörte der Übersetzerstimme zu. Er hatte anscheinend auch ausgesprochen. Er stand auf und stieß Anton aggressiv bis in sein Zimmer.

Am nächsten Vormittag schnitt sich Anton mit dem großen Gemüsemesser ziemlich tief in seinen Zeigefinger. Er hatte einen Augenblick zu lange dem Klon zugeschaut, der einen Hammel fachgerecht auseinanderschnitt. Die Wunde blutete ziemlich stark. Als sie nach einer Stunde noch immer nicht geschlossen war, wurde der Klon unruhig. Vorher hatte er Anton nur gedeutet, so weiterzuarbeiten, dass kein Blut auf das Gemüse kam. Der Klon stieß das Messer wütend mit der Spitze in das harte Brett. Es taumelte herum und fiel dann. Der Klon war bereits durch die Tür, die nicht in die Vorratskammern führte, verschwunden. Vielleicht gab es draußen einen Erste Hilfe Kasten. Der Klon kam nicht zurück.

Das Blut floss weiter. Anton steckte den Finger in den Mund und versuchte mit dem Speichel die Wunde zu desinfizieren. Der Klon kam nicht zurück. Als sich die Tür öffnete, stand der kleine, dünne Mann dort, die nächste Instanz nach dem Klon. Er schaute sich den Finger an, ärgerte sich sichtbar und winkte Anton mit sich. Es ging nun über eine wunderschöne Holzstiege aufwärts. Blassblaue Vorhänge verhinderten den Blick nach außen. Eine zartblaue Tür war in die weiße Wand eingelassen. Dann kam noch eine blassblaue Tür. Bei der dritten blieb der Führer stehen, klopfte, öffnete sie, ohne eine Reaktion von innen abzuwarten, trat beiseite und ließ Anton eintreten und schloss die Türe hinter ihm.

Es war kein Erste-Hilfe-Raum. Es gab einen wundervoll geschnitzten Tisch. Später erkannte Anton, dass es tatsächlich die Zeder war, die er hier verarbeitet gesehen hatte. Vier stilistisch dazupassende Stühle standen um den Tisch herum. Blassblaue Decken mit dunkelblauen Stickereien bedeckten den Tisch. Die Wände waren mit blauen Tapeten bis zum Plafond bedeckt, gelbfarbene Medaillons zeigten verschiedene Vögel in der Manier des neunzehnten Jahrhunderts in Europa. Ein künstlerisch wertvoller Luster aus Messing mit viel Kristall, aber keine Kerzen steckten in den kunstvoll gehämmerten Halterungen. Das Licht mussten wohl zwei Chromstehlampen spenden, die in entgegengesetzten Ecken standen. Ein übler Stilbruch in diesem fein abgestimmten Ambiente. Die blassblauen Vorhänge waren vorgezogen. Alles andere hätte Anton überrascht. Zwei Türen auf der Wandseite boten Ausgang in das Unbekannte dieses Gebäudes. Aber Anton nahm mit guten Gründen an, dass er hier zu warten hatte. Weil die Wunde weiter blutete, steckte er den Finger immer wieder einmal in den Mund. In so einem Moment öffnete sich ohne Vorwarnung durch ein Geräusch eine der beiden blassblauen Türen.

Eine Frau kam herein und erwischte ihn Finger lutschend. Eine zweite kleine, alte Frau kam rasch hinterdrein und sie trug einen Kasten mit einem großen Roten Kreuz, den sie auf den Tisch stellte und öffnete.

Anton hatte den Finger immer noch im Mund. Er starrte die eine Frau an. Ein kleiner Mann, 170 Zentimeter, dick, mit einem blauen Baumwollkleid, der Bauch war zu bemerken. Ein struppiger Wuchs brauner Haare, rundum auf ein bis zwei Zentimeter kopfrundum gekürzt, wie ein zusätzlicher Vollbart auf der Kopfoberfläche, dann noch der wirkliche Vollbart, auch ganz kurz geschoren, in einem runden, fleischigen Gesicht ohne Falten, braune Augen, nicht besonders groß oder strahlend, ein voller Mund, die Lippen um den Zeigefinger der linken Hand geschlossen wie um einen Schnuller, dahinter weiße Zähne, im Moment nicht zu sehen, eine erste Anzahl Schweißperlen, ganz frisch, zu denen laufend neue aus den Hautporen dazufilterten. Anton war in dem Augenblick nicht bereit, für die Kamera eines Partnerinstituts zu posieren.

Aber sie lächelte nicht abfällig. Sie schaute ihn an wie man eine Glaswand anschaut, eine sauber geputzte, durch die man ohne anzuhalten auf etwas anderes blicken kann. Sie war auch nicht groß, geringfügig kleiner als Anton, hätte sie nicht Schuhe mit hohen Absätzen getragen. So aber stand ihr voll rot angestrichener, großer Mund ganz leicht höher als der von Anton wie der Austritt des flüssigen Eisens aus dem Hochofen vor dem Arbeiter. Sie trug einen weißen, engen Rock, der über dem Knie endete, aber nicht als Mini, als Herausforderung, sondern achtlos, aber absichtlich achtlos, um den dunklen, glatten Glanz der Haut ihrer Beine hervorzuheben. Ihre Mitte war nicht europäisch dünn, sondern eine einladende Einsattelung zwischen den festen Dünen der Hüfte und des Oberkörpers. Ihre Brüste versteckte sie hinter einem Jackett in blassem Blau. Aber Anton war schon erregt genug, sie sich vorzustellen. Die Augen bremsten ihn ein. Sie schauten tief und dunkel und groß und absolut gleichgültig auf ihn. Eine freie Welle schwarzblauen Haares floss rechts und links um das ovale Gesicht bis etwa zum Ende des Halses, und der schwarze, dicke Stift über den Augenbrauen und unter den Augenlidern verstärkte den Eindruck, er stehe einer durch Zufall lebendig gewordenen ägyptischen Statue

gegenüber. Über viertausend Jahre hinweg standen sie sich gegenüber, er mit dem Finger im Mund.

„Sie haben sich verletzt. Zeigen Sie her."

Wenigstens war ihre Stimme nicht sinnlich, sondern spröde, gelangweilt. Anton streckte den linken Arm vor, bog die anderen Finger der linken Hand zurück, sodass der angeschnittene Zeigefinger sich begutachten ließ. Der Schnitt war ziemlich genau zwischen den beiden vorderen Fingergliedern und als Anton nun die Hand über den weißen Mulltuchhügel hielt, den die alte Frau auf den Tisch gelegt hatte, tropfte ein hässlicher roter Flecken darauf.

„Bis zum Knochen ging das Messer nicht."

Sie ließ nicht zu, dass er an die Mitleidsmasche auch nur denken konnte. Sie nickte der alten Frau zu. Diese schüttete eine ordentliche Menge Jod über die Wunde, ließ Anton leiden, gab dann eine Heilsalbe in einem dicken Haufen quer drauf, legte mehrere Mullleinenstücke rundherum, die sie aus einer noch verschlossenen, neuen Packung herausgeholt hatte und klebte das Ganze mit Gefühl und Hansaplast fest und wickelte zuletzt eine Binde über den Zeigefinger und legte die nötigen Schlingen um die Hand, damit das ganze ein festsitzender Verband wurde. Der alten Frau fehlte nur das Rot-Kreuz-Emblem auf dem Ärmel. Die eine Frau konnte Anton die ganze Zeit über nicht sehen, weil sie sich auf die abgewandte Seite des Tisches gestellt hatte. Aber er roch ihr Parfum in regelmäßigen Wellen und es erinnerte ihn an ihren Anblick und erregte ihn. Zum Glück konnte sein Penis unter dem weiten Kleid nicht hervorstehen. Es wäre im Augenblick zusätzlich peinlich für ihn gewesen. Für ihn. Kaum für sie, vermutete er. Sie winkte ihn mit einer kleinen Bewegung ihrer rechten Hand zur Tür zurück, durch die er hereingekommen war. Während er sich erhob, die alte Frau den Erste-Hilfe-Kasten ordnete, war sie schon draußen und Anton wurde Sekunden später vom kleinen, dünnen Mann empfangen, der im Gang vor der blassblauen Tür gewartet hatte.

Klon grinste ihn an, als Anton in die Küche zurückkam. Anton verweigerte den Blickkontakt. Mit dem Verband war er als Gemüsewäscher ungeeignet. Klon führte ihn in seinen Raum. Der Lichtschalter ließ sich ein und ausschalten. Anton war wieder Gott.

Aber ein schwacher Gott. Seit er die AUA-Stewardess wie die meisten anderen männlichen Passagiere begehrenswert gefunden hatte, hatte er mit seiner Sexualität keine Probleme mehr gehabt. Die Entführung und ihr Schock, die Isolation, hatten die Biologie in einen Winterschlaf versetzt. Diese Frau hatte durch ihre kurze Anwesenheit die Geschlechtlichkeit in Antons Leib aufgescheucht. Zur Verschärfung der Lage hatte man ihn in sein Zimmer zurückgeschickt, damit er an nichts anderes denken konnte als an sie. Es waren lauter erfreuliche Erinnerungen, an die sich Anton auf der sinnlichen Seite halten konnte. Dass diese Signale gerade ihn sehr deutlich ausgeschlossen hatten, interessierte seinen Körper überhaupt nicht. Er tat so, als ob sie ganz für ihn bestimmt gewesen wären.

Anton döste auf dem Bett dahin. Die dünne Decke lag unter ihm. Er hatte nur die Schuhe ausgezogen und es sich bequem gemacht. Dass er es sich gerne bequem machte, war immer ein wenig sein Problem gewesen. Schon als Anton zehn Jahre alt war, hatte der Benjamin, ein übler Bursche von derselben Stiege, den Spottvers gegen ihn erfunden: „Groß wie ein Zwerg, leicht wie ein Berg." Seine Mutter hatte ihn getröstet, dass viele kleine, dicke Kinder große, schlanke Erwachsene würden. Als Anton achtzehn geworden war und bei 170 Zentimetern, laut Messung bei der Musterung des österreichischen Bundesheeres, stecken geblieben war und das erste mal siebzig Kilogramm auf der Waage gesehen hatte, hatte er diese Hoffnung abgeschrieben. Er lebte mit seiner Figur, gehörte zu den so genannten lebhaften Dicken. Bis jetzt hatten seine Gelenke und seine Wirbelsäule und sein Meniskus und was auch immer, das in allen Medien horroristisch geschilderte Übergewicht mit Geduld und ohne Schäden ertragen.

Jahrelang war er von den Frauen nicht beachtet worden. Jahrelang war ihm dies auch egal gewesen. Er war spät dran gewesen in der Entwicklung und hatte eine Anzahl möglicher Pubertäten in der Philosophie und Literatur und Geschichte absolviert, bevor ihn eine Anna auf die biologische Seite des Lebens aufmerksam gemacht hatte. Seither hatte er sich oft geirrt. Und er hatte entdeckt, dass seine äußere Erscheinung eine sorgfältige Analyse der Situation erforderte, bevor er sinnvoll aktiv werden konnte. Mit einer Schlussfolgerung lautete seine Erfahrung: ihm gefielen viele Frauen, er gefiel nur wenigen und von denen gefielen wiederum ihm nur wenige. Er war, manchmal zu seinem Kummer, aber meist zu seiner Zufriedenheit, anspruchsvoller, als er hätte sein sollen. Und das zusätzliche Problem war, dass viele Frauen, die ihm gefielen, gar nie auf die Idee kamen, dass er als Mann unterwegs zu ihnen sein könnte. Sie behandelten ihn oft deshalb freundschaftlich, bis hin zu harmlosen Intimitäten, weil er für sie garantiert harmlos war und sie sich beim ihm erholen wollten von den Männern, die für sie von Bedeutung waren. So musste Anton auch noch diese Typen ausfiltern, wenn er sich nicht zu viele Enttäuschungen holen wollte.

Es war im Salzburg der zweiten Hälfte des zwanzigsten Jahrhunderts nicht einfach, ein Mann von 170 Zentimeter Größe und 75 Kilogramm Gewicht zu sein. Der Trend war gegen ihn.

Im Beruf war Anton nicht so bequem gewesen wie gegenüber der Fitness, wenn auch frei von hektischer Aktivität, die manche Journalisten, auch gute Journalisten, kennzeichnete. Er war ein Anhänger der kurzen Wege geworden. Er rannte um keine Felswände herum, er seilte sich über sie ab, bildlich gesprochen. Seine Lieblingsgeschichte für seine Arbeitsmethode war in den Jahren immer mehr die Fabel vom Hasen mit den beiden Igeln geworden. Die Igel, einander so ähnlich, dass der Hase sie nicht unterscheiden konnte, bei dem Tempo, das er vorlegte, hatten sich beim Wettrennen aufgeteilt. Ein Igel saß am Start. Der andere Igel saß am Umkehrpunkt. So ließen sie den Hasen zu Tode laufen. Wäre dieser nur einmal länger stehen geblieben und hätte sich den Igel vor ihm genau angeschaut, hätte er den Schwindel bemerken müssen. Igel Anton schwindelte nicht in dieser Weise. Er war nur einer und konnte nur durch geschickte Organisation der Arbeit schnell wie zwei sein. Da war er ganz gut geworden. Der Stressberuf Journalist hatte ihn nur ganz selten gestresst. Er kannte sein Arbeitsgebiet und ließ sich nicht in Panik versetzen. Auch nicht vom Chefredakteur. Und wenn es schon einmal ganz flott zuging: er war ein geschwinder Dicker wie gesagt.

Er lebte allein und konnte so seine Zeit und Energie frei verteilen. Er liebte Salzburgs Kultur, was immer seine Kolleginnen und Kollegen Kritisches in ihrem Ressort vermerken mochten. Er mochte die historisch gewachsene Stadt, nicht nur, weil das Cafe „Tomaselli" seinen Mehlspeisneigungen entgegenkam. Er trank auch gerne Stiegl Bier und war überhaupt ein Freund der örtlichen Spezialitäten. Er kümmerte sich nicht um den Untersberg und hielt die Leute für verrückt, die dort hinauf rannten und schaute sich die Herrlichkeit der Alpen im Fernsehen an und dachte nicht daran, diese Schönheiten durch seine Fußtritte zu entweihen, wie einige seiner Kollegen nicht müde wurden.

Er hatte sich eingependelt in seinem Leben. Als er zu diesem schon so oft gefundenen und bestätigten Grundgedanken seiner Existenz hingefunden hatte, den eine Option als Geisel nicht erschüttern konnte, entschloss er sich einzuschlafen, was ihm hervorragend gelang. Als er abgeholt wurde, vom kleinen dünnen Mann, hatte er acht Stunden geschlafen. Es war sieben Uhr am Abend. Er bekam eine zweite Reinigung mit Jod und eine neue Menge Salbe von der alten Frau. Keine Sie war dabei. Die Wunde schmerzte nicht. Er würde sie nur längere Zeit behandeln lassen müssen, da sie tief war.

Der kleine, dünne Mann führte ihn dann nicht zurück, sondern durch einen Gang zu einer Tür, die Anton elektrisierte. Sie musste nach außen führen. Sie tat es und draußen war eine kleine Weinlaube mit einem kleinen niedrigen Rundtisch und zwei bequem aussehenden Korbsesseln. Die frische

Luft war ein gewaltiges Ereignis. Von der Landschaft sah er noch immer nichts, da die Weinranken und Blätter sehr dicht waren und die Sonne nur durch Luken durchließen. Anton wagte nicht, zu einer solchen kleinen Luke hinzugehen und durchzuschauen.

„Sie wollte Sie sehen."

Der kleine, dünne Mann erklärte die Lage und ging. Anton wartete und wagte sich noch nicht zu setzen, da ihm kein Sessel angeboten worden war. Er war im Augenblick nicht nervös. Denn er hatte das Erwartungsgefühl schon verbraucht, als sie beim Verbandwechsel nicht erschienen war. Sie sollte nur kommen. Er hatte verstanden und würde seinem Körper nicht erlauben, seinen Geist zu blamieren. Er hatte Glück. als die Tür aufging und er doch den heißen Stich verspürte, war es nicht sie, sondern die alte Frau, die ein großes Tablett mit Käse und Fladenbrot und Früchten brachte und einen Krug mit rotem Wein und einen Krug Wasser. Sie kam so rasch danach, dass nach den Gesetzen der Sinnesphysiologie der Körper die chemischen Mittel für einen zweiten Stich einfach noch nicht wieder produziert haben konnte.

„Ich wollte mit Ihnen reden. Setzen Sie sich."

Sie gab ihm nicht die Hand, schaute ihn nur ruhig an. Sie trug ein bequemes, weites, gestricktes, knöchellanges weißes Kleid, das keinerlei Figur sehen ließ. Nur der weite Ausschnitt um den Hals herum zeigte makellose mediterrane Haut. Aber er war nicht weit genug, um ihre Schultern zu präsentieren oder ihre Brust anzudeuten.

„Bedienen Sie sich."

Ihre Stimme klang jetzt sanft und warm, aber auf keine Weise aufreizend oder herausfordernd. Anton nahm ein Teller und bediente sich mit frischem Schafskäse, mit einer halben Weintraube, schwarzen Oliven. Er holte sich ein Glas und fragte, was er ihr einschenken sollte. Sie wünschte ein Drittel Wein und zwei Drittel Wasser. Anton entschied sich für ein Glas Wein pur, um ihn einmal zu kosten.

„Prost“, sagte sie völlig überraschend auf Deutsch und trank ihm zu. Sie setzte sofort wieder auf französisch fort, um ihm zu erklären, dass „prost“ eines von ein paar Dutzend Wörtern sei, die sie auf deutsch sprechen könne. Ihr Mund war weiter der Ausstich des frischen Eisens geblieben. Da sie ihn jetzt weiter öffnete und Anton tiefer bis zum roten Ansatz der Lippen im Gaumen schauen konnte, war die Sogwirkung noch größer. Aber er konnte sich mit Reden, mit Wein und Käse retten und mit ihrer eindeutigen Nichtannäherung. Sie hatte ihn nach seiner Arbeit gefragt und ihn reden lassen. Er merkte, dass sie die Herstellung einer Zeitung noch nie gesehen hatte, aber von politischem Journalismus hatte sie eine recht genaue Vorstellung.

Sie erinnerte ihn an die wunderschönen, aber ebenso unnahbaren Griechinnen und Türkinnen und Italienerinnen, die in Salzburg manchmal der Aufputz der Empfänge von Konsuln und Generalimporteuren waren. Aber Anton war ungerecht wie er wusste. Er lief auf diesen Empfängen außer Konkurrenz. Die exotischen Schönen konnten in Salzburg aus einer Vielzahl Reicher und/oder Schöner auswählen. Er hatte eben Pech gehabt und noch keine wunderschöne Masochistin erwischt, die auf ihn verfallen wäre, um einen Abend lang seine Sprüche mit ihrer Sinnlichkeit zu überhöhen.

Hier war das insofern anders, als er der einzige Mann war und sie den Abend verplaudern wollte. Nachdem er erschöpfend erzählt hatte, begann er sie vorsichtig auszufragen.

Das Gebäude hier sei ein Bergnest, erklärte sie. Es habe hier Ruinen gegeben, vielleicht eine alte Kreuzritterfluchtburg, wie die Maroniten glaubten, vielleicht einen Gefängnisturm aus der Zeit der ersten Kalifen wie moslemische Archäologen bevorzugt deuteten. Genaues wisse niemand, da weder Dokumente noch beweiskräftige Reste gefunden worden seien.

„Das trifft im Libanon oft zu. Der Libanon war häufig Beute. Und die Libanesen haben sich darauf eingestellt, haben sich damit abgefunden. Wollen Sie noch Käse und Wein oder Früchte?“

ECONOMY 076

Bordkarte/Boarding Pass

Name of passenger

NEUENDORF/ERIKAMRS

ETKT 220 9083437308

MUC

FMO

LUFTHANSA M/M

Carrier	Flight No./Class		Date
LH	2140	S	01MAR

Gate	Boarding time	Seat
G11	2050	3F

Pcs	Ck. Wt.	Unck. Wt. Pcs.	Ck. Wt.	Unck. Wt.
00				

Wichtiger Hinweis

Eine Reise mit diesem Flugschein kann dem Montrealer Übereinkommen oder dem Warschauer Abkommen unterliegen, die die Haftung des Luftfrachtführers für Verlust oder Beschädigung von Gepäck und für Verspätungen beschränken. Für Tod oder Körperverletzungen gelten nach dem Montrealer Übereinkommen sowie für die Luftfahrtunternehmen der Europäischen Gemeinschaft keine Haftungsgrenzen. Für Schäden bis zu einem Betrag entsprechend der Höhe von 113.100 Sonderziehungsrechten entfällt der Einwand fehlenden Verschuldens.

Beförderung mit der Deutschen Lufthansa unterliegt deren Beförderungs-, Tarif- und sonstigen Bedingungen.

Issued by Deutsche Lufthansa AG
Von-Gablenz-Straße 2–6, D-50679 Köln

www.lufthansa.com

Anton wollte Käse und Wein. Heute war kein Abend abzunehmen. Der Hinweis auf die Beute – war das ein Hinweis, nun persönlicheres zu fragen? Anton riskierte und bekam recht. Ihr Mann sei Mitglied des Direktoriums einer mittleren Bank gewesen. in Beirut. Er sei im Krieg getötet worden. „Keine Einzelheiten“, bat sie ihn. Er willigte ein, registrierte aber, dass sie dies eher aus Berechnung denn aus Emotion wünschte. Sie habe zur angenehm reichen Klasse unter den Maroniten gehört und sie gehöre weiter dazu. Kaufleute seit Generationen, mit starken Bindungen zur ursprünglichen Bauernfamilie. Als ihr Mann getötet worden war, war sie schon in Paris gewesen. Geldsorgen hätten sie nie gehabt. Nun sei der Bruder ihres Mannes der Chef der Familie. Er habe ein europäisches kleines Handelsimperium aufgebaut, plane aber wieder die Rückkehr in den Libanon, seit Rafik Hariri Ministerpräsident geworden sei.

„Kennen Sie das große Projekt. das zerstörte Zentrum Beiruts wiederaufzubauen?“

Anton kannte einige Bilder und Berichte. Ihr Bruder habe sich auch ein Grundstück gekauft. Mit dem Bau warte er noch zu, bis die Friedensfrage zwischen Israel und Syrien geregelt sei. Erst dann sei mit Stabilität zu rechnen.

„Aber die Hisbollah scheren sich doch nicht um Syrien oder Israel?“

„Sie müssen sich scheren. Sie sind stark genug, im Libanon den Bürgerkrieg aufrechtzuerhalten, wenn Syrien dies erlaubt. Syrien kann diese Wahnsinnigen zu Boden zwingen. Der Iran ist zwar mächtig, aber weit.“

Die Festigkeit, mit der diese Frau die Syrer verteidigte, überraschte ihn. Die Syrer hatten auch ziemlich viele Christen massakriert.

„Alle haben massakriert. Alle Menschen sind gleich, vor allem dann, wenn sie zu Mördern werden. Alle Menschen können Mörder werden. Es macht keine Unterschied, ob man vorher Schiit, Sunnit, Maronit, Druse, Armenier, Grieche, Kurde, Syrer oder irgendein anderer Mensch gewesen ist. Alle Menschen wissen dies in der Theorie schon immer, aber sie glauben nicht an die Praxis. Wir im Libanon glauben jetzt wieder an die Praxis dieser universellen Schreckenswahrheit, wir kennen die allgemeinen Menschenqualen. Haben Sie gewusst, dass nach der Legende Kain nach dem Mord an seinem Bruder Abel die Stadt Baalbek in der Bekaa-Ebene gegründet haben soll? Er blieb nicht der letzte Mörder, der hier Städte gegründet hat, und noch mehr Mörder haben die Städte zerstört und die Menschen getötet."

Das erste mal an diesem Abend kam die Maske ihrer trägen orientalischen Züge in Bewegung. Es war, als ob eine Grundgewalt Wellen an der Oberfläche geformt hätte. Als Anton nichts sagte, sagte sie, wie um die Schwere der Situation zu entlasten, „Prost", und sie tranken einander zu. Sie trank jetzt den leichten, frischen Libaneser auch pur. Die Dienerin hatte ein zweites Tablett gebracht. Der Abend konnte fortgesetzt werden. Anton wiederholte in seinem Kopf die Grund-W des Journalisten „Wer, wo, wann, wie, warum." Während er den Wein trank und sie anschaute, allein sie anschauen zu dürfen war ein Vermögen wert und daher kamen in der Regel nur Leute mit Vermögen zu diesem Genuss, musste er zugeben, dass sie allen wesentlichen Antworten ausgewichen war. Sie war nicht nur schön. Es war noch dämmerhell und er musste ein Risiko eingehen. Er stand auf, näherte sich wie zufällig den Weinranken und schaute durch eine Lücke.

Sie lachte.

Er sah vor sich einige dunkelgrün bewachsene Kuppen und Hänge. Weiter nichts. Die Landschaft hatte auch noch einen Vorhang vorgezogen. Den unüberwindlichen.

„Sie möchten wohl wissen, wo Sie sind?"

„Ja."

„Auf einem Berghang des Libanon."

Da etwas Abendrot am Horizont lag, vermutete Anton leicht ironisch, dass es ein Westhang sein könnte. Sie überraschte ihn mit einem ganz neuen Geräusch. Sie gluckste.

„Das ist eine gute Vermutung."

So kam er nicht weiter. Er musste direkt werden und dann sehen was ging. Er erklärte ihr ohne Umschweife und protokollarische Höflichkeit und männliche Aufgeregtheit, sie solle Klartext reden. Sie schwieg. Er auch.

„Die große Familie meines Mannes besaß dieses Grundstück seit Generationen. Mein Mann baute es ganz modern aus, beließ aber jene alten Mauern, die noch erhalten waren. Es ist unser Sommersitz. Es wurde die Fluchtburg im Bürgerkrieg. Es liegt sehr günstig. Nur ein nicht asphaltierter Weg führt in einigen Kurven von einer schmalen ländlichen Straße weg. Der Libanon macht hier eine kleine Einbuchtung und senkt sich etwas zurück, bevor er wieder steil ansteigt. Rundherum wohnen keine Menschen. Nur aus der Luft ist das Gebäude leicht zu finden. Eine Quelle ist mit dem Gebäude verbunden. Alles andere haben wir vorrätig, wie Sie gesehen haben."

„Was tun Sie hier?"

„Ich halte die Stellung."

„Für wen und wofür?"

„Im Libanon umgibt man seine Geschäfte noch mehr mit Geheimnis als in Europa."

„Warum haben Sie mich hier eingeladen. Am Vormittag sah es nicht aus, als ob Sie interessiert seien."

„Sie dürfen nicht so verdammt eitel sein. Ich habe Sie eingeladen, weil ich auch die Ware kennen lernen wollte, für die ich 10 000 US-Dollar bezahlt habe."

Das war ein starkes Stück für Anton.

„Ich brauche jemanden, der während des Papstbesuches fähig ist, sich relativ frei bewegen zu können. Ein angemeldeter Journalist wird das können."

„Aber warum?"

„Wenn es notwendig ist, werden Sie es erfahren. Wenn es nicht notwendig ist, ist es besser für Sie, Sie wissen es nicht."

Anton erklärte ihr geduldig und mit allen körperlichen und bewusstseinsmäßigen Einzelheiten, er sei für alle Arten Geheimaufträge völlig ungeeignet. Sie antwortete stur. „Das ist mein Problem."

„Wie haben Sie von mir erfahren?"

„Die Firma, die Sie vermittelt hat, gilt als zuverlässig. Das ist in diesem heiklen Gewerbe selten."

„Hat Ihnen diese zuverlässige Firma auch erklärt, dass Sie durch eine Panne an mich geraten ist?"

„Ja. Und sie hat auch erklärt, warum Sie von großem Wert sind. Sie können bis zum Papstbesuch eingesperrt bleiben, ohne dass nach Ihnen gesucht wird. Hätten wir irgendeinen ständigen Journalisten in Beirut entführen lassen, wäre sofort der Wirbel los gewesen. Um Sie kräht noch kein Hahn."

„Und wenn die andere Seite mich braucht? Sie haben doch auch nur die Option auf mich oder?"

Nun lachte sie wieder. Ihr Lachen hörte sich so dunkel an wie ihr Gesicht durch die späte Dämmerung leuchtete. Anton kam wieder in andere Zustände. Er war nur froh, dass sie die Einzelheiten seines Gesichts nicht sehen konnte. Aber sie legte ihre Hand plötzlich auf seinen steifen Penis, nur eine Sekunde lang, zog sie ohne Hast zurück und lachte wieder. Was seine Sinnesverwirrungen anging, kannte sie sich aus.

„Die Sache ist die: die Firma hat Sie geschnappt. Sie wollte diesen Wasserbauingenieur. Sie hat ihn inzwischen auch bekommen. Dann war die Frage, konnte diese Panne mit Ihnen ein Geschäft werden. Die Firma prüfte Ihren Hintergrund und fragte dann interessierte Kunden. Ich vermute, die Hisbollah zahlt nicht für Sie, weil Sie derzeit aus politischen Gründen keinen Journalisten entführen möchte. Aber das hat man Ihnen ja gesagt. Sie sind für sie ein stilles Tauschobjekt mit der Regierung oder auch mit den Syrern."

„Und wenn ich der Wasserbauingenieur gewesen wäre?"

„Das ist nicht ganz so geheim. Überall auf der Welt versuchen Regierungen die Firmen zu überzeugen, dass ihr unsicheres Land ein sicherer Platz für Investitionen ist. Die Regierung Hariri arbeitet besonders hartgesotten mit dem Trick. Sie muss ihre Sprüche wahr machen. Wenn nun der Wasserbauingenieur entführt worden ist, liefert ihn die Firma an einen Interessenten weiter, der von der Regierung einen bestimmten Wunsch erfüllt haben möchte. Er bietet der Regierung an, ihr bei der Suche nach einem bestimmten

Geschäftsmann zu helfen, der als verschollen gilt. Die Regierung erklärt sich im Interesse des Wiederaufbaues bereit, auf Erfolgsbasis mit dem Interessenten, der manchmal in Wirklichkeit ein Zweig der Entführungsfirma ist, zusammen zu arbeiten. Der Geschäftsmann kommt frei. Die Regierung zahlt."

„Und der Geschäftsmann schweigt?"

„Seine Firma hat kein Interesse, die Geschäfte im Libanon zu riskieren, indem sie die Regierung brüskiert. Es ist dem Mann auch nichts passiert. Manchmal verbringt er nur zwei Nächte im Haschischrausch oder in einem Sexetablissement oder im Alkoholrausch. Oder sein Taxi hat in einer einsamen Gegend eine Panne und der Taxifahrer marschiert mit ihm um Hilfe und findet eben keine, bis das Geschäft über die Bühne gegangen ist. Der Geschäftsmann hat kein Interesse, diese kurze Zwischenzeit an die große Glocke zu hängen. Ein paar Tage mehr im Libanon. Die Firmen, die in dem Geschäft arbeiten, übertreiben nicht. Sie wissen genau, was der Regierung und der ausländischen Firma zumutbar ist. Wie gesagt, die Firma, die Sie vermarktet hat, gilt als eine der besten."

„Und wenn die Hisbollah mich braucht und Sie auch?"

„In der Theorie werden Sie dann versteigert."

„Und in der Praxis?"

„Entscheidet wie immer die Macht."

Ihr weißes Kleid leuchtete in der Dunkelheit wie das Kleid eines Engels auf einem altserbischen Kirchenfresko, dessen Kopf und Arme und Füße von der Zeit weggedunkelt worden sind.

„Warum arbeiten Sie mit der Hisbollah zusammen?"

„Mein Bruder arbeitet nicht mit ihr zusammen. Sie sind hier."

„Entscheidet wie immer die Macht?"

„Ja."

Anton hätte in dieser Sekunde aufstehen und sie küssen sollen. Aber er wagte es nicht. Es blieb bei einer halben Bewegung im bequemen Sessel und bei der Frage stecken, ob sie noch ein Glas Wein wünsche.

„Sie hätten es tun sollen“, sagte sie ihm, als er ihr das Glas reichte.

„Jetzt nicht mehr“, wehrte sie einen zweiten Anlauf von ihm ab. „Nur in dieser Sekunde vorher kreuzten sich die Flugbahnen unserer Herzen.“

Das war reichlich kitschig. Für Anton stimmte der Kitsch. Sie dürfte wohl beherrscht gewesen sein. Sie sagte: „Prost“, und dann forderte sie: „Ex“, und trank das Glas leer.

„Elisabeth muss noch Ihre Wunde für die Nacht herrichten. Der Führer wird Sie hinbringen. Gute Nacht.“

Sie küsste ihn natürlich nicht auf die Wange, sie gab ihm auch nicht die Hand, sie ging nicht so an ihm vorüber, als ob der Abend etwas bedeutet hätte. Sie ging rasch durch die eine Türe. Aus der anderen kam ebenso rasch der kleine, dünne Mann. Hatte er den ganzen Abend dort gehockt und gelauscht? War die Dauer des Gesprächs genau vereinbart gewesen? Hatte er in einem Nebenraum vor einem Videoschirm gesessen und zugeschaut und zugehört? Die Kommunikation im Haus war für Anton weiter ein Rätsel. Aber jetzt war es elf Uhr und er würde es nicht mehr lösen. Wenn überhaupt. Der kleine, dünne Mann, der Vertreter der Macht, führte ihn nach einer neuen, sorgfältigen Wundbehandlung wortlos wie immer zurück in seinen Raum. Der Lichtschalter gab kein Licht. Anton war kein Gott mehr. Betrunken war er auch etwas. Und mit sich war er weder beruflich noch privat zufrieden. Er hatte den besten Abend seines Lebens verhaut. Er gehörte aus dem Leben fristlos entlassen. Aber niemand hörte auf ihn und so schlief er ein.

Während der Nacht hatte niemand Verwendung für ihn. Kein Klon holte ihn. Am nächsten Tag setzte sich dies fort. Die Rotkreuzschwester Elisabeth hatte Pause. Anton erkannte an der Uhr, dass es gegen Mittag ging. Der Strom für sein Zimmer war abgeschaltet. Er konnte seine Reiseunterlagen nicht nachlesen. Sie waren noch da, er konnte die dicke Mappe fühlen und die kleineren Plastikhüllen, in denen auf gut kopierten Blättern viel Wissenswertes über den Libanon zu erfahren war. Dass der Zustand seines Gepäcks das Ergebnis einer Kontrolle war, ließ sich daraus ersehen, dass als einziges Ding von Bedeutung die Batterie aus seiner Taschenlampe und die beiden Reservebatterien fehlten. Licht blieb ein Vorrecht der Obergötter.

Anton lag auf dem Bett und dachte an sie. Was sollte er sonst tun? Es gab nichts Angenehmeres. Ärgerlich bemerkte er, dass nach Tagen der Ruhe ihr Anblick und ihre Nähe seine biologische Sexualität wieder auf Touren gebracht hatten. Die inneren Vorgänge kümmerten sich nicht um die äußere Wahrscheinlichkeit. Evolutionär war dies wohl notwendig, denn ohne Überschüsse gab es kein Überleben. Anton hatte sich schon längst gegen unruhige Stunden entschieden und gegen die eklige Feuchtigkeit des rasch erkalteten Samenflusses und gegen den versauten Pyjama. Wenn es soweit war, löste er die List der Evolution, die in der menschlichen Praxis eine gefährliche Sackgasse aufgebaut hatte, indem er sich auf sein Handtuch legte, sich befriedigte, ordentlich reinigte und danach wieder ganz ruhig arbeiten und denken konnte. Er hatte nicht diese katholischen Hemmungen, wie er es nannte. Onan, den er als Kindprotestant verständnislos irgendwo im Alten Testament entdeckt hatte und den er später noch einmal als Opfer der nomadischen Überlebensregeln bedauern lernte. Der alte Gott der Israeliten nahm ihm übel, dass er seinen Samen wegwarf, aber nicht aus irgendwelchen feinen moralischen Erwägungen, sondern weil er der Frau seines verstorbenen Bruders keine Kinder machte und sie so der Gefahr der sozialen Nichtversorgung und damit dem Tod aussetzte. Onan war modern, weil er die Schwagerehe nicht vollzog. Aber das Unbehagen der Männer darüber rührte nicht aus dem Alten Testament her. Es war die Einbildung, dass ein Mann eigentlich für seine Menge Sex imstande sein müsse, die nötige Menge Frau zu finden. Aber dass die Frau nur das nötige Gefäß dafür sein müsse, diese Deutung war auch überholt worden. Anton begrüßte dies. Dann blieb zusätzlich die Erfahrung, wie lächerlich nach dem Samenerguss alle die wilden Fantasien und Erregungen erschienen. Und davon hast du dich vereinnahmen lassen, schienen die Gefühle nun zu sagen, die vorher nicht zu beruhigen waren. Die männliche Eitelkeit war das eigentliche Problem dabei und Anton bemühte sich, sie zu durchschauen und sich sein Leben nicht von ihr erschweren zu lassen. Auch nicht im Libanon, auch nicht als Doppeloption für den Geiseljob. Nachher lag er wieder ruhig im Bett.

Es wurde Nachmittag. Er bekam auch kein Essen. Der erste Tag, an dem er nicht zunahm. Oben musste etwas passiert sein. Oder passierte nur das übliche in einem Ablauf, den er in seinem vollen Umfang nicht kannte. Vielleicht war heute Hauptschmuggeltag im Bergnest. Denn dass dieser Bruder mit dem in Westeuropa aufgebauten Handelsnetz keine Kindernahrung verkaufte, war Anton klar. Und dass die Hisbollah nicht in dieser seltsamen Allianz mit einer christlichen Bande zusammenlebte, um hier den Koran zu studieren, war auch klar. Ob Rauschgift oder Waffen oder beides, es war wirklich besser für ihn, dies nicht zu wissen. In dem Punkt hatte sie recht gehabt. Die Bekaa-Ebene jenseits des Libanon, so hatte er voraus gelesen, war syrisch-iranisch kontrolliert. Der Luftraum gehörte den Israelis. Die Bekaa erzeugte laut Prospekt Getreide und andere nützliche Produkte, in Wirklichkeit Haschisch. Dort war ein wichtiger Handelsort für Rohopium aus dem Iran und seit dem wieder einmal aufgeflammten Krieg der Kurden gegen die Türken auch für Rohopium aus Kurdistan. Hier wurde gelagert, gefeilscht und die Ware weitergeschickt an die Küste des Libanon. Die dabei anfallenden Leichen wurden begraben, verbrannt, manchmal auch in eine Höhle geworfen oder liegengelassen, wenn es schnell zuging. Für das Geld wurden Waffen bezahlt und Milizionäre. Krieg ist auch in kleinem Maßstab kostspielig. Wahrscheinlich prüften an diesem Tag oberhalb seines Zimmers irgendwo im Bergnest fachkundige Hände und Lippenspitzen und Bunsenbrenner die Qualität von Morphin oder schlugen das fettige Einwickelpapier von kurzläufigen Uzzi-Maschinenpistolen zurück und betrachteten mit Sorgfalt, ob die Waffen den Versprechungen entsprachen. Vielleicht wechselten dann kleine Koffer mit Dollarnoten die Besitzer und sie trug mit schöner Hand das Geld in einen großen Saferaum irgendwo. Vielleicht genügten ein Händedruck und die Zusage, man hinterlege das Geld wie üblich bei der und der Bank in Europa oder man legte schon die Bankbestätigungen über geleistete Zahlungen vor. Anton war immer zufrieden gewesen, dass seine Arbeit bei einer regionalen Tageszeitung von so kleinen, schmutzigen Details unbelastet die größeren Zusammenhänge hatte behandeln können: Drogenstraßen, Geldwäsche. Aber alles schön strukturell, nicht konkret. Anton war recht froh, auch von den Einzelheiten im Bergnest unbehelligt zu bleiben.

Die einzige Verbindung zur Außenwelt wurde plötzlich Elisabeth, die Erste-Hilfe-Frau, die spät am Abend vorbeikam, seine Wunde reinigte und frisch verband. Sie hatte sich fast geschlossen. Elisabeth brachte eine bescheidenere Ausgabe der Abendjause mit, die er mit der Frau in der Laube gehabt hatte. Nur der Weinkrug war von derselben Größe und Wasserkrug war keiner dabei. Aber Wasser besaß er ja. Und das Haus funktionierte, denn während er aß, war er auch der Gott des Lichtschalters.

Elisabeth musste sofort erfahren haben, dass die Option gespeist und getrunken hatte, denn sie kam höchstens eine Minute danach und nachdem die schwere Türe eingeklickt war, ging das Licht aus. Aber Anton konnte damit nicht mehr beunruhigt werden. Er war ein guter Schläfer, er hatte sich damit abgefunden, dass die Zeit im Bergnest kein Studienaufenthalt war. Er gab sich der Muße hin und er hatte Erfahrung darin, sinnvoll nichts zu tun. Sie würden ihn damit weder absichtlich, noch unabsichtlich quälen können. Der nächste Tag unterschied sich nur dadurch, dass das Service auf das Frühstück ausgedehnt wurde. Auf Halbpension wurde er jetzt gehalten. Und die Bedienung war von den Hisbollah auf die Maroniten übergegangen. Vielleicht wechselten sie sich ab. Wegen der Spesen vermutlich. Die ideale Gelegenheit, wenig zu essen, abzunehmen, nahm Anton nicht wahr. Erstens war sein Appetit ungebrochen und zweitens wollte er seine Gastgeberin nicht kränken und drittens wollte er keine Aufmerksamkeit erregen und viertens musste er essen, weil der zweite und dritte Grund so fadenscheinig waren, dass Anton ihnen nicht mit leerem Magen ins Gesicht schauen konnte. Und fünftens hatte er einmal gelesen, dass frischer Schafskäse, Fladenbrot und Rotwein den Körper reinigten. Also sollte sein Körper die Gelegenheit haben, sich gründlich zu reinigen. Ein dritter und vierter Tag schlossen sich an. Die Organisation war nicht zusammengebrochen. Auch der Vorrang der Obergötter am Lichtschalter blieb unverändert. Licht nur während des Essens. Als Anton am dritten Tag probeweise einen Ordner neben das Tablett auf dem Bett legte, Tisch und Sessel gab es nämlich noch immer nicht, um so seine Kenntnisse aufzufrischen, ging das Licht aus. Er legte den Ordner zurück und das Licht ging bald darauf wieder an. Er musste sich nicht sorgen vergessen worden zu sein.

Knallgelb glänzend, Ganzkörperoverall, hauteng. Anton hätte die dickste Burgmauer durchbrochen, hätte er sich bewegen können. Er konnte sich nicht bewegen, weil er sie anstarren musste. Das nahm alle seine Energie in Anspruch. So musste Adam Eva angestarrt haben, als sie Gott das erste mal herzeigte. Es war der sechste Tag der Schöpfung gewesen, wenn Anton sich recht erinnerte. Er war jetzt sieben Tage in dem Bergnest, wenn seine Uhr richtig ging. Nahm er an der Wiederholung der Welterschaffung teil?

Er nahm nicht daran teil. Jedenfalls nicht in der Rolle des Adam. Sie ignorierte sein Starren, zeigte sich weder beleidigt noch gestört noch geschmeichelt. Sie war nicht für ihn geschaffen worden. Das stellte sie klar mit einer winzigen Bewegung ihrer rechten Hand. Er setzte sich auf einen gepolsterten, breiten Ledersessel mit Seitenlehne. Er füllte ihn mit seinem Leib aus. Dann kam der kleine, dünne Mann und setzte sich in den zweiten Sessel und ließ darin Platz für zwei weitere Personen, die aber nicht kamen. Sie setzte sich in den dritten Sessel und Anton beneidete das glatte, gleichgültige Leder für jede Sekunde, die sie es berührte. Es war Vormittag und ein Vorhang war weggezogen und Anton sah immergrüne Büsche auf einem elliptischen Hügel und rostfarbene Grasreste und eine Pinienreihe auf einem Bergkamm, der den Blick nach links begrenzte. Kein Meerblick. Keine Orientierung. Ein Nest in den Bergen, gut versteckt.

„Wir haben beschlossen, dass Sie etwas für ihre je 10 000 US-Dollar tun sollen."

Anton hatte vorher stets gehört, das Geld sei für eine Option, nicht für eine Aktion gezahlt worden. Überraschend hörte er sich dies auch sagen. Seine Vernunft musste insgeheim seine biologischen Verwirrungen ausgetrickst haben und arbeitete an ihrem Platz. Sie wischte diesen Einwand weg.

„Die Verhältnisse haben sich geändert. Hussein ist verletzt. Sie müssen für ihn einspringen."

Als sie merkte, dass Anton dies alles nicht verstehen konnte, sprach sie weiter.

„Hussein ist der Mann, den Sie in der Küche kennen gelernt haben. Er macht für uns Transporte zwischen der Bekaa und diesem Stützpunkt. Sie sehen ihm ähnlich."

Sie schien völlig vergessen zu haben, dass er ihr in allen Einzelheiten erklärt hatte, dass er für solche Außendienstjobs nicht geeignet war. Sie hatte es nicht vergessen.

„Mit der Arbeit sind nur sehr geringe körperliche Anstrengungen verbunden. Ein Fahrer wird ihnen zusätzlich helfen. Es geht darum, dass Sie vier Säcke Haschisch von einem Dorf in der Bekaa abholen und hierher bringen. Sie bekommen die Ausweise von Hussein. Da die Kontrollpunkte der Syrer und Libanesen am Abend und in der Nacht passiert werden, wird es keine Probleme geben. Die etwas hellere Haut wird Elisabeth dunkel schminken. Wir haben genug festsitzende Schminke und Fette. Die Fahrt beginnt heute abend 21.00 Uhr. Das Abendessen kommt daher zwei Stunden früher auf das Zimmer. Sie müssen noch feste Schuhe ansprobieren. Die brauchen Sie. Gehen Sie damit den Tag über auf und ab."

„Aber die Handelspartner werden gleich bemerken, dass ich nicht Hussein bin. Ich kann kein Arabisch."

„Die Handelspartner sind vom Wechsel informiert. Sie werden unterwegs nichts reden müssen. Das erledigt der Fahrer."

„Ist Hussein auf dieser harmlosen Fahrt verletzt worden?"

„Nein. Er hatte in Beirut eine Auseinandersetzung mit dem Inhaber eines Videogeschäfts. Dieser wollte seine Bänder nicht wegwerfen, obwohl sie pornographisch waren."

„Aber Sie haben doch sicher besseren Ersatz für ihn?"

„Es gibt genügend Kleinkriminelle, die hier einsteigen möchten. Aber das wäre ein Sicherheitsrisiko."

Anton fühlte sich nicht geschmeichelt.

„Und die fachkundigen Mitarbeiter der Hisbollah?"

Der kleine, dünne Mann lächelte dünn und sagte weiter nichts.

„Es ist derzeit schwierig. Alle guten Leute sind mit der Himmelfahrt des Papstes beschäftigt."

Der wundervoll geschminkte ägyptische Statuenkopf verlor auch bei diesem Geschäftsgespräch nichts von seiner Faszination. Sie hatte mit der „Himmelfahrt des Papstes" den ersten Hinweis auf Attentatspläne der Hisbollah gegeben. Das erstaunte ihn. Dazu konnte sie nicht befugt sein. Vielleicht erläuterte sie diese allgemein vermutete Hisbollah-Planung auch nur, um die wirklichen Motive zu verschleiern.

„Ich könnte mich weigern."

„Theoretisch."

Na klar. Die Hisbollah hatte Erfahrung darin, die Lebenszeit eines Menschen unangenehm verlaufen zu lassen.

„Ich könnte unterwegs aussteigen."

„Möchten Sie lieber in einem iranischen Gefängnis sitzen oder in einem syrischen Folterzentrum Fragen beantworten oder von der etwas schlampigen libanesischen Polizei in einem Libanongraben sterben gelassen werden, oder möchten Sie lieber hier angenehm leben und mit etwas Glück nach dem Papstbesuch eine AUA-Maschine nach Wien besteigen?“

Er saß in der Falle. Er wusste es. Sie wusste es. Natürlich konnte er auf volles Risiko gehen und zu flüchten versuchen. Aber sie kannte ihn gut genug, um ihn nicht für so verrückt zu halten. Und das ganz kleine Risiko musste sie eingehen. Anscheinend.

„Ich hätte Sie auch sinnlich überreden können. Sie würden so ziemlich alles tun, um bei mir anzukommen. Aber Sie sind kein Idiot. Sie hätten mit dem Verstand gemerkt, was das soll. Ich wollte Sie daher nicht mit einem solchen Trick beleidigen.“

Was den Verstand betraf, gab ihr Anton recht. Aber alles andere an und in Anton hätte sich ungeheuer gerne so ausgiebig wie möglich beleidigen lassen. So ist es, wenn sich andere Leute um die eigene Würde sorgen: Es ist korrekt, aber nicht befriedigend.

„Hussein wird Sie heute in die nötigen Einzelheiten einführen.“

„Er kann nicht französisch und ich nicht arabisch.“

„Sie kennen das Zimmer mit Übersetzungsmöglichkeit ja schon.“

Knallgelb glänzend, körpereng, mit dem Kopf einer ägyptischen Statue. Mit einigen Schritten war sie weg. Kein Händedruck, kein tiefer Blick ins Auge. So persönlich, wie die Statue im Museum den Besucher anblickt. Der kleine, dünne Mann brachte ihn in sein Zimmer, aus dem ihn noch Elisabeth abgeholt hatte. Dort standen bereits ein halbes Dutzend Paar Bergschuhe und einige Paar Socken. Auf dem Bett lagen ein Anorak, ein Pullover, eine Mütze, ein Paar Handschuhe, eine wasserdichte, wärmeisolierende Überhose mit Latz und Schulterträger. Das Krisenpaket für eine kühle Nacht auf den Höhen des Libanongebirges oder für die Freiluftnacht in der Bekaa. Er würde nach einem Schlafsack fragen oder einem Biwaksack. Hätten seine Bergkollegen von der Redaktion sicher gemacht.

Anton wanderte in Bergschuhen im Dunkel seines Zimmers auf und ab, als ihn der kleine,dünne Mann abholte. Dieses Paar fühlte sich am besten an. Anton wusste nur von seinen Kollegen, dass Bergschuhen, die man nicht gewohnt war, nicht zu trauen war. Aber er würde ja die meiste Zeit im Auto sitzen und die Schuhbänder offen haben können. Im Zimmer hinter der gelben Tür wartete der Klon, der nun Hussein hieß, er trug einen Verband, der vermutlich eine Messerverwundung auf der rechten Wange heilen sollte und hatte den rechten Fuß in einem Gehgips, bis knapp über dem Knöchel, eine Holzkrücke lehnte an der Wand. Kleinverletzungen wie Blutergüsse und Schwellungen würden zu sehen sein, wenn sich der Klon unter die Dusche stellte. Der kleine, dünne Mann verließ sie wortlos.

Der Klon bemühte sich, seine Verletzungen so zu präsentieren, dass er gegen Anton dennoch der Chef sein würde Er befahl ihm, auf dem Stuhl stillzusitzen und humpelte einmal mit Krücke um ihn herum, dann schleuderte er diese mit Wut weg und versuchte auf einem Bein drohend zu hüpfen. Als die Show die ersten Schweißperlen auf dem sichtbaren Teil des Klon-Gesichtes glitzern ließ, schien er zufrieden und setzte sich Anton gegenüber.

„Mustapha ist ein guter Fahrer. Du darfst ihm vertrauen. Das Auto ist ein alter, aber guter Japaner, ein Pajero. Die Vordertüren sind nicht dabei. Es ist manchmal wichtig, rasch hinaus zu springen. Wenn die Israelis aus der Luft kommen oder irgendein verrückter Wachposten schießt.“

Hussein sprach plötzlich sachlich. Und er sprach fließend französisch. Besser als Anton es konnte. Anton, Klon des Hussein, musste diesen angestarrt haben. Hussein, Klon des Anton, wurde wütend.

„Du Kreuzesanbeter, du Gehilfe des großen Satan. Wage nicht, mich auch nur mit den Augen herabzusetzen. Der große Imam hat mir die Augen geöffnet. Ich bin ein Anhänger des Propheten und bereit zum Martyrium. Und wofür bist du bereit?“

Die Frage war an sich nicht übel. Aber der Mann, der sie stellte, war in einer Verfassung, in der Anton ihm nicht die Kompetenz zusprach, so grundsätzlich zu werden. Wenn die Bereitschaft zum Martyrium eine Schlägerei und Messerstecherei um ein paar Pornovideos umfasste, dann war Anton weltanschaulich nicht betroffen von der Frage, wofür er bereit sei.

„Ich habe in Beirut an der Universität studiert. Aber dann hatte meine Familie kein Geld. Ich ging zu den Kämpfern Allahs. Sie sind meine Familie, meine Universität. Französisch spreche ich nur, wenn ich dabei hassen kann oder wenn es die Ziele des Islam fördert."

Also gut, ein gesellschaftlich Deklassierter hatte seinen Weg zu einem terroristischen System gefunden. Anton wollte ihm nicht erklären, dass auch viele Kreuzesanbeter auf demselben Weg Faschisten geworden waren. In Europa, zwei Generationen früher.

„Die erste Kontrollstelle ist eine der libanesischen Polizei. Sie kennen uns, werden bezahlt, ihr seid angemeldet. Sie winken euch durch. Dann kommt manchmal eine Sperre der Hisbollah. Provoziere sie nicht, Kreuzesanbeter. Sitze still im Auto und der Fahrer besorgt die Durchfahrt. Auf der Passhöhe, wo es keine Ausweichmöglichkeit mehr für ein Auto gibt, warten die Syrer in einer befestigten Stellung. Das Auto muss zwei Schranken durchqueren und zwischen Sandsäcken eine sehr enge S-Kurve fahren. Die Syrer sind informiert und bezahlt. Aber es besteht das geringe Risiko, dass die Truppe kurzfristig ausgewechselt worden ist. Dann muss verhandelt und bar bezahlt werden. Der Fahrer hat das Geld."

„Wenn die Syrer uns nicht durchlassen?"

„Dann müsst ihr zurückfahren und es auf einem weiten Umweg versuchen. Der Fahrer ist unterrichtet. Es ist in den letzten sechs Jahren nur zweimal vorgekommen."

Hussein, der Klon, war wieder der Fachmann.

„Die Fahrt vom Pass in die Bekaa ist problemlos für einen Pajero. In der Ebene gibt es einen syrischen Kontrollposten, wieder gut befestigt. An der Verzweigung der Straße nach

Damaskus und Zahle. In Zahle kommt aus einem Straßencafe ein Mann mit weißer Kleidung auf euch zu. Er sagt: „Lang lebe die Zeder des Libanon." Das ist der Führer für die Bekaa. Ohne ihn können auch wir nicht durch dieses Gewirr der verschiedenen kleinen Machtgruppen durch. Er bringt euch zum Übergabeort, den wir nicht genau kennen. Dort werden die Säcke vom Fahrer überprüft, du verstehst davon nichts, bestens verpackt und die Rückreise beginnt. Sie ist der gefährliche Teil der Fahrt, da der Pajero nun viel mehr wert ist. Die Machtverhältnisse in der Bekaa ändern sich ständig. Da macht sich ein Unterführer selbständig, da will jemand die Syrer ärgern oder ihr lieb Kind sein, da gibt es persönliche Fehden selbst unter den Anhängern Allahs, da sind Bauern rebellisch, weil die Regierung des Libanon ihre Hasch- und Mohnfelder abbrennen ließ. Da wollen Kurden mit eigenem Rohopium ins Waffengeschäft kommen. Niemand dort ist zimperlich."

Das hatte Anton auch nicht angenommen. Er fragte sich nur immer mehr, wozu er dort gut sein sollte.

„Dann kommt der erste syrische Kontrollpunkt bei der Rückkehr. Wenn die Mannschaft nicht ausgewechselt worden ist, gibt es keine Probleme. Sie funkt euer Kommen auch auf den Pass voraus. Wenn die Kontrolle oben passiert ist, kann nicht mehr viel passieren. Ihr seid durch. Wenn ihr wie geplant losfahrt, werdet ihr vor der Sonne wieder zurück sein."

Anton würde als Rauschgiftschmuggler zurück sein. Sie hätte einen Trumpf mehr gegen ihn in der Hand. Als Rollenreportage dürfte diese Fahrt nach den Regeln des Journalismus auch nicht durchgehen. Wenn die „Salzburger Nachrichten" davon erfahren würden, hätte er nervenaufreibende Gespräche mit dem Chefredakteur, dem Verlagsleiter und dem Rechtsanwalt der Firma vor sich. Auch die Gewerkschaft würde sich schwertun, ihn zu retten. Für die Frühpension, den klassischen österreichischen Ausweg, war er noch rund fünfzehn Jahre zu jung. Strafrechtlich und arbeitsrechtlich war seine Lage nach seiner glücklichen Rückkehr aus der Bekaa auf jeden Fall beschissen. Es galt auszusteigen. Die erpresserische Möglichkeit, die auch die Hisbollah gegen ihn haben würden, wollte Anton dabei nicht erwähnen. Es galt, streng sachlich zu bleiben.

„Ich werde nicht mitfahren. Es ergibt keinen Sinn, wenn ich dabei bin. Genauso gut könnte eine Puppe mitfahren."

„Es ist aus Sicherheitsgründen notwendig, dass zwei Leute fahren. Manchmal fahren sogar drei. Einer muss fahren und einer muss ein wenig aufpassen und Umschau halten. Wenn es eine Autopanne geben sollte, muss einer unter Umständen Hilfe holen, der andere muss beim Fahrzeug bleiben. In der Bekaa muss immer einer im Auto sein, sonst findet man nach einer Stunde das Auto ohne Räder vor, wenn man es überhaupt noch findet. Man muss für solche kleine Zwischenfälle vorbereitet sein. Dazu braucht der zweite Mann keine besonderen Fähigkeiten. Aber man braucht wenigstens einen zweiten Mann. Mein Gesicht und meine Gestalt sind vertraut. Du siehst mir so ähnlich, dass niemand fragen wird. Das erspart eine Menge Unannehmlichkeiten. In dem Geschäft werden die Leute schnell nervös, wenn es nicht angemeldete Änderungen gibt."

Das klang ganz vernünftig. Aber dafür gab es im Libanon tausende Kandidaten, die alle keine besonderen Fähigkeiten haben mussten und in der Dunkelheit eines Autos den Klon spielen konnten. Das sagte Anton seinem Klon auch. Hätte er besser nicht sagen sollen.

„Du verräterischer Hund."

Der Klon erhob sich, pendelte sich ins Gleichgewicht.

„Du wirst den Sieg des Islam nicht aufhalten."

Anton hatte das auch nicht vorgehabt. Er fragte sich nur, wie groß der Anteil der Hisbollah an diesem Geschäft war, weil der Klon sich so erregte. Vielleicht war er nur die auch genötigte Tarnfigur für die Hisbollah. Das hätte ihn gefreut, aber dann verscheuchte er die Idee als Sentimentalität wieder. Dazu brauchte es schon Fakten. Wenn er auch als Mann ihr gegenüber ohnmächtig war, als Journalist sollte sie ihn nicht unterschätzen. Während Anton dies dachte, war der Klon näher gekommen und hatte plötzlich ein großes Messer in der rechten Hand. Es hatte einen soliden Holzgriff, eine sehr lange, sehr scharfe Klinge. Es war das Hammelzerschneidemesser. Anton hatte in der Küche den Klon bewundert, mit welcher Handfertigkeit er damit arbeitete, und er hatte das Messer respektiert, das alle Feinheiten des Handgelenks auszuführen verstand. Der Klon hatte es unter seinem weiten Kleid versteckt gehabt.

„Ich hatte früher behauptet, ein Schiit zu sein. Aber ich war ein Feigling."

Das Messer schwang vor Anton auf und ab.

„Ich hatte mitangesehen. wie die Partei des Satans mein Land erobert hatte. Unsere Jungen trugen unanständige Kleider, benahmen sich wie Mädchen, und die Mädchen und Frauen wurden verführt, nach banalen Dingen und Freuden zu gieren."

Der Klon hüpfte und humpelte dabei um Anton herum, das Messer als rhetorisches Kampfmittel fuchtelnd. Es war ebenso lächerlich wie furchteinflößend. Anton wagte auf jeden Fall nicht aufzustehen.

„Ihr ungläubigen Hunde habt uns verführt, Wein zu trinken und auf das Blut Ali Husseins des Märtyrers zu vergessen."

Plötzlich erinnerte sich Anton. Er hatte eine Übersetzung eines sogenannten Testamentes eines libanesischen Märtyrers als Vorbereitung gelesen. Eine Kopie lag bei seinen Unterlagen im Zimmer. Der Klon zitierte vermutlich.

„Ich ließ mich in einen Haufen Dreck verwandeln. Ich bin im Schmutz der Demütigung gekrochen. Doch Khomeini wies mir den Weg. Er sprach den Willen Allahs, und die, die das Glück hatten, seine Stimme zu hören, wurden vom Schmutz dieser Erde hinweggeführt zum Tor des Paradieses, dessen Schlüssel das Martyrium ist."

Anton bemängelte bei dieser Vorstellung, dass die Spitze und die Schneide des Messers sich nie gegen Hussein richteten, den Märtyrerkandidaten, sondern gegen ihn, dessen Sehnsucht nach Martyrium unter Null lag. Aber es war nicht die Zeit und es war nicht der Ort, mit dem Klon darüber zu reden.

„Ich bete Tag und Nacht, dass mir erlaubt wird, den Schlüssel in meiner Hand zu fühlen."

Das Messer war für Hussein ein anregender Ersatz für den Schlüssel, fand Anton.

Plötzlich zog der Klon einen Meter Hammeldarm aus dem Inneren seines Kleides. Er schwang ihn in der Luft und begann, ihn zu zerhacken. Anton wurde bespritzt. Dazu brüllte und hüpfte der Klon als ob er unter Drogen stehen würde.

„Der Imam hat mir befohlen zu töten. Ich werde für ihn töten. Der Imam hat mir befohlen, zu sterben. Ich werde für ihn sterben. Jeden Augenblick kann mich der Tod ereilen. Unablässig bete ich, jeden Augenblick zu fallen – mit dem Schwert in der Hand, im Dienste Allahs kämpfend."

Der Darm war zerhackt. Anton war übel vom faulen Geruch des Inhalts, der teils im Zimmer verteilt lag, teils auf Anton ausgebreitet worden war. Der Klon war so wild, dass Anton nicht einmal wagte, den Darminhalt vom Gesicht wegzuwischen. Langsam rann etwas von dem Zeug über seinen Mund. Anton war knapp davor zu erbrechen.

Plötzliche Stille. Der Klon stand mit dem Messer vor Anton, ganz gelassen.

„Du wirst meinen Dienst für den Imam tun. Du ungläubiger Verräter. Du wirst kein einziges Brösel des Haschisch auf den Boden fallen lassen. Oder du wirst deine Rückkehr keine Sekunde überleben."

Er streckte die linke Hand aus und griff Anton am Penis an. Dieser hatte sich in der Erregung der Situation auch erregt. Ein klassisches Missverständnis der Biologie oder war es der Hinweis auf frühere Zwecke in der Evolution. Anton war geschockt. Und der Klon schwang das Messer und trat einen halben Schritt zurück und zerstückelte den Penis andeutungsweise in der Luft. Dazu lachte er laut und obszön.

„Kreuzesanbeter. Du hast die Wahl."

Da kapitulierte Anton. Vielleicht würde er drüben in der Bekaa, in einem syrischen oder einem islamischen Folterloch glücklich sein, wenn sie ihm nur den Penis scheibchenweise abschnitten und sonst in Frieden ließen. Aber jetzt war er noch nicht soweit.

„Ich werde kein einziges Brösel auf den Boden fallen lassen."

Sein Klon lächelte ihn verzerrt an. Einerseits der Anstrengung wegen, die er hinter sich hatte, andererseits wohl, weil seine Gesichtswunde und seine anderen Wunden bei dieser Wahnsinnshüpferei schmerzen mussten. Anton roch den intensiven Knoblauchduft aus dem weit geöffneten Mund. So nahe war ihm sein Gegenstück noch nie gewesen. Der Klon bestätigte, dass äußere Ähnlichkeit nicht unbedingt mit anderen Ähnlichkeiten verbunden war. Anton fühlte sich sehr fern vom Klon.

„Du wirst alle Befehle getreulich befolgen, und wenn es dein Leben kosten würde."

Das Messer hob sich. Es wurde erwartet, dass Anton nachsprach.

„Ich werde alle Befehle getreulich befolgen, und wenn es mein Leben kosten würde."

Der Klon lächelte nun zufrieden. Er steckte das Messer zurück. Ohne ein weiteres Wort ging er voraus und Anton folgte ihm. In seinem Zimmer angekommen, funktionierte der Lichtschalter.

Anton zog das Kleid über den Kopf und aus, eilte zum Spülklosett und riss sich die Unterhose vom Leib, warf sie angeekelt in das Becken und zog die Spülung. Dann ging er zur Duschöffnung. Er musste sich reinigen. Vom Darminhalt einerseits und von der Scheiße andererseits. Das unangenehme Erbe der Messerszene war, dass er sich angeschissen hatte. Der Schiss, den er gefühlt hatte, war zu Scheiße geworden.

Nachdem er geduscht hatte, die große Wohltat des Wassers, beschloss er, diese Szene aus seinen Lebenserinnerungen zu streichen. Die „Salzburger Nachrichten" hätten bei einer Serie über sein Leben im Libanon diese Stelle nicht zensiert, aber der Chef hätte ihm freundschaftlich erläutert, dass nicht alles berichtet werden müsse, was nun passiert sei. Journalismus sei nun einmal die lesermögliche Selektion aller bekannt gewordenen Ereignisse und nicht die simple Wiedergabe aller passierten Ereignisse.

Anton begann sich für die Fahrt anzukleiden. Dann las er in seinen Unterlagen nach. Erstmals ging nicht das Licht aus, als er sie heranholte. Der Klon hatte den Text des Testament eines Rada Mohamed N'eman verwendet, das im Oktober 1985 im Libanon in einer Sonderausgabe von PAYAM SCHAHID (Botschaft des Märtyrers) in vollem Umfang veröffentlicht worden war. Wahrscheinlich war es ein vorgegebener Text der geistlichen Führung. Anton hatte seinen Text aus dem Buch „Morden für Allah", von Amir Taheri kopiert, ein Knaur Sachbuch. Die Schuhe zog Anton nicht an. Das Kaltwetterpaket steckte er in einen dicken Plastiksack. Dann legte er sich hin.

Er wollte ruhen, bis er geholt wurde. Seine Kondition war, wie gesagt, nicht die beste und er konnte nicht wissen, ob wirklich alles glatt gehen würde.

Glatt ging auch, dass er schlief bis zum Weckklopfer durch den Klon, der mit seinem Krückstock auf den Boden hämmerte. Glatt ging das Anziehen der Bergschuhe vor sich. Glatt auch, dass ihm der Klon die Augen verband.

„Mustapha wird dir sagen, wann du die Binde entfernen sollst."

„Wie soll ich hierher zurückfinden, wenn Mustapha etwas passiert?"

„Wir werden dich finden."

Dann hörte Anton nur die abwechselnd leisen und pumpernden Schritte des Klon, entsprechend dem gesunden Fuß und dem Gipsfuß, die Türen, die er mehr fühlte, wenn er hindurchging, so gut waren sie geölt. Dann fühlte er die frische, angenehme Abendluft, die Wärme eines Autos, das schon eine Zeitlang gefahren war. Er hörte einige freundschaftliche arabische Laute. Ein Automotor wurde angelassen. Anton hielt sich wegen der fehlenden Tür ängstlich fest.

„Der Gurt ist rechts, der Klick zum Befestigen links unten."

Der Fahrer hatte eine klare, tiefe, angenehme Stimme. Anton legte den Sicherheitsgurt an. Keine Abschiedsstimme von ihr. Das Auto fuhr los. Gemächlich, in vielen Kurven und mit Sand und Steinen und Felsrippen unter sich. Dann kam der Asphalt und die Kurven lagen weiter auseinander. Kein Auto kam ihnen entgegen, keines überholte sie. Anton vermutete, dass sie eine Straße benutzten, die relativ eben quer zu den ausgebuchteten Hängen des Libanon verlief. Dann hörte Anton erstmals einige Autos. Der Fahrer hielt an. Fünf Lastkraftwagen keuchten etwas schwer vor ihnen vorbei. Der Fahrer bog auf eine Straße ein, die breiter sein musste als die bisherige, zweispurig vermutlich. Denn ein Auto kam entgegen und der Fahrer verringerte die Geschwindigkeit nicht. Dann fuhr er plötzlich an den Straßenrand, hielt und nahm Anton die Augenbinde ab. Der Fahrer sah im schummrigen Licht des Armaturenbretts und im Licht des Mondes ruhig und kühn aus. Anton war mit dem Gesicht und dem Profil seines Begleiters zufrieden. Nach ein paar hundert Metern kontrollierten die Libanesen, einige hundert Meter danach, hinter einer Kurve, sprangen einige wild gestikulierende Gestalten auf die Straße. Es war die Hisbollah Kontrolle. Die Syrer auf der Passhöhe des Libanon auf der Hauptstraße Beirut-Damaskus blickten in ihre Listen und winkten sie weiter. Dasselbe taten die Soldaten vor Zahle. Der Mann kam aus einem Nachtcafe und sagte sein Zedernsprüchlein zur Erkennung. Mustapha erklärte Anton, er müsse nun hinten sitzen, da es praktischer wäre, wenn die verschiedenen Beobachter und Kontrollore ihren Begleiter vorne gleich erkennen würden. Mehrere male sah Anton Taschenlampen hereinleuchten, Gewehrläufe wirkten größer im Scheinwerferlicht und die Gesichter drohender. Hier regierten weder Syrien noch Beirut, hier hatte man sich entschieden, streng nach Mao Tse-tung, dem kommunistisch-chinesischen Revolutionär, vorzugehen: die Macht kam aus den Läufen der Gewehre. Für Hussein vulgo Anton hatten weder Libanesen noch Syrer noch Hisbollah Interesse gezeigt. Er gehörte zum Auto wie die Reifen. Die Schminke, die ihm Elisabeth im Gang vor der Türe zum Hof verpasst hatte, seiner Ansicht nach recht oberflächlich, genügte völlig. Anton wurde langsam zuversichtlich. Die Kontrollen hatten die Fahrt doch verzögert. Auch zwischen den Kontrollen fuhr Mustapha sehr langsam. So dauerte es bis knapp vor Mitternacht, als sie in ein finsteres Dorf einfuhren. Der Fahrer beschrieb einen engen Halbkreis und stoppte nach einem Handzeichen und einem lauten Ruf ihres örtlichen Führers genau vor einem etwas größeren Steinhaus mit einem Stockwerk darüber und einer Stiege nach unten zu einem Keller. Der Führer stieg aus, klopfte ein kurz-kurz-lang Signal gegen die Kellertür. Diese öffnete sich. Dahinter war elektrisches Licht.

„Sie können hier warten", sagte Mustapha zu Anton. Dieser tat es gerne. Führer und Fahrer verschwanden in den Keller. Die Tür ging zu. Es dauerte eine gute Stunde, dann öffnete sie sich wieder und vier Leute trugen je einen Sack heraus. Sie schleppten ziemlich daran. Anton sah, dass um jeden Sack rundherum ein wasserdichter, durchsichtiger Übersack angebracht war und ein Tragegerät wie bei einem Rucksack angenäht war. Es war also für Zwischenfälle vorgesorgt. Die Säcke wurden durch die rückwärtige Türe in den Wagen gelegt. Dann kam Mustapha aus dem Keller. Er schien etwas belustigt zu sein. Neben ihm ging ein großer, in ein wildes, buntes Fantasiegewand gekleideter Mann mit einem fantasievoll gebundenen Tuchwerk um den Kopf. Anton konnte ihn in keiner Weise einordnen. Er kam auf ihn zu, schaute ihn ungeniert genau an. Er griff ihm gerade nicht in den Mund, um die Zähne zu kontrollieren wie ein Pferdehändler sein Kaufobjekt prüft.

„Ich habe schon viele Jahre keinen Europäer mehr lebend gesehen."

Anton fühlte sich nicht sehr wohl.

„Da muss gefeiert werden. Steig aus."

Mustapha erhob Einspruch. Sie müssten zurück, bevor das Tageslicht lästige Interessenten auf den Pajero aufmerksam machen konnte.

Der große Mann wischte den Einwand hinweg wie eine Fliege. Die Säcke seien auch schon verladen und er, Mustapha, müsse sie bewachen. Es sei bereits sein Risiko.

„Bewache deine Säcke, Mustapha. Der Fremde ist mein Gast und wenn ich ihm genug Gastfreundschaft erwiesen habe, dann fahre mit ihm und den Säcken."

Anton musste aussteigen, wurde heftig umarmt und auf die Wangen geküsst. Der Mann war ein sehr muskulöser, fühlte Anton.

„Nenne mich einfach Kara", erklärte er die Benimmregel. Ich werde Anton zu dir sagen in dieser Nacht. Komm Mustapha, die Säcke werden wieder ausgeladen und du kannst dich drauf setzen. Für das Auto garantiere ich."

So saßen drei Minuten später der wilde Kara, Mustapha und Anton in einem mit wunderschönen Teppichen ausgekleideten Kellerraum, weiche Pölsterchen unter dem Sitzteil des Körpers. Mustapha hatte die vier Säcke direkt neben sich.

Kara klatschte in die Hände und zwei auch wilde Krieger mit umgehängter Uzzi brachten ein großes Messingtablett mit feinster Gravur. Darauf standen türkische Kaffeeschalen und kleine Gläser und eine Flasche aus grünblauem Glas, die mindestens einen Liter fasste, mit einem Henkel in der Form eines Schwanenhalses und Einbuchtungen und Langstreckungen, die die absichtliche Modellierung eines Glasbläsers verrieten. Die kleinen Gläser waren aus demselben Glas erzeugt, aber ganz einfach und klar in der Form.

„Ich habe sie nie gesehen, die Herrin des Berges. Ist sie so schön, wie man mir erzählt hat? Ist ihre Hüfte wie eine edel geformte Sanddüne und sind ihre Brüste wie die wohlgeformten Kuppeln einer Moschee? Sind die Augen wirklich so tief und so feucht wie der Brunnen im wüsten Land und ihre Hände weich wie ein junges Ziegenfell?"

Kara hätte noch weitergeredet, aber Anton war schon ausreichend außer Fassung. Er war nicht in der Lage, über sie zu reden. Zum Glück hatte er diese Schminke oben, so dass niemand merken können würde, wann er errötete. Wie zum Beispiel gerade jetzt. Aber seine Körpersprache musste Kara informiert haben. Dieser lachte plötzlich und rief: „Ich merke schon, auch dich hat sie verzaubert. Es ist also alles wahr, was man über sie erzählt."

Dann ging es einmal ans Trinken aus der Glasflasche, die mit stark gewürztem Arrak gefüllt war.

„Ihr Gesicht ist stolz wie die Miene der Löwin. Sie muss es nicht unter einem Schleier verstecken. Sie hat die Kraft, den Blick des Mannes zurückzuweisen. Ihr Wille ist ihr Schleier und sie braucht keinen anderen, um sich zu schützen."

Auch das stimmte alles, wusste Anton.

„Erzähle ihr, Anton, dass Kara sie bewundert. Und dass er sie jetzt noch mehr bewundert, seit ein Mann aus Europa die Erzählungen über sie bestätigt hat. Sage ihr auch, sie soll ihrem Schwager sagen, ich hätte Verbindung mit einigen Kurden, die beste Ware liefern könnten. Aber nur gegen Panzerabwehrgranaten. Geld interessiert sie nicht."

Anton wurde der Mann langsam unheimlich. So skurril er auf den ersten Blick wirkte, die Mischung aus Show und präziser Beurteilung und Geschäftssinn beeindruckte ihn. Und auch dieser Gedanke wurde von Kara bemerkt.

„Wir sind wilde Leute in der Bekaa. Aber wer nur wild ist, stirbt bald. Überleben kann hier nur wer Löwe und Fuchs ist, wie Hafez el Assad."

Wieder hörte Anton widerwillig das Lob des syrischen Präsidenten, dessen Machtpolitik die ganze Region jahrzehntelang in Unruhe versetzt hatte. Er hatte alle umgebracht, die gegen ihn waren und er hatte keine Skrupel dabei gehabt. Fuchs, das stimmte wohl, Löwe hätte Anton nicht unterschrieben. Stark gab sich Assad nur gegen solche, die er als schwächer erkannt hatte. Aber Klugheit war in der Politik andererseits auch keine Eigenschaft, die man einem Politiker vorwerfen sollte.

„Assad ist alt, sein Sohn ist tot."

Anton wies auf die Schwäche des Syrers hin.

„Ja, er muss bald ernten. Das bedeutet, er muss mit Israel Frieden schließen. Das bedeutet, die Region könnte zur Ruhe kommen."

„Das hoffen auch viele Europäer."

„Das ist schwierig für mich. Ich regiere ein kleines Stück Straße und Land in der Bekaa. Ich muss meine Geschäfte hier machen und zugleich Vorräte anlegen für die Zeit des Friedens, wenn ich ganz andere Geschäfte machen muss."

„Und diese Vorräte laufen auch über den Bruder von ihr?"

„Ich bin hier isoliert. Es gibt Tage, da muss ich hier im Keller bleiben. Er ist mit Beton gebaut, von einem Fachmann aus Damaskus. Er schützt auch gegen die Bomben der Israelis, nicht nur gegen Artilleriegranaten. Die Isolation der Bekaa ist teuer. Jede Kommunikation nach auswärts kostet unheimlich viele Spesen. Und jeder Tag Überleben gegen viele Feinde ist ein zu teurer Tag für einen Geschäftsmann. Ich bin für den Frieden. Nur zum Schein lassen sich hier gute Geschäfte machen. Trinken wir auf den Frieden."

Die nächsten Runden Arrak folgten. Anton entschloss sich mitzuzählen. Er hatte jetzt sechs dieser Gläser intus. Die Wirkung würde sich in ein bis zwei Stunden voll entwickeln. Natürlich hatte der Mann recht, was die Rentabilität betraf. Die Unkosten waren einfach zu hoch.

„Ich muss dir etwas zeigen, Anton."

Er stand auf und ging zu einem Teppich, schob ihn weg. Der nackte Beton erschien im Licht der Glühbirnen des großen Kandelabers, der zwölfstrahlig von der Decke hing. Eine ganz massive Stahltüre wurde von Kara geöffnet, eine hell erleuchtete Treppe führte durch einen Betontunnel nach unten, etwa zehn Meter lang, sehr steil. Unten war ein runder Raum mit vielen Türen, alle aus Stahl. Hier war also der Keller, der auch gegen israelische Bomben schützte. Oberhalb musste jede Menge Eisenbeton verbaut worden sein. Es war ein Bunker. Der Hausherr öffnete eine Türe, ging durch einen weiteren Gang und öffnete eine zweite Türe. Dann öffnete Anton seine Augen ganz weit. In dem nackten Betonraum mit einer zweiten großen Stahltür, die sich vermutlich aufschieben ließ, stand ein glänzend polierter, schwarzer Mercedes 600. Es war keine gewöhnliche Staatskarosse, wie sie etwa der deutsche Bundeskanzler Helmut Kohl oder ähnlich wählerabhängige Menschen fahren mussten.

Dieser Mercedes hatte ein zusätzliches, langes Mittelteil. Er wirkte irgendwie groß, als ob eine zweite Karosserie drübergeschweißt worden wäre.

„Das ist deutsche Wertarbeit."

Kara klang stolz. Anton hatte ohne Worte ausreichend zum Selbstbewusstsein des Gastgebers beigetragen.

„Ein Spezialprodukt der Firma Hahn aus Schenefeld bei Hamburg. Er schaut so groß aus, weil eine Stahlsicherheitshaut drübergeschweißt worden ist. Schützt gegen jedes bekannte Infantriegeschoss. Auch das Glas ist mehrfach verstärkt, die Achsen auch. Wegen des Gewichts sind Spezialreifen angefertigt worden. Die Innenausstattung wurde aus Zederholz gearbeitet, das nach Hamburg geschmuggelt worden ist."

Der Mercedes sah so aus, als ob er noch nie gefahren worden sei. Innen war alles schneeweiß. Leder, vermutete Anton. Was wie Messing glänzte, durfte man beim nächsten Juwelier als Gold verkaufen können.

„Zwei Millionen Mark ab Hamburg."

Eine Sparbüchse, an der ein großes Loch angebracht war, damit das Geld davonrinnen konnte. Oder der Sieg des Lokalfürsten von einigen hundert Hektar Bekaa gegen die Feinde, die ihn auf ein so enges Territorium begrenzten. Ein Statussymbol, viel zu wertvoll, um auf den engen, gefährlichen Straßen von Neidern verflucht zu werden, von verrückten Heckenschützen am Lack beschädigt zu werden.

Oder von einem syrischen Panzer durchlöchert zu werden oder von einem israelischen Jet in einen gelungenen Feuerball verwandelt zu werden, mit mehreren Explosionen hintereinander, um die zwei Millionen Mark ab Werkstatt stilgerecht sterben zu lassen. Es war die Ikone eines Rauschgift- und Waffenhändlers, unbeirrbar geliebt gegen jede Wirklichkeit.

„So etwas gibt es auch im Nahen Osten kein zweites mal."

„Ich habe mich erkundigt. König Fahd zahlte für sein Modell 150 000 Mark weniger. Er ließ sich kein Video und keine Bar einbauen."

Das hätte sich der saudische König bei all seiner Macht aus religiösen Gründen nicht leisten können, dachte sich Anton. Wenn Fahd solche Gelüste haben sollte, musste er sich einen solchen Bunker bauen wie den hier, wo er Video schauen durfte und Whisky trinken. Aber Anton hatte in seiner Zeit als Außenpolitik-Redakteur nie gehört, dass Fahd auch nur gerüchteweise mit solchen Abweichungen vom Islam verbunden worden wäre.

„Ich sehe, Anton, mein kleines Spielzeug hat dir gefallen. Wenn der Friede kommt, werde ich damit von der Bekaa nach Beirut fahren, mich ins Kasino setzen und mich von europäischen Frauen verwöhnen lassen."

Jeder hat so seine Fantasien, dachte Anton nachsichtig. Denn er war auch nicht frei davon.

„Wie ein Minarett den Himmel erobert, werde ich in den Schoß der Frauen eindringen. Assad möge der Friede bald gelingen."

Damit war die Audienz beendet. Kara führte ihn zurück. Mustapha saß neben den vier Säcken und bewachte sie gut bei Pfefferminztee. Er hatte keinen Arrak angerührt. Anton musste nun gleich die Doppelmenge Arrak in sich hineingießen, weil der Besuch in der Unterwelt eine ganze Runde in der Oberwelt gedauert hatte. Er hatte nun zwölf Gläser im Körper und wenn er auch einen großen Körper hatte, der Alkohol würde auf die Gleichgewichtsnerven wirken und nicht aufs Fett. Es war höchste Zeit davonzukommen. Außerdem hatten sie bereits drei Stunden verloren. Es war fast drei Uhr früh und Mustapha schaute ihn immer vorwurfsvoller an. Als ob Anton schuld wäre an der verzögerten Abreise.

„Wenn ihr heute hinter Zahle beschossen werdet, dann flüchtet hinauf zum Pass zwischen dem Kenise und dem Sannin. Dort lebt ein Stück neben der Straße ein Bauer, der als Ali bekannt ist. Ich werde ihn bitten euch zu helfen, wenn ihr es nötig habt. Aber diese Hilfe gilt nur für diese Arbeit und ist mein Dank für die Ehre, dass Anton, der große Europäer, heute bei einem kleinen, verachteten Geschäftsmann in der Bekaa solange geblieben ist."

Anton fiel keine blumige Gegenrede ein. War auch nicht nötig, denn Kara war schon aufgestanden, füllte noch einmal nach, austrinken, nachfüllen, austrinken, nachfüllen, austrinken – Glas fünfzehn wanderte ins Antons Körper – eine impulsive Umarmung, die die Muskeln des Mannes richtig zur Geltung brachten. Ein Händeklatschen, die Sackträger erschienen, Kara verschwand hinter einer anderen Türe hinter den Teppichen. Vermutlich veständigte er Ali per Funktelefon über den möglichen Besuch. Anton kämpfte sich durch die frische Luft im Hof zum Auto, stieg etwas mühsam ein, schnallte sich fest und Mustapha fuhr los.

Antons Uhr leuchtete in der Nacht ihr „SON 16, 03.12 Uhr" zu ihm herauf. Es musste sich ausgehen. Bis zum Pass auf der Hauptstraße waren es etwa 60 Kilometer brauchbarer Straße. Dann ging es noch einmal etwa 60 Kilometer. Wenn die Kontrollen nicht plötzlich anders verliefen, waren sie gegen sechs Uhr im Bergnest zurück. Mustapha bestätigte diese Schätzung. Dennoch wirkte er im Gegensatz zur Herfahrt nervös. Vielleicht lag es daran, tröstete sich Anton im sich ausbreitenden Schnapsrausch, dass nun die teure Ware im Auto lag und Mustapha verantwortlich war. Bis Zahle fuhr der örtliche Führer mit. Kein Mann mit Gewehr zeigte sich auf dem am gefährlichsten geltenden Teilstück. Die Syrer von Zahle waren verschlafen und winkten sie durch. In Zahle schlief alles. Nur ein Hund bellte sie an und löste eine Bellerei aus. Sie fuhren weiter zügig Richtung Pass, überquerten einen Bach von rechts auf einer alten Steinbrücke vor dem früheren Tourismusort Chtaura. Nach einer scharfen Rechtskurve klatschte der erste Schuß in den Pajero. Wäre der Motor des Geländewagens nicht stets so präzis regelmäßig und leise wie im Prospekt gelaufen, hätte Anton das Geräusch für einen scharfen Auspuffknatterer gehalten. Mustapha gab plötzlich Vollgas, aber nur für Sekunden. Dann erfassten die Scheinwerfer mehrere Männer, die sich hinter einigen vom Straßenrand herbeigerollten Steinen mit Waffen im Anschlag duckten. Mustapha stoppte. Er stieg nicht aus. Anton klickte den Sicherheitsgurt aus. Er fühlte, wie der Schnaps in seinem Körper sich immer noch ausbreitete.

Zwei Männer mit den Bärten und der Haartracht der Hisbollah kamen mit vorgehaltener Waffe, vermutlich Kalaschnikow, aber Anton war kein Fachmann, auf das Auto zu und winkten beide heraus. Anton kletterte mühsam heraus, Mustapha war mit einem kleinen Sprung auf der Straße gewesen. Nun trotteten beide nebeneinander die Straße entlang, fügten sich der Abzweigung auf einen steingefüllten Feldweg, den Anton selbst durch die dicken Gummisohlen seiner Bergschuhe spürte. Der Pajero wurde hinterdrein gefahren. Nach etwa zehn Minuten und vielleicht 500 Metern kam ein mittelgroßes Steinhaus in Sicht. In ihm brannte Licht, wie durch ein schlecht verhängtes Fenster zu sehen war. Ein zweites, kleineres Steingebäude, stand daneben, ohne Licht. Anton und Mustapha wurden in das Haus mit Licht gebracht. Es hatte niedrige Wände, den muffigen Geruch, den lange Zeit unbewohnte Räume annehmen. Im Hauptraum saß eine Gruppe Männer, alle bewaffnet, unter der Glühbirne und rauchten. Auch sie hatten die Bartuniform der Hisbollah im Gesicht. Die beiden Bewaffneten stellten Anton und Mustapha in eine Ecke und setzten sich zu den rauchenden. Der Rest der Überfallgruppe, Anton hatte unterwegs sieben Mann gezählt, suchte sich auch seinen Platz. Niemand sprach. Dann kamen noch zwei Leute, offensichtlich jene, die den Pajero transportiert hatten.

Dann öffnete sich die Tür wieder und ein Mann trat herein, assistiert von zwei Bewaffneten. Er trug keine sichtbare Waffe. Er war der Kommandant. Er blickte an den Gefangenen vorbei und setzte sich auf zwei Pölster, die auf einen Platz im Kreis gelegt wurden. Dann wurde Mustapha nach vorn geschoben, Anton wurde in die Ecke gedrängt. Er durfte sich setzen. Das war ihm bei seinem Schnapszustand sehr angenehm. Der Rausch hatte seine Wirkung auf das Gleichgewicht voll erreicht.

„Nun Mustapha, du hast Verspätung. Hat der große Kurde die Ware erst kiloweise sammeln müssen?"

Der Anführer sprach französisch. Anton sollte also zuhören. Er bemühte sich. Lieber wäre er eingenickt. Also Kara war nach Meinung dieses Mannes ein Kurde gewesen. Anton hatte dies nicht herausgefunden.

Mustapha antwortete, dass der große Kurde, auch er nannte keinen Namen, mit Anton gebechert habe.

„Hast du uns hier erwartet, Mustapha?"

„Nein. Wenn überhaupt, erst in Beirut."

„Wir haben Fortschritte gemacht. Wir haben den Pass geöffnet. Nicht nur deine Firma darf jetzt jenseits des Libanon geschäftlich tätig sein."

Also hatten sich einige Syrer entschlossen, sich zweimal bestechen zu lassen, dachte Anton schwerfällig.

„Wir wollen dem Bergnest den endgültigen Besuch abstatten. Und du wirst uns führen."

Nun begann die Sache ungemütlich zu werden. Wenn die Banditen nicht nur die Ware raubten und das Auto, sondern den großen Schlag führen wollten, dann würden Anton und Mustapha auch nicht verschont bleiben.

„Es ist doch vernünftiger zu verhandeln."

„Um wieder betrogen zu werden."

„Es gab große Verluste in Rotterdam. Eine Garage mit Ware wurde von der Polizei entdeckt. Vor Zypern stoppten Türken eine Jacht und raubten die Ware. Wir mussten die Preise hinaufsetzen und konnten euch nur weniger zahlen."

„Auch unsere Ausgaben sind gestiegen. Der Aufbau der Polizei in Beirut verteuert die Bestechungen, erfordert viel kleinere und deshalb mehr Aktionen. Die Syrer sind auch wieder gierig geworden."

„Aber der Markt gibt nicht mehr her."

„Deshalb muss die Anzahl der Firmen verringert werden."

Der Anführer hatte diesen Satz in endgültigem Ton gesprochen. Mustapha schwieg dazu.

„Du wirst uns zum Hauptversteck führen und unser Mann wird das Tor öffnen dürfen, wenn du anklopfst. Die besten dieser Männer werden eindringen, den ersten Teil sichern und dann kommen alle nach."

Mustapha schwieg dazu.

„Ich verstehe. Diese Christin hat dich gerettet, als nach dem Krieg keine Arbeit zu bekommen war. Aber sie hat es nicht aus Freundlichkeit getan, sondern weil sie den besten Fahrer Beiruts gebraucht hat. Und sie wird sich für deinen Verrat nicht rächen können. Sie wird ihn nicht überleben. Du musst es so sehen, wie unser geistlicher Führer uns gesagt hat. Er sagt Mustapha, dass eines jeden Sünders Zeit kommt, wo er wieder ein Gerechter werden kann. Aber diese Gelegenheit kommt nur einmal. Wer sie abweist, weist den Willen Gottes zurück. Er soll darüber nachdenken, hat der geistliche Führer gesagt. Aber nicht zu lange. Wir haben sechs Stunden Zeit auf dein Lebenskonto überschrieben. Nach diesen sechs Stunden musst du antworten. Bringt ihn und den ungläubigen, besoffenen Hund in den Stall."

Anton fühlte einen recht kräftigen Tritt in seiner Seite, erhob sich taumelnd und wurde unter dem verächtlichen Lachen der Männer hinausgeschubst und landete bald darauf wieder in einem Ziegenstall. Neben ihm Mustapha. Die Tür wurde verriegelt und von Zeit zu Zeit hörte Anton Wächterschritte vorbeigehen. Bei den wenigen Schritten im Freien hatte Anton die ersten Helligkeit im Osten gesehen.

„Ich stecke in der Scheiße."

Mustapha sprach ihn in der Dunkelheit an. Und mit Scheiße meinte er nicht den Ziegenmist am Boden. Anton konnte nur zustimmen. Er lag und sein Rausch war das einzig aktive in seinem Bewusstsein.

„Diese Leute sind fanatische Hisbollah. Sie versuchten, die maronitische Firma zu unterwandern. Es gelang ihnen, einige Leute bis in das streng bewachte Bergnest einzuschmuggeln. Aber sie konnten nicht offen vorgehen, weil die

Maroniten dort viele Bewaffnete haben, aber vor allem, weil nur die europäische Organisation des Bruders die Geschäfte ermöglicht. Deshalb verstehe ich nicht, warum das Bergnest nun ausgeräuchert werden soll."

Anton hätte ihm erklären können, dass erstens auch im Geschäftsleben nicht alles vernünftig entschieden wird und zweitens Dutzende Geschäftsgründe vorliegen konnten, die auch dem besten Chauffeur nicht mitgeteilt werden. Aber Anton sagte kein Wort.

„Ich muss an meine Familie denken. Sie hat es schwer genug gehabt. Ich war in Beirut zuerst bei der Amal-Miliz, dann bei einer Gruppe der Hisbollah. Nach dem Einmarsch der Syrer wurde ich wie tausende andere verhaftet, wie hunderte andere gefoltert, aber wie nur ganz wenige wieder gerettet. Sie hat mich freigekauft und seither fahre ich für diese Firma, die wegen der Verbindung mit den Hisbollah besonders guten Schutz für uns alle geboten hat."

Jeder Wechsel der Allianzen bringt die kleinen Untertanen in Gefahr, hätte Anton mit seiner historischen Ausbildung die Lage Mustapha großspurig erklären können. Aber das hätte dem Fahrer nichts genutzt.

„Sie haben keine Chance, in das Bergnest einzudringen. Auch mit mir nicht. Der Straßenzugang ist mit zwei schweren, in der Mauer eingebauten MGs gesichert. Da müsste ein Panzer kommen. Aber vermutlich haben sie auch eine Panzerabwehrkanone. Ich weiß es nicht. Rundherum sind Gräben und versteckte Stacheldrähte und eine gut bewaffnete, zahlreiche Mannschaft verteidigt innen wie außen. Es ist schwierig sich heranzuschleichen, da um das Stück Wildnis christlich besiedelte Dörfer liegen, deren Bewohner alle zur Familie im Bergnest halten. Dann gibt es noch einen schwer bewachten Zugang auf der Bergseite, der eigentlich der allerletzte Fluchtweg ist. Er führt in Richtung eines Pfades über den Libanon in die Bekaa. Wenn das Bergnest zu erobern wäre, dann wäre es schon längst erobert worden. Eine Chance hätte nur, wer einen Kampfbomber besitzt. Aber den haben die Hisbollah sicher nicht. Was soll ich ihnen sagen?"

„Ich würde ihnen das sagen, was Sie mir gesagt haben."

„Das wissen sie doch. Das weiß jeder, der sich damit befasst hat."

„Vielleicht wollen sie auch nur testen, ob du zum Verrat bereit bist."

Dieser Gedanke schien Mustapha schwer zu denken zu geben. Er schwieg lange.

Anton döste schnapstrunken vor sich hin. Dann schlief er ein. Er wurde erst vom dumpfen Herumschieben der verrosteten eisernen Riegel wach, die die Tür sicherten. Anton fühlte sich elend, aber es war schon das Elend nach dem Rausch, nicht mehr das Elend im Rausch. Der Bewaffnete, der hereinkam, wirkte im strahlenden Tageslicht, das er mit dem Öffnen der Tür mitgebracht hatte, freundlich. Anton bat ihn zu warten, bis er sein Wasser abgelassen hatte und der Mann gewährte die Bitte. Mustapha nutzte auch die Chance.

Im Raum im Nebenhaus saßen dieselben Männer, rauchten, als ob keine sechs Stunden vergangen wären. Anton wurde in die Ecke gesetzt, Mustapha bekam den Angeklagtensitz dem Führer gegenüber, innerhalb des Kreises der Männer. Plötzlich schrie Mustapha. Anton blickte verwirrt auf, er hatte wieder zu dösen versucht, und erkannte einen jungen Mann in der Runde als Ursache des Schreckens von Mustapha. Anton musste ihn in der Nacht übersehen haben oder er war neu dabei. Letzteres war wahrscheinlich, denn Mustapha hätte ihn bestimmt nicht übersehen.

„Du blickst in dein Gericht, Mustapha."

Mustapha, den Anton immer kühn und beherrscht erlebt hatte, begann zu schluchzen. Die Männer ließen ihn ausweinen.

„Ich bin schuldig. Ich bin als Mitglied der Amal-Miliz in das Haus in Westbeirut eingedrungen. Ich hatte den Befehl dazu. Ich fand zwei Männer und einen sehr alten Mann, der nicht mehr kämpfen konnte, drei Frauen und vier Kinder. Sie steckten alle zusammen in der Küche. Sie schrien, ich sollte sie leben lassen. Ich durfte es nicht. Ich erschoss zuerst die beiden Männer. Dann den alten Mann, weil er mich anspuckte."

„Er hat recht getan, dich anzuspucken."

„Dann erschoss ich die zwei Frauen, die sie sich zu meinen Füßen hinstürzten, und um Gnade für ihre Kinder schrien. Dann feuerte ich wie verrückt in der Küche umher, weil mir die Nerven durchgingen."

„Und dann?"

Der Führer fragte ruhig, ruhig, wie der Henker die Schlinge um den Hals legt.

Mustapha atmete schwer. Ein Bewaffneter stand auf und schlug ihm mit dem Kolben heftig über den Rücken.

„Dann versuchte mich der Scheitan und ich war zu schwach."

Der zweite Hieb folgte.

„Ich sah, dass sich die dritte Frau, eine junge Frau, beim Stürzen an einer Kante eines Küchenschrankes das Kleid über der Brust zerrissen hatte. Ich sah ihre nackte Brust und sie starrte mich an und ich wusste, dass sie lebte und ich wusste, dass ich sie vergewaltigen würde und sie wusste es auch. Und ich tat es. Dann tötete ich sie. Sie sollte mich nicht verraten können."

„Sie war eine Gläubige des Propheten."

Der Kopf Mustaphas hing bereits am Seil im freien Raum, getötet von der Schwerkraft, spürte Anton. Die Vergangenheit hatte ihn eingeholt. Eine Gewalttat von damals kam als Vergeltung zurück.

„Aber ich habe den Buben am Leben gelassen. Er steht hier als Zeuge."

„Warum hast du ihn nicht getötet?"

„Ich wünschte mir damals nichts mehr als einen Sohn und er schaute mich an wie man einen Vater anschaut, der gerade höchst ungerecht gewesen ist. Da fand ich meine Scham wieder und ich rannte aus der Wohnung."

„Was soll mit dem Mörder deiner Familie und dem Vergewaltiger deiner Schwester geschehen?"

Der junge Mann erhob sich im Kreis, wendete sich mit tiefster Verachtung von Mustapha ab.

„Ich möchte ihn mit meinem Messer ganz langsam zu Tode foltern. Ich möchte seine Haut in Streifen schneiden und ihn mehr schreien lassen als alle seine Opfer geschrieen haben. Dann möchte ich seine Leiche in einen unbewohnten Hof werfen und vom Balkon aus zusehen, wie die Hunde von der Straße hereinkommen und ihn langsam auffressen."

Der junge Mann schwieg rhetorisch. Anton hielt ihn für einen Schauspieler. Aber die Waffen auf dieser Bühne waren echt.

„Aber der geistliche Führer hat mir befohlen, meine Rache zurückzustellen. Der Mörder muss dafür sein ganzes Leben in den Dienst der Hisbollah stellen."

Anton war von der abgekarteten Schmierenkomödie angewidert. Er konnte aus seiner Ecke Mustaphas Gesicht nicht sehen. Leuchtete es auf, als ihm der Ausweg gezeigt wurde? Oder verstand er die hintergründige Dunkelheit des Urteils des geistlichen Führers, die es der Hisbollah-Gruppe hier erlaubte, jederzeit festzustellen, Mustapha sei nicht willig, sein ganzes Leben einzusetzen und daher dürfe er wieder getötet werden. Es gab kein Himmelfahrtskommando, das er in Zukunft ablehnen konnte.

„Ich werde alles tun, was mir befohlen wird."

Mustapha hatte sich ergeben. Er hatte sich für eine andere Todesart als die vorgeschlagene entschieden. Und für jene verzweifelte kleine Hoffnung aufs Durchkommen, die so viele Menschen so viel unerträgliches aushalten lässt und soviel verbrecherisches tun lässt. Aber Anton ertappte sich dabei, dass er in seiner Feigheit nicht anders entschieden hätte.

„Wir werden deinen Gehorsam streng prüfen."

Der Führer sprach es. Der junge Mann, der überlebt hatte, verließ den Raum. Er hatte seine Schuldigkeit getan. Er konnte gehen. Anton fragte sich, wann den jungen Mann das Schamgefühl über seine klägliche Rolle hier überkommen würde. Der Führer sprach ab sofort arabisch. Die Show für Anton war vorbei. Mustapha antwortete eifrig auf viele Fragen. Dann diskutierten die Männer längere Zeit hin und her. Es ging wohl um den Angriffsplan gegen das Bergnest.

Hätten sie später vor Gericht behauptet, sie hätten damals, in dem verlassenen Bauernhaus am Osthang des Libanon über ein besonders leckeres Hammelrezept gesprochen, hätte Anton sie nicht widerlegen können. Dann sprach der Führer längere Zeit. Er gab Befehle. Die betroffenen Männer nickten. Als auch dies vorbei war, gab der Führer das Zeichen zum Aufbruch. Es war später Nachmittag, genau gesagt 16.38 Uhr Ortszeit, wie Anton von seiner Uhr erfuhr, als auch er mit einer Handbewegung zum Aufstehen aufgefordert wurde.

Anton wurde zum Pajero geführt. Der Fahrer war jetzt einer der Hisbollah Männer. Mustapha bekam einen Platz im vorderen Kleinbus militärischer Bauart, den auch der Führer bestieg. Er fuhr voraus. Hinter ihm der Pajero, dann noch zwei Militärlastkraftwagen kleinerer Bauart. Die anderen Kämpfer der Gruppe saßen dort oben, die Waffen zwischen den Beinen aufgestellt. Eine Anzahl neuer Kämpfer war hinzugekommen.

Die kleine Kolonne kämpfte sich mühsam auf dem steinigen Feldweg aufwärts. Die Luft war noch heiß und die Bekaa lag schon etwas tiefer, braun gebrannt von der langen Sonne des Sommers, abgeerntet, bereit für den Winterregen, der frühestens in etwa drei bis vier Wochen in der ersten Novemberhälfte zu erwarten war. Nur die immergrünen Büsche täuschten sanfte Zweige vor. Anton wusste, dass sie in Wirklichkeit aus jener Art von harten Blättern und stacheligen Fortsätzen bestanden, die jede Annäherung abwehren konnten. Der Feldweg bog in eine etwas bessere Sandstraße ein. Sie kamen einige male an Leuten vorbei, die vor dem Haus standen, aus den Fenstern schauten. Anton sah in ihnen keine Bewegung des Gesichts. Da fuhren Bewaffnete durch und es war gut, wenn sie nicht stillhielten. Bewaffnete, die stehen blieben, konnten den armen Bauern am Osthang des Libanon nur Unglück bringen.

Dann kam ein schon höher gelegener, ziemlich kahler Hang, der schön die beiden ausgeprägten Serpentinen erkennen ließ, die ihn überwinden halfen. Links hatte Anton einen langen Blick in einer wunderschöne Schlucht tun dürfen, durch die auch jetzt ein Bach toste und die völlig unzugänglich erschien. Viele Bäume wuchsen auf kleinen Standplätzen. Und rechts vom etwa sechshundert bis siebenhundert Meter breiten, abgeholzten Kahlhang vermutete Anton ebenfalls eine solche Schlucht mit Bach. Aber die Kehre kam so früh, dass kein Blick möglich war.

Die kleine Kolonne mit den vier Fahrzeugen, aufgesplittert auf etwa 250 Meter, fuhr langsam die schmale Sandstraße quer aufwärts. Sie hatte die vorletzte Kehre gerade hinter sich und das Straßenstück vor sich, das sich um noch eine Kehre drehen würde, bevor es weiter ging zu noch unsichtbaren Geländeteilen. Es konnte dort oben Wald geben, denn Anton hatte von weiter unten Nadelbaumkronen hervorschauen sehen. Er glaubte zumindest, dass es Fichten sein würden, ein Zeichen, dass sie stark an Höhe gewonnen hatten. Andererseits durfte es am Osthang des Libanon keinen Wald geben, im besten Fall Einzelbäume.

Anton saß leicht zusammengesunken in seinem Sitz, den Gurt angeschnallt. Der Rausch war verflogen. Der Arrak musste von guter Qualität gewesen sein. Er hatte kein Kopfweh hinterlassen. Anton fühlte sich nur körperlich schwach. Aber das würde sich bald gegeben haben. Über sein Schicksal wusste er nichts. Niemand hatte ihn informiert. Sicher war nur, dass sie ihn bisher nicht umbringen wollten. Anton hoffte, dass sein Status als Option auch dieser Hisbollah-Gruppe bekannt war. Die Säcke mit dem Rauschgift und Antons Gepäck lagen unverändert hinten. Vermutlich war nur eine dünne Staubschicht dazugekommen.

Plötzlich heulte etwas fremdartig hinter seinem Rücken, ein Wolf, untermischt mit Pfeifen. Dann krachte es ganz besonders laut, es zischten metallene Hagelschloßen auf die harte Erde. Als nächsten sah Anton die beiden Flugzeuge vor der Kolonne eine Kurve ziehen. Sie würden jetzt den Angriff von der Gegenseite wiederholen. Sein Fahrer war ganz kurz ganz starr gewesen. Das Auto stand still. Bevor nun die Jets zurückrasten, hatte der Fahrer die Handbremse angezogen, den Zündschlüssel herumgedreht und sich vom Sitz hinausfallen lassen. Anton war zuerst vom Schock und dann vom Sicherheitsgurt gehindert worden, seinen Sitz rechtzeitig zu verlassen. Das Heulen raste wild heran, die Flugzeuge schossen auf sie zu wie bei einer Flugschau auf dem Flugplatz in Salzburg. Es kam kein farbiger Rauch aus den Düsen, sondern wieder ackerte das schwere Schlagen der Maschinengewehre den Boden auf. Die Piloten konzentrierten sich beim zweiten Angriff auf alles, was sich neben den Autos bewegte. Das war Antons Glück. Er sah drei Einschläge auf der Brust des Fahrers, als er versuchte, sich von der Sandstraße den Hang hinunterrollen zu lassen. Noch vor dem Rand wurde er mit Geschossen festgenagelt, die in seinem Körper nur die tödlichen Löcher hinterlassen hatten. In seinem Gesicht gab es keinerlei Unterschied zwischen Leben und Tod. Zwei schwere Explosionen mischten sich in das Heulen und das laute Knattern. Anton sah aus dem Pajero nach hinten und beide Fahrzeuge mit den Kämpfern brannten wie im Film. Körper lagen auf der Straße und im nahen Gelände. Ein Kämpfer rannte brennend ein paar Schritte. Dann fiel die auf dem Rücken brennende Fackel zu Boden. Vor Anton stand der kleine Militärbus merkwürdig still, ohne zu brennen. Rechts und links lagen Menschen ohne Bewegung. Aber das konnte auch Tarnung sein. Denn noch einmal kamen die beiden Jets zurück.

Anton hatte gerade den Weg vom Nebensitz zum Fahrersitz geschafft und den Zündschlüssel umgedreht und er konnte hören, dass der Motor ansprang. Der kleine Militärbus vorne bewegte sich ruckartig vorwärts. Zu früh. Denn zumindest einer der beiden Piloten musste etwas gemerkt haben. Eine heftige Faust kam mit Überschall aus dem Flugzeug herunter und beutelte das Blechstück durch. Orangegelbe Flammen züngelten heraus und schwarze Rauchwolken sonderten sich vom Flammengold ab.

Die beiden Flugzeuge entfernten sich. Anton fuhr los und schaffte es, einen Weg zwischen dem Kleinbus vor ihm und dem Abgrund zu finden. Er streifte mit seiner Bergseite am Auto an, zum Glück sprang keine Flamme über und nach etwa zehn Sekunden hatte er die Stelle erreicht, die vorher nicht einzusehen gewesen war. Dahinter waren Bäume, enge Kurven, Felsen: Deckung vor den Flugzeugen. Anton stellte den Wagen ab und rannte unter eine kleine Felswand, die leicht überhängend emporragte. Er wartete in Ruhe. Einmal noch erschreckten ihn die Flugzeuge, als sie anscheinend den letzten Kontrollflug flogen. Es schien nichts mehr auf dem Hang da vorne zu sein, das den Verbrauch von Munition und Kerosin rechtfertigte. Dass ein Auto fehlte, dürfte den Fliegern aufgefallen sein. Aber jetzt war es nicht mehr da und hier in der Schlucht war das Suchen aus der Luft nicht sehr erfolgversprechend. Außerdem, so dozierte Anton überlebend frech, würden israelische Piloten, um andere konnte es sich wohl nicht handeln, wenn Anton auch keine Hoheitszeichen gesehen hatte, weil er überhaupt nicht danach geschaut hatte, israelische Piloten würden einen Redakteur der „Salzburger Nachrichten“ nie beschießen, weil diese Zeitung von allen österreichischen Zeitungen eine der zuverlässigsten israelfreundlichen war.

Er wagte nun den Weg zurück, einige hundert Meter, bis er den Hang überschauen konnte, der ein kleines Schlachtfeld geworden war. Anton rannte so schnell er konnte bis zum ersten ausgebrannten Autowrack. Der Führer war tot und lag mit dem Rücken auf der Straße. Als Anton den Körper umdrehte, den er anhand der Jeansjacke für Mustapha halten musste, entdeckte er in dessen Gesicht kein Leben, aber ein Loch in der Brust. Er befühlte seine Taschen und fand einen Ausweis, ein mitteldickes, verklebtes Kuvert mit dickem Papier in einer Reißverschlusstasche der Jeansjacke, eine Geldtasche in der Hose. Er nahm alles an sich, schaute noch einmal die Körper weiter weg an, sah kein Lebenszeichen und ging zurück zum Pajero. Er fühlte sich fast euphorisch. Bevor er sich etwas schämen konnte, so unverschämt Glück gehabt zu haben, erinnerte er sich an Elias Canetti, der in

„Masse und Macht" genau dieses Gefühl des Euphorischen angesichts der Tragödie aller anderen für den letzten Überlebenden als typisch beschrieben hatte. Bisher hatte Anton Canetti geglaubt, nun wusste er aus Erfahrung, dass Canetti recht gehabt hatte.

Der Anblick der wenigen Fichten tat Anton wohl. Sie waren dunkel und grün wie daheim. Tief unten hörte Anton ein Rauschen. Sehen ließ sich der Bach von hier aus nicht. Die Straße war hier in den obersten Hangteil der Bachschlucht eingeschnitten. Sie verlor sich nach einigen Kurven im nicht übersehbaren Hintergrund. Rechts und links glitten höhere Hänge empor, fast ganz kahl. Aber es konnten noch nicht die beginnenden letzten Hänge des Berges Kenise links oder des Berges Sannin rechts, im Norden, sein. Soweit sich Anton an seine geographische Vorbereitung erinnern konnte, war das Zwischenstück zwischen den beiden Bergen ziemlich breit und war vermutlich mit mehreren Kuppen und Rücken und Vorder-und Hintergipfeln besetzt. Nach seiner Groborientierung verlief irgendwo rechts von ihm die Straße von Zahle über den Libanon nach Aaintoura. Dieser Weg war rein lokal.

Die Leute im Nest hatten mit dem Tod von Mustapha nicht gerechnet. Sonst hätten sie ihm mehr Informationen gegeben, um im Ernstfall zurückkehren zu können. Nun würden die Späher vergeblich im Passgelände der Hauptstraße Beirut–Damaskus herumschauen. Erst nach der Meldung des israelischen Rundfunks über den erfolgreichen Luftangriff auf eine terroristische Kolonne der Hisbollah dürfte beraten werden, ob nicht der Pajero damit gemeint war und die Suchaktionen ausgedehnt werden. Aber die Israelis gaben ihre Flüge nach politischen Motiven bekannt. Vermutlich wurde nicht jeder Angriff öffentlich kundgetan. Und sie konnten sich Zeitlassen, falls nicht durch irgendeinen Zufall die Syrer an der Nachricht interessiert waren. Dann würde die kleine Attacke in Beirut diskret vertrauten Journalisten mitgeteilt werden, die sie ebenso vertraulich an die Nachrichtenagenturen weitergaben. Und Antons Kollegen dort würden vorsichtig sein und die Meldung eher klein halten. Nachprüfbar war sie nicht, mit dem Tatort jenseits des Libanongebirges.

Der Pajero hatte auch seine Einschüsse, sah Anton beim näheren Hinsehen. Das Dach war viermal durchlöchert und die Bodenplatte auch noch. Glücklicherweise war die Schussfolge vor den Sitzen und vor dem Motor abgebrochen. Die vier Schüsse hatten nichts Wesentliches verletzt. Nicht einmal die vier Säcke mit dem Rauschgift. Und auch die vier Zwei-Liter Plastikflaschen mit Mineralwasser aus einem Supermarkt in Beirut, die Mustapha Anton vor der Abfahrt in der Bekaa lächelnd gezeigt hatte, hatten keinen Einschuss. Anton öffnete eine und trank eine fast einen Liter der warmen, aber sauberen Flüssigkeit Das tat gut gegen den Brand, den der Schnaps hinterlassen hatte. Es war die letzte Erinnerung an den Rausch. Und hungrig war Anton auch schon wieder. Die Suche nach Essbarem enttäuschte Anton. Nichts. Diesmal würde er seinem moralischen Ziel näher kommen, im Libanon abzunehmen. Es war ein grässlicher Sieg der Moral.

Es war 17.45 Uhr. Er hatte noch eine gute Stunde bis zur Dunkelheit. In der Zeit musste er einen sicheren Platz für die Nacht gefunden haben. Er musste sich vom Ort des Angriffs ausreichend entfernt haben. Denn es würden Gesinnungsfreunde der Hisbollah aus der Bekaa kommen. Er wollte ihnen nicht erklären müssen, warum er als Einziger überlebt habe. Er würde dann nicht der einzige Überlebende sein, sondern das Dessert zum Tod. Auch mit den Syrern wollte Anton nicht bekannt werden. Es dauerte stets so lange, bis geklärt war, dass er ein verdächtiger Journalist war und dass sich dann die berühmten diplomatischen Kanäle sich mit Geschwafel füllten, bis irgendein Botschafter einen Anton Berger in Empfang nehmen durfte. Das dauerte und aus vielen Berichten wusste Anton, dass die ersten Wartezeiten in solchen Fällen häufig unangenehme waren. Korrekt wurde das Benehmen erst, wenn die Befehle von ganz oben kamen.

Er musste also über den Berg. Und diese Straße könnte bis dorthin führen. Sie konnte natürlich auch vorher aufhören. Anton wusste, als er die Landkarte in seine Erinnerung rief, nur von einer Straße zwischen Djebel Kenise und Djebel Sannin. Er war nicht auf dieser. Es war jetzt mehr als eine Stunde kein Fahrzeug gekommen. Die Hisbollah waren unterwegs zum Felsennest und nach der Auskunft von Mustapha war dort nur ein Bergpfad als letzter Fluchtweg vorhanden. Es machte aber keinen Sinn, schloss Anton, hier erfolglos an Gleichungen mit zu vielen Unbekannten zu knobeln. Wenn er überleben wollte, musste er weiterkommen.

Anton fuhr lieber zehn Meter mit dem Auto als dass er zu fuß ging. Gehsteige benutzte er nie der Länge nach. Er querte sie am liebsten: vom Parkplatz vor der Haustüre aus. Anton war in dieser Frage kein bisschen alternativ. Natürlich hielt Anton das Rad für eine der wertvollsten Erfindungen der Menschen, aber er mochte nur die Spezialform des Vierradverbundes mit Motorantrieb.

Er startete den Wagen und fuhr mit dem zweiten Gang langsam und möglichst leise vorwärts. Er wollte möglichst wenige Leute in der Gegend auf sich aufmerksam machen, falls überhaupt Leute in der Gegend waren. Die Flugzeuge fürchtete er nicht mehr. Es wurde Abend.

Er schaute auf den Kilometerzähler. Vier Kilometer waren vorgerückt, als die Schlucht aufhörte und eine Art Hochfläche vor der Straße lag. Unangenehm war, dass dahinter die nächste Anhöhe aufragte und nicht zu erkennen war, ob dahinter nicht noch eine war und dahinter noch einmal noch eine. Anton fühlte auch ein deutliches Gruseln, weil die sichtbare Anhöhe völlig kahl war. Aber eine deutliche Einkerbung musste zumindest ein Weg sein, nicht bloß ein Steig. Anton fuhr weiter. Drei Kilometer Kehren folgten und dann machte der Weg den Trick von früher. Er verschwand wieder schräg in der nun deutlich höheren und weniger tiefen Schlucht. Die neue Schluchtstrecke endete schon nach einem Kilometer und brachte Anton auf ein wunderschönes Stück Hochebene von nur zweihundert bis dreihundert

Meter Durchmesser. In Salzburg hätte man Almboden dazu gesagt. Vereinzelte große Fichten standen herum, am Rande gab es mehr Bäume und der nächste Anstieg, natürlich gab es einen, war bewaldet, wenn auch mit Lücken. Das erste mal konnte Anton die fernen Steilhänge des Sannin sehen, aber nicht die Zwischenhänge und Schluchten, die es geben musste. Er war deutlich näher am Kenise, der Hang zu ihm hinauf lag im schrägen Abendlicht vor ihm. Nach Antons Meinung konnte es jetzt nur noch diesen Berghang vor der Passhöhe geben. Und noch schöner als Abendlicht und der späte Glanz des kahlen Antilibanon jenseits der Bekaa war für Anton die Fortsetzung der Straße. Der Wegcharakter war stärker geworden. Der natürliche Felsuntergrund war die Oberfläche und es gab kein künstliches Schnickschnack. Dennoch war klar, dass er einmal von Menschenhand herausgearbeitet worden sein musste. Zwei Kilometer zeigte der Zähler an, als Anton vor der letzten Kurve stand. Er fuhr mutig um sie herum, kam nicht in eine Schlucht, sondern hatte die endgültige Alm erreicht. Kein Bauer Ali, von dem der wilde Kara gesprochen hatte, tauchte auf. Er wohnte wohl drüben an der offiziellen Straße.

Der endgültige Pass allerdings lag noch einmal eine Anhöhe höher. Der Bach glitzerte klein aus dem Felsen heraus. Die Quelle konnte nicht weit sein. Der Weg, diese unglaubliche endlose Geschichte auf der unwegsamen Ostseite des Libanon, setzte sich noch einmal fort. Anton war überglücklich. Er fuhr sofort weiter, als hätte er Angst, der Weg könnte ihm im letzten Moment weggeräumt werden. 1,8 Kilometer, dann stand der Pajero zwischen zwei Felsen, die vorher einer gewesen und von Menschenhand entzweigeschnitten worden waren. Sie hatten das Maß nicht am Pajero genommen, aber es ging sich aus. Dann war Anton endlich drüber. Das Mittelmeer, dessen Anblick vom Libanon er mit der Seele gesucht hatte, lag lässig glänzend tief unten und wölbte sich in der Ferne als Grenze der Erdschale sachte hoch. Anton sah im Gegenlicht viel Grün und die Dörfer als Mosaikeinsprengsel weiß und rot.

Auch der beste Weg kann einmal zu ende gehen. Nach einem weiteren Kilometer kam Anton zur ersten Schlucht auf der Westseite. Sie hatte keine Überfahrt, obwohl der Weg drüben sichtbar weiterging. Warum keine Fahrzeuge entgegen gekommen waren, war jetzt geklärt. Über diese steile, etwa dreißig Meter breite Steinschlucht, die hinabstürzte wie eine Felswand, deren Fuß nicht zu erkennen ist, fuhr niemand drüber. Nicht einmal, wenn die Hisbollah hinter einem her sein sollten. Zu wählen war nur zwischen Selbstmord und stehen bleiben.

Anton versuchte das Bergnest auszumachen. Aber die Sonne störte ihn mit ihrem letzten Gegenlicht und er wusste auch nicht, welcher Mosaikpunkt da unten in Frage käme. Falls es überhaupt von hier aus zu sehen war. In diesem so stark geformten Gelände musste es hunderte Flächen geben, die von hier oben nicht einzusehen waren. Anton kapitulierte und begann, sich für die Nacht einzurichten. Sollten sie ihn doch hier abholen. Sollten sie ruhig nach dem unruhigen Tag noch eine unruhige Nacht haben. Am Morgen würde er vorsichtig die Schlucht zu fuß überqueren und sich zum ersten Bauern durchschlagen. Den Pajero stellte er etwas zurück in einer Kurve, wo der Weg erweitert war. Hier konnte er erst gesehen werden, wenn man unmittelbar davor stand, aus welcher Richtung immer der Besucher kommen mochte.

Anton überlegte, ob er nicht die vier Säcke in die Schlucht werfen sollte. Es wäre moralisch höchst geboten, stellte er fest. Die „Salzburger Nachrichten“ und Anton Berger waren gegen Drogen eingestellt. und dass in den vier Säcken die „sanfte“ Droge Hasch drinnen war, konnte man nicht einmal Anton erzählen. Rohopium war das mindeste. Aber Anton wusste auch, dass es lebenswichtig für ihn sein würde, eine glaubwürdige Geschichte über den Verlust der wertvollen Ware bereit zu haben, wenn er irgendwann im Libanon mit seinen Optionszahlern zusammen kommen würde. „Wir werden Sie schon finden“ hatte der Trost geheißen, als er nach Informationen gefragt hatte. Bevor er mit dem Augenband den Hof des Bergnestes verlassen hatte.

Das „Wir werden sie schon finden“ hörte sich hier heroben wie eine Drohung an, die man ernst nehmen musste. Anton würde den Krieg gegen die Drogen nicht auf dieser Anhöhe mit einem Privatangriff eröffnen. Er war kein Cop. Er würde abwarten. Er holte sein Krisenbergpaket heraus, kleidete sich warm an und legte sich im Pajero gemütlich hin. Durch die Türöffnung genoss er das Schauspiel des Sonnenuntergangs, als einziger Europäer auf dieser Höhe. Exklusiver konnte Tourismus wohl nicht sein.

Das Abendessen fehlte. Aber Anton wollte abnehmen: „Ich will fünf Kilogramm leichter werden. Ich will fünf Kilogramm leichter werden.“ Das sagte er seinem inneren Schweinehund solange vor, bis dieser aufgegeben hatte und Anton einschlafen ließ.

Der innere Schweinehund hatte nicht geschlafen. Als Anton am sehr frühen, noch dunklen Morgen erwachte, war sein Körper bis zur letzten Zelle mit Hungergefühl gefüllt, wie ein Regal in einem Supermarkt. Es war drei Minuten vor fünf Uhr. Und kein Krümelchen Essen im Pajero. Anton trank den zweiten Liter aus der angebrochenen Mineralwasserflasche. Das Wasser war angenehm morgenkühl.

Anton zog die Bergschuhe an, schnürte sie fest zu. Dann entschied er sich, den festen Anorak anzubehalten. Beim Abstieg konnte ein Zusatzschutz gegen die Stacheln der Büsche nützlich sein. Er würde dem Weg nachgehen, er würde zu einem Bauernhof führen oder zu einem Dorf. Anton würde nur ein Dorf besuchen, das eine Kirche herzeigen konnte. Damit hatte er die Vorentscheidung getroffen, für die maronitischen Gauner unterwegs zu bleiben. Die wahre christliche Solidarität umfasste eben Okzident und Orient. In einem christlichen Dorf bei einem christlichen Bauern musste es möglich sein, eine Nachricht bis zum Bergnest zu übermitteln. Oder die Leute konnten ihn soweit heranführen, bis die Wächter ihn mitnehmen konnten. Der Rest war dann ihre Sache.

Dann steckte er Mustaphas Ausweis, Brieftasche und verklebtes Kuvert in die Innentasche des Anorak. Mustaphas Angehörige, wenn er welche hatte, hatten ein Recht auf diese Kleinigkeiten. Anton hatte geplant, den Pajero mit Zweigen zu tarnen. Aber das war ihm gleich darauf viel zu mühsam. Wenn Hisbollah-Leute aus der Bekaa dem Weg folgten, dann würden sie das Auto auf jeden Fall finden, Zweige drüber oder nicht. Und sonst konnte niemand davon wissen.

Er ging zum Schluchtrand und sah, dass aus der Nähe besehen, so etwas wie Fußsteigreste drüberführten. Es ging sich ohne Risiko aus. Die Furt für Fußgänger war jetzt, Mitte Oktober, trocken und sie lag an einer flacheren Stelle, bevor die Bachrinne wieder steil abfiel. Früher einmal dürfte der Weg drübergeführt haben. Anton fand auch einen Beweis. Eine breite, ebene Steinplatte im zweiten Drittel zeigte deutliche Spuren von Werkzeugbearbeitung. Er war richtig unterwegs. Er wich einem Steinblock, der den Weg halb versperrte, bergseitig aus. An der Bergseite entdeckte er eine dunkle Stelle. Bei genauerem Hinsehen entpuppte sich die dunkle Stelle als Höhle. Als Anton neugierig einige starre Zweige weg bog, sah er eine angenehme, trockene Felskammer vor sich, etwa einen Meter hoch und zwei Meter lang und einen Meter breit. Sie war leer, kein Ziegenmist auf dem Boden, keine Vogelnester an der Decke, keine Schlange im starren Schlaf, keine Spuren menschlichen Besuches. Anton prüfte die Lage. Wäre er talseitig um den Felsblock herumgegangen, hätte er keine dunkle Stelle erkennen können. Die Zweige waren dicht genug. Das ideale Versteck für die vier Säcke.

Anton ertappte sich, dass er die moralisch bedenkliche Sorge in sich trug, die geretteten und von ihm über den Pass gebrachten Säcke könnten wider Erwarten den Hisbollah in die Hände fallen, wenn sie doch seine Verfolgung aufnehmen sollten. Als ob es für die Opfer in Europa nicht egal wäre, wer das schmutzige Geld kassierte.

Aber das schmutzige Geld, das in den Libanon zurückfloss, würde von den Hisbollah zu übleren, von Anton mehr verabscheuten Zwecken verwendet. Wusste er dies sicher? Was machten die maronitischen Banditen mit dem Geld? Sie kauften doch sicher nicht nur Anteilsscheine für den Wiederaufbau des Zentrums von Beirut. Und die soziale Lage der Maroniten im Libanon war nach zuverlässigen Angaben auch nicht so, als ob die reichen Christen ihr Geld nur so ausströmen ließen für Waisen und Witwen. Da wurden doch eher andere Gauner bestochen, damit diese zuließen, dass noch mehr schmutziges Geld verdient werden konnte.

Anton beneidete die Katholiken. Als Journalist in der erzbischöflichen Stadt Salzburg, die den rechtlichen „primas germaniae" zum Kirchenfürsten hatte, hatte er unvermeidlich auch mit katholischer Moraltheologie beruflich zu tun gehabt, in jungen Jahren, als er jede Art von Terminjournalismus absolvierte. Die katholisch-theologische Fakultät betrieb viel Öffentlichkeitsarbeit in Form von Tagungen, Seminaren. Da musste auch ein Protestant ökumenisch arbeitsfähig sein. So wusste Anton, dass die cleveren Katholiken eine ganze Stufenleiter, eine Hierarchie von sittlichen Entscheidungsregeln hatten, und von Werten dazu. Und mit etwas Glück und etwas Nachsicht konnte jeder findige Katholik jene Ebene finden, die ihm passend erschien. Als Ex-Protestant fand Anton, dass er hier überfordert war.

Als er sich noch etwas tiefer erforschte, nicht sehr tief, fand er rasch heraus, dass er ihr, dem Ganzkörperoverall usw. imponieren wollte. Gott, was war er für ein Schwachkopf. Aber was hilft die Einsicht des modischen Großhirns gegen die Jahrmillionen-Erfahrungen der Evolution? Nichts. Auch nicht auf einem schmalen Bergweg im Libanon, knapp unterhalb der Passhöhe zwischen den Bergen Sannin (Norden) und Kenise (Süden) und mit der breiten Tischplatte des Mittelmeeres vor sich, das sich zu erhellen begann. Die Sonne war noch nicht hinter ihm aufgegangen, aber flachere Bergrücken hatte sie schon übersprungen, und sie zeichnete diese Landkarte der Eroberung als gänzende Flecken und Streifen in die morgenschattige Landschaft. und verlieh dem Meer, wo sie es erreicht hatte, ein exklusives Glitzern.

Anton ging jedenfalls zurück und schleppte im Schweiße seines Angesichts in vier Folgen die vier Säcke mit dem Rückentragegerät über die Bachrinne und versteckte sie in der Höhle. Fast eine Stunde arbeitete er dem Verbrechen der einen Seite zu.

Zu allem Überfluss fühlte er sich angenehm wohl. In Salzburg würde er wohl überprüfen müssen, was für ein Mensch er sei. So kannte er sich bisher nicht.

Er ging den Weg weiter, der sich auf dieser Seite an die Hangform präzise anschmiegte. Einige Male riskierte Anton eine Steigabkürzung durch Gelände ohne Dorngehölz. Dreimal musste er wieder eine Bachrinne queren, die den Weg für Fahrzeuge unterbrach, aber wie die erste anzeigte, dass der Weg einmal darübergeführt hatte. Es dauerte zwei Stunden, bis er plötzlich einen Hang abwärts vor sich sah, auf dem die Terrassen der Bauern das Ende der Bergweidestufe ankündigten. Er hatte schon längere Zeit keine Fichte mehr getroffen, dafür Laubbäume und erste Pinien. Er hatte Glück. Nicht nur eine Moschee mit Minarett, sondern auch eine Kirche mit Turm stand im Dorf, das sich nach einigen Minuten in einer kleinen Einwölbung des Geländes entdecken ließ. Anton ging auf den Dorfteil mit Kirche zu.

Er besaß kleine Häuser aus Stein, manche strahlend weiß gestrichen wie im Prospekt, einige eher verwahrlost. Der Dorfplatz war mit Leuten besetzt, die gerade aus der Kirche kamen. Es war Sonntag, verriet seine Uhr. Mit Rom und dem Papst verbundene Maroniten hatten ihre Gottesdienstpflicht erfüllt.

Anton ging einfach auf die Menge zu. Er erregte ausreichend Aufsehen und wurde rasch zur Autorität geführt. Der Geistliche legte in der Sakristei gerade seine liturgischen Gewänder ab. Er war jung und kräftig und bäuerlich. Anton erklärte ihm, nachdem ein Kirchenhelfer den Raum auf ein Nicken des Geistlichen hin verlassen hatte, dass er zu diesem Bergnest wolle. Der Geistliche nickte und sagte, man hätte schon Alarm gegeben. Wenn ein dicker Fremder mit dem Aussehen eines Moslems auftauchen sollte, sollte man ihn festhalten und die Firma rasch verständigen. Sonst sollte man ihn gut behandeln, lächelte der Priester dazu. Er brachte ihn auf eine schattige kleine Terrasse, hieß ihn am Tisch auf einem Holzsessel Platz nehmen.

„Sie haben sicher noch nicht gefrühstückt?"

Anton nickte erfreut.

Der Geistliche verschwand. Ein alter Mann kam und trug eine lächerliche alte Flinte in der Hand. Er setzte sich auf einen Stuhl weit genug weg, dass Anton ihn nicht anspringen konnte. So ganz trauten sie ihm doch nicht.

Fünf Minuten später kam der Geistliche zurück, gefolgt von einer älteren Frau, die ein großes Tablett trug. Ein großer Krug mit heißem Tee, das herrliche Fladenbrot der Berge und Käse und Schinken und Oliven.

„Ich kenne Sie nicht. Daher habe ich den Mann als Wache abgestellt."

Der Geistliche entschuldigte sich und lud Anton ein zuzugreifen. Anton tat mehr als seine Pflicht als Gast.

Als Anton schon beim Frühstücksdessert mit Feigen und Nüssen und Weißwein war, und sich vorstellte, wie hübsch man hier als Urlauber leben könnte, bogen drei Autos auf den Dorfplatz ein. Sie gehörten zur alten Jeepfamilie und trugen kein Dach, nur den Eisenrohrrahmen. Ein Mann stieg aus und kam auf den Geistlichen zu, musterte vorher kurz Anton, nickte und sprach ein paar Worte mit dem Priester. Der Mann trug eine Uniform in Khakigrün, mit breitem Ledergurt und Patronentaschen.

Er musste hier nicht getarnt auftreten. Wenn der mit Rom unierte Priester dem Bergnest gut Freund sein konnte, dann wollte Anton wegen der paar Säcke nicht in moralische Panik ausbrechen. Außerdem hatte er genug gegessen und das förderte sein Selbstbewusstsein. Hunger machte ihn immer moralisch.

„Wo steht der Wagen?"

Anton erklärte dem Mann den Standort.

„Kommen Sie zur Sicherheit mit. Ich war noch nie oben, kenne den Platz nur vom Erzählen. Wir benutzen den Übergang nie."

Die Jeeps kletterten aufwärts wie Gämsen im Geröll. Sie waren deutlich besser als der Pajero, meinte Anton. Vielleicht fuhren diese Fahrer auch nur besser als er gefahren war. Er war kein Geländefahrzeugfahrer und kein Geländefahrer. So krochen die Autos auch ganz langsam über die Bachrinnen, Anton war sehr erleichtert, dass die Mitfahrer vorher aussteigen mussten. Neben dem Stein, der die Höhle bezeichnete, war gerade genug Platz an der Talseite, um sich durchzuschwindeln. Vor der breiten, letzten Bachrinne schreckten auch die Jeepfahrer zurück. Aber dorthin mussten sie nicht. Sechs Mann, hübsch mit Uzzis bewaffnet, begleiteten Anton zum Pajero. Vor der letzten Kurve schickte der Chef einen Mann zur Erkundung voraus. Er kam sehr rasch zurück.

„Sie haben ihn ausgebrannt, aber er ist noch warm", übersetzte ein wütender Chef und schaute misstrauisch auf Anton. Da hatte Anton Glück gehabt, denn die Verfolger konnten bald nach seinem Abmarsch angekommen sein.

„Wir müssen ihnen nach, um die Säcke zu bekommen."

Anton gab ihnen wenig Chancen. Aber sie sollten ruhig auf die andere Seite jagen gehen. Nun war er gefestigt. Er kam davon, ohne große Tricks. Sollten die Säcke ruhen in Frieden.

Die Männer diskutierten kurz über ihn. Dann entschied der Chef, er müsse mitkommen, denn er habe die besten Ortskenntnisse. Nun war Anton wieder in der Falle. Nichts hätte ihn auf die andere Seite gebracht.

„Die Säcke sind hier. Ich habe sie in einer Höhle versteckt."

Der Chef schien zu schwanken zwischen erschießen, erwürgen, auffressen oder fassungslos sein. Zu guter letzt blickte er Anton unheimlich misstrauisch an.

„Zeigen Sie uns das Versteck."

Anton zeigte es. Auf dem Weg dorthin war er bestens bewacht gewesen.

„Warum haben Sie die Säcke hier hinein gegeben?"

„Ich habe befürchtet, dass die Hisbollah eine Suchgruppe herschicken könnte. Das Auto ließ sich nicht verstecken."

„Wie haben Sie die Höhle gefunden?"

Das Misstrauen des Chefs war nicht beseitigt, wenn auch die Gegenwart der Säcke Antons Lage sehr gebessert hatte. Es stand kein Bewaffneter mehr hinter ihm. Die Säcke wurden auf die Jeeps geladen. Eine Funkmeldung mit dem glücklichen Ausgang war auch unterwegs. Anton erklärte dem Chef die Höhlenentdeckung. Der Chef vollzog die Entdeckung genau nach und schien zufrieden.

„Warum haben sie nicht gesagt, dass die Säcke hier sind?"

„Sie haben mich immer nach dem Auto gefragt."

„Sie wollten sie also nicht für sich verstecken?"

Also das bekümmerte den Chef.

„Ich hätte nichts davon gehabt. Denn ohne Organisation hätte ich sie nie verkaufen können."

Erstmals lachte der Chef.

„Diese Geschichte kaufe ich."

Die Säcke wurden vor jeder Bachrinne abgeladen und auf dem Rücken darüber getragen. Sie waren das Wertvolle. Die Gruppe kam zurück ins Dorf. Der Chef sagte etwas zum Pfarrer, dieser lachte erfreut. Die Spesen schienen sehr gut ausgefallen zu sein. Nach dem Dorf stoppte der Dreierkonvoi und der Chef erklärte Anton, aus Sicherheitsgründen müsse er ihm doch die Augen verbinden, weil die nächste Umgebung des Stützpunktes und die Einzelheiten seines Zuganges niemandem Fremden bekannt werden dürften. So kam Anton in sein Zimmer, ohne etwas gesehen zu haben. Auch sie nicht. Er hatte sie nicht einmal Dankesworte sagen gehört. Sie war überhaupt nicht im Hof gewesen, als der letzte Überlebende aus der Bekaa mit der wertvollen Ware zurückgekommen war.

Verbrechen zahlten sich nicht aus. Anton war immer vom Gegenteil überzeugt gewesen. Er war kein Verbrecher geworden, vermied es sogar absichtlich. Er tat es aus anderen Gründen, nicht weil er sich keinen Profit davon versprochen hätte. Nun bekam dieses Weltbild einen Riss. Alles, was ihm der Ausflug an Status eingebracht hatte war, dass der Strom eingeschaltet war und Anton Gott des Lichtes spielen durfte. Heute interessierte ihn diese Göttlichkeit nicht. Er zog sich aus, entfernte den Hand- und Fingerverband, die Wunde war gut geschlossen, wusch sich den Ziegengestank des letzten Stalles und alle anderen Gerüche und die Schminke ab, zog sich frisch an und legte sich faul aufs Bett. Er ließ seine Unterlagen über den Libanon im Plastikbehälter. Er hatte in den letzten beiden Tagen genug Stoff sammeln können. Und weil Anton Anton war, schlief er bald ein. Schließlich war es draußen zuletzt heiß gewesen, die Fahrerei hatte ihn durchgebeutelt und die Enttäuschung erschöpft.

Die erste Nachbesserung der Lage kam gegen 19.00 Uhr. Die Tür öffnete sich, eine weibliche Stimme hustete mehrfach, bis Anton zugab, wach zu sein. Elisabeth war im Zimmer und begehrte einen Blick auf seinen linken Zeigefinger. Sie summte zuversichtlich, strahlte Anton mit ihrem alten, sonnenverbrauchten Gesicht an und gab nur eine ganz dünne Schicht einer neuen Salbe hinauf und klebte zart ein Leukoplast rundherum. Sie nahm ihr Rot-Kreuz-Kästchen und weg war sie. Eine halbe Stunde später kam sie mit dem Abendessentablett. Diesmal der ihm bekannte Riesentopf mit heißem Reis und Schaffleischstückchen und Gewürzen und Gemüse aller Art. Sein Lieblingsessen. Dazu das Fladenbrot und der Krug mit Wein und ein schön geflochtener Korb mit Früchten und ein zierlich geformtes Fläschchen, das nur Arrak enthalten konnte, mit einem Gläschen daneben.

Nun ließ sich sagen, dass Anton zwar nicht zu Mittag gegessen hatte, aber das Frühstück im Pfarrhof hatte seinen Kalorienwert weit über die Zeit hinaus und die Nüsse und die Feigen und die Datteln hinterdrein hätten einen anderen Menschen als Anton zum Marathonlauf veranlasst. Und das Essen hier musste im Libanon wohl für eine Familie reichen. Anton war glücklich, keine Waage im Raum zu haben.

Der Libanon entwickelte sich leider nicht so, wie Anton vorhergeplant hatte. Er hatte in Salzburg beschlossen, friedlich von Kloster zu Kloster und Dorf zu Dorf zu fahren und sparsam Gemüse und Früchte zu essen, auf keinen Fall aber Nüsse und andere Kalorienbomben, die von Bäumen auf unschuldige Menschen fielen. Aber nun war er so in wilde Aktionen eingebunden, dass er nicht die nötige Ruhe hatte, sein Diätprogramm durchzuziehen. „Blödsinn“, erklärte ihm sein Verstand, „du bist verfressen. Und du wirst leiden, wenn du in Salzburg auf die Waage steigen wirst.“ Anton spülte den Verstand mit einem großen Schluck Wein hinunter und verstopfte den Magen mit einem Riesenlöffel Reis mit Hammelfleisch. Der Verstand wurde darunter begraben, eingeschlossen und konnte sich bis zur letzten, leckeren Nuss nicht mehr befreien.

Anton putzte sich mit Sorgfalt die Zähne, wusch sich noch einmal mit Seife und Shampoon gründlich durch und beschloss, die Bekaa abzuhaken. Er würde seine Lebenserinnerungen, seine im Gehirn aufbewahrten, so fälschen, dass er nie in der Bekaa gewesen war. Basta. Und den Plastiksack mit den nach Ziegenkot stinkenden Kleidern würde er auch entsorgen. Ob er Mustaphas Schrei entsorgen konnte, bezweifelte er. Aber er würde es versuchen.

Elisabeth kam nach mehr als zwei Stunden. Er ruhte schon. Sie erklärte ihm, er solle sich anziehen, die „Herrin“ wolle ihn sprechen. Er bemühte sich, nicht aufgeregt zu erscheinen, zog sein bestes Hemd aus der Stellage, nahm eine leichte Leinenhose dazu. Sein Bauch wölbte sich. Scheiße.

Er folgte Elisabeth bis in die Küche, in der niemand war. Auch der verletzte Hussein war nicht dort. Dann stieg Anton hinter der Frau eine kleine, eiserne Wendeltreppe empor, die mehrere Stockwerke hoch ging. Elisabeth klopfte an eine eiserne Türe, zwei Stockwerke oberhalb der Küche und ließ Anton eintreten, schloss die Tür hinter ihm und ging zurück.

Sie saß mit dem Rücken zu ihm vor einer Apparatur mit Knöpfen und Hebeln und Anzeigelichtern und Summtönen. Es war eine umfangreiche Funk- und Satellitentelefonanlage. Sie bediente einen Schalter, zog einen Hörer zum Ohr und sprach arabisch. Zwischendurch hatte sie Zeit, ihn auf einen freien Sessel zu winken. Sie trug heute schulterfrei und damit war Anton die nächste Zeit über beschäftigt. Es war eine Art Abendkleid. Nur die Schuhe passten nicht zum tiefen Blau des Stoffes. Es waren bequeme, leichte Leinenhausschuhe. Das bedeutete, was immer sie am Abend vorhatte, sie musste vorher noch arbeiten und sie stand unter Zeitdruck und wollte zum Abschluss der Vorbereitung nur mehr die Schuhe anzuziehen haben.

Sie legte den Hörer auf, dreht sich auf dem Drehstuhl zu Anton hin, lächelte ihn freundlich an.

„Sie haben gute Arbeit geleistet, Anton. Wir haben Sie unterschätzt."

„Ich habe Glück gehabt."

Und dann fiel ihm etwas ein, es war Zeit, dass sie ihm ihren Namen sagte. Er sagte es ihr. Es war seine erste „Frechheit".

Sie lachte und sagte: „Nehmen wir den schönsten christlichen Namen, sagen wir, ich heiße Maria." Sie sprach es original als Mirjam aus. Die wirkliche, oder frisch ernannte Maria fragte ihn nach dem Verlauf der Aktion. Ganz genau. Sie lächelte, als Anton den Mercedes des Kurden beschrieb.

„Der Kurde ist ein ungeheurer Mann. Er hat in der Bekaa gegen die Hisbollah und die Syrer überlebt. Das ist mehr, als wir geschafft haben."

Vom Tod Mustaphas musste sie gehört haben. Anton verschwieg ihr den Verrat des Fahrers. Aber sie musste etwas ahnen, als er die Gefangennahme, den Abtransport zum Bauernhaus, die dortige Nacht schilderte – er beschrieb die Sache so, als ob Mustapha von ihm meist getrennt gewesen wäre – die Fahrt auf diesen Pass beschrieb und den Luftangriff der Israelis. Sie merkte scharf auf, als Anton erzählte, dass der Führer der Hisbollah von eingeschmuggelten Leuten gesprochen hatte. Sie hatte ein halbes Dutzend Nachfragen, aber Anton wusste auch nicht viel zu sagen. Er wusste nur, dass dieser Mann berechtigt war, das äußere Tor zu öffnen. Das hatte der Führer gesagt. Maria griff sofort zum Hörer und sprach lange auf arabisch.

„Wenn das stimmt, haben Sie uns aus einer großen Gefahr errettet."

Sie beugte sich dabei vor und Anton durfte erstmals ihren Brustansatz näher sehen. Sie hatte mit dem Vorbeugen nichts beabsichtigt.

„Musste Mustapha lange leiden?"

„Nein. Aber ich habe seinen Ausweis, seine Brieftasche und ein großes, dickes braunes Kuvert von ihm mitgenommen."

„Geben Sie alles Elisabeth. Sie wird die Nachricht des Todes und das Geld im Kuvert der Familie bringen. Und erzählen Sie ihr von seinem Tod. Manchmal wollen die Angehörigen genau Bescheid wissen. Er war unser bester Fahrer."

Sie trug erstmals ein goldenes Kettchen um den Hals. Nicht teuer, dazu war es zu leicht. Vorne hing ein kleines, einfaches goldenes Kreuz daran und lag wie ein Versprechen auf der dunklen nackten Haut. Wenig Aufwand, viel Wirkung. Sie befragte ihn weiter genau nach dem Zustand der Wege, den Häusern am Weg, die er beobachtet hatte, wie die Hisbollah-Leute der Reihe nach ausgesehen hätten, den Führer kannte sie. Und ob sie wohl alle tot seien.

Ein lautes Summen ertönte. Sie hob einen der vielen Hörer ab, lauschte und Anton hätte behauptet, sie sei blass geworden. Sie sagte nur einen kurzen Befehl auf arabisch.

„Wahrscheinlich war es der kleine dünne Mann. Und ich hätte geschworen, es würde der ungehobelte Hussein sein. Aber damit muss sich mein Schwager befassen. Das ist seine Arbeit."

„Und was ist Ihre Arbeit?"

Sie ließ sich nicht bluffen und antwortete leicht schelmisch „Journalist". Das hieß wohl, sie verzieh ihm die Frage, aber sie denke nicht daran zu antworten.

Eine grüne Lampe leuchtete schräg hinter ihr auf und ein klingelndes Signal ertönte, ähnlich einem Glockenspiel. Es musste eine Spezialanfertigung sein. Anton hatte so ein Geräusch noch nie von einer Telefonanlage gehört. Erstmals sah er sie aufgeregt. Sie nahm den Hörer ab und meldete sich mit einem „Ja". Dann wurde sie anscheinend verbunden und ihr Mund öffnete sich sehnsüchtig. Anton hatte das sichere Gefühl des Eifersüchtigen, dass sie nun mit ihrem Liebhaber sprechen würde. „Ja, Pierre. Hier Mirjam."

Der Name war also nicht erfunden.

Dann hörte sie zu und Anton sah, dass ihre Miene an Kraft verlor und ihr Körper sich zusammenkrümmte. Sie hörte weiter zu, riss mit einer Hand an ihrer Goldkette. Dann legte sie plötzlich mit einem Wutschrei auf. Sie wartete, es klingelte kurz darauf wieder, sie hob ab und hörte zu. Aber die Stimme, die in ihr Ohr drang, überzeugte sie nicht. Diesmal sagte sie „Auf Wiedersehen" bevor sie auflegte. Sie stand wütend auf, keine träge, sanfte Orientalin, sondern ein Bündel an Kraft, das nach einem Reibebaum suchte. Sie riss noch einmal ganz wild an der dünnen Goldkette. Aber diese widerstand. Das schien der große Zaubergestus gewesen zu sein. Ihr Gesicht wurde ruhig, sie wandte sich Anton zu, nickte ihm zum Aufstehen und gab ihm ihre warme Hand.

„Mein dicker Europäer. Die Kette hat für dich gehalten."

Antons Hauptsorge, als er mit Mirjam Hand in Hand durch zwei lange Korridore ging, war, dass sie sich ebenso spontan wieder entschließen könnte, ihn auszuladen. Sie machte ihn unterwegs nicht an, stieß ihn nicht mit der Hüfte, tätschelte an gar nichts an ihm, griff an keine Körperstelle, gurrte nicht mit Lauten oder Worten, löcherte ihn nicht mit heißen Blicken. Sie ging aufrecht neben ihm, wie eine ägyptische Statue in einem abendländischen Festkleid, die den Vertreter irgendeiner barbarischen Gesandtschaft zu seinem protokollarischen Ort führte.

Anton hatte keine Pläne, was er nun unternehmen sollte, um sie zu überzeugen. Wenn sie es wollte, würde es schon gut gehen. Soweit kannte sich Anton aus. Wenn eine Frau wusste, was sie wollte und sie sich nicht geirrt hatte, dann konnte nichts Wesentliches schiefgehen. Schwierig war die Situation nur, wenn sie sich noch nicht im klaren war.

Eine honiggelbe Tür mit schwarzen Rankenornamenten wurde vor ihr angesteuert. Sie öffnete sie, ging voraus und Anton kam in ein Schlafzimmer, das asymmetrisch war wie sein Raum, aber ohne Mauer und ohne Nassbuchten. Ein ruhiges Rosa bedeckte alle Wände und ein noch ruhigeres Grün schlang sich zu orgastischen Pflanzen, die das Rosa überwucherten, es aber nicht erstickten. An der geometrisch guten Stelle stand ein großes Doppelbett, sonst gab es nur kleine Beitischchen und kleine Kästen im Raum, in die man sicher kein Abendkleid hängen konnte.

Die Decke des Doppelbettes entsprach dem Muster der Tapeten, aber es war in einem warmen Rot und einem dunklen Blau gehalten. Es gab ein bisschen direktes Licht von einem Mond, der durch ein Fenster hereinguckte. Er schien eher zur Inszenierung zu gehören als zur Welt der Sterne. Mirjam drehte sich ihm zu.

„Wir sind nicht so vertraut miteinander, dass wir uns gegenseitig ausziehen sollten."

Anton nickte. Eine voreilige und damit verderbliche Intimität war vermieden. Im Bett würden es die bloßen Oberflächen der Körper leichter haben, miteinander bekannt zu werden als es den bekleideten gelingen konnte, die noch mehr an die Personen gebunden waren und weniger an die Natur. So schlüpfte er aus Schuhen, Hose und Hemd, Unterwäsche und Socken und als er ins Bett hineinschlüpfte, war sie schon drinnen. Er hatte sie nicht angesehen, während sie sich auszog. Es wäre ihm gierig erschienen und dies wollte er jetzt auf keinen Fall sein. Er würde sie ohne jede Gier bekommen.

Sie streckte ihre Hand gegen seine und wandte ihm ihr Gesicht zu. Er sah im schweren Licht des Mondes ihre Augen, die noch schwerer waren und ihr Atmen kam an ihn heran und sie ließ ihn sein Bein zwischen ihre schieben und seine Hand über ihren Körper wandern. Nachdem seine

Hände lange ruhig und werbend auf den Oberflächen ihres Körpers gewandert waren und alle Nervenzentren besucht und geweckt hatten, beugte sie sich zu Anton und küsste ihn und gab sich frei.

Anton erfand an diesem Abend die Sexualität nicht neu. Er ließ sich leiten von ihrer Einladung und bemühte sich, nicht zu schnell zu sein. Er hoffte, dass die alten Traditionen der Biologie auch jetzt gelten würden und er sie zu beidseitiger Freude wiederholen konnte. Wie meist gab es auch in diesem Bett das kleine Chaos wegen der verschiedenen Geschwindigkeiten der Erregungen. Beide waren erfahren genug, die Gegenmittel so einzusetzen, dass am Ende Befriedigung herauskam.

Anton und Mirjam verzichteten auf Wörter. So erlaubten sie sich, sich aneinander zu kuscheln und sich nicht von Forderungen wie „ich liebe dich" oder kitschigem wie „Du bist so wunderbar wie keine" stören zu lassen. Klar, dass alle die guten Worte, die sich sagen ließen, in diesen Sekunden stimmten. Deshalb brauchten sie nicht gesagt zu werden. Und klar war, sie würden diesen Sekunden keine andere Dauer in ihrem Leben geben als die Erinnerung daran geben konnte. So waren die Wörter für ihren Fall überflüssig, die wichtigen Wörter und Sätze, die sonst die Brücke von dieser so flüchtigen Gegenwart zur Dauer bauen helfen müssen.

Die langen Sekunden nachher wurden von den Körpern beendet. Die Natur hat alles kürzer geplant als die menschliche Fantasie es sich wünscht. Anton und Mirjam kehrten aus dem allgemeinen Paradies zurück zu ihrer persönlichen Lebensgeschichte. Die Wörter setzten ein.

„Pierre ist zweiter Sekretär bei der französischen Botschaft in Beirut. Er ist ein sehr schöner, großer Mann, eitel, was er sich leisten kann. Er ist ein Europäer, der mit dem Körper lieben kann. Der nicht zuerst so stark mit den Augen liebt. Er versteht den Unterschied zwischen Schönheit und Sinnlichkeit. Aber er ist ein bequemer Mann, der damit verletzen kann. Heute kam er nicht, weil ihm zu viele Kontrollen in Beirut waren. Der Papstbesuch lässt alle hysterisch werden.

Ich war schon so auf ihn vorbereitet. Er war eklig. Und er wusste es. Er kennt mich. Ich wollte ihn heute. Ich kann Wochen, Monate, ohne Mann glücklich leben. Er hält es keine Woche ohne Frau aus."

Anton gab zu, dass auch er diese regelmäßigen Wünsche habe und ihn diese Pausen bei den Frauen oft erschreckten.

„Du bist nicht eifersüchtig auf Pierre?"

„Ich bin jetzt sehr froh darüber, dass Pierre so bequem ist. In Salzburg werde ich in Gedanken sehr oft sehr eifersüchtig auf ihn sein."

Mirjam lachte und legte sich wohlig auf ihn und streckte sich und ließ ihren Körper auf seinem ausfließen.

„Du hast sicher große Probleme, mein dicker Anton. Die Europäerinnen sind genauso Augensexfrauen wie die Männer. Da kommst du schlecht weg mit deinem Bauch und deiner Kürze, obwohl du im Bett sehr angenehm bist."

Er sagte ihr, er wolle sie nicht mit den Geschichten seiner Werbepannen langweilen.

Sie lachte wiederum, stand auf und holte aus einem kleinen Schrank, der sich beim Öffnen als Kühlschrank entpuppte, eine Flasche Moet/Chandon, ließ den Pfropfen knallen, trank aus der Flasche und reichte sie vorsichtig an Anton weiter. Dieser trank einen großen Schluck. Nachher war er stets durstig. Er stellte die Flasche auf den Boden. Mirjam setzte sich neben ihn und lehnte sich an ihn und legte einen Arm um seine umfangreiche Mitte, die im Sitzen noch umfangreicher wirkte.

„Es kann sein, dass ich dich in den nächsten Tagen dazu zwingen muss, deine Option einzulösen. Ich bitte dich, tue nichts für mich. Ich will dich nicht als Helden, ich will dich nicht als Märtyrer. Von diesen Typen wimmelt es im Libanon. Ich will dich als dicken Anton in Erinnerung behalten, der um sein Überleben kämpft und der damit fertig werden muss, dass ihn jede einigermaßen gut aussehende Frau ins Schleudern geraten lässt. Anton, wenn ich dich von hier wegschicke, kümmere dich nur um dich und nicht mehr um mich. Ich tue nichts anderes."

Anton versprach es feierlich und meinte es ehrlich. Der Moet/Chandon perlte dazu in seinem Mund und in ihrem Mund und ein langer, ruhiger Kuss besiegelte die neue Freundschaft, die auf dem Abschied begründet war.

In einem plötzlichen Aufwallen von heftiger Sentimentalität nahm Anton das Goldkettchen in die Hand und küsste das Kreuz. Sie drückte seinen kurz geschorenen Kopf mit dem kurz geschorenen Vollbart gegen ihre Brüste und ließ ihn dort atmen.

„Ich trage das Kettchen immer, wenn ich einen Liebhaber erwarte. Es ist mein magisches Kettchen. Auch heute Abend hat es richtig geurteilt. Es ließ sich nicht abreißen, als Pierre absagte, weil du da warst."

Anton hielt seine Lippe ruhig gegen ihre Haut gedrückt und genoss den warmen, weichen Druck ihrer Brüste gegen seine Wangen. Dabei überlegte er, dass ihre Verwendung des Kreuzkettchens nicht strikt katholisch sein konnte. Wenn auch die Maroniten die eine oder andere Abweichung von Rom genehmigt bekommen haben dürften, in der Sexualmoral gab Rom nicht einmal für Pinguine eine Ausnahme. Er erinnerte sich an den hilflosen Ärger seiner katholischen Kollegen mit mehr als einer Aussage aus Rom und ihrer bürokratischen Wiedergabe durch den Erzbischof. Anton hatte als formaler Protestant nie mitdiskutiert, aber wenn er dabei sein Gesicht zwischen Mirjams Brüste stecken dürfte, würde er ganze Wochenenden über Katholisches zu reden bereit sein. Sie beendete seine Sentimentalität.

„Werde nicht zu romantisch. Trink."

Der Moet/Chandon perlte. Mirjam zog ihn auf das Bett, deckte ihn mit einer leichten Decke zu und schmiegte sich an. Anton fürchtete schon, sie wünschte eine Wiederholung, wozu er sich außerstande fühlte.

„Schade, dass du nicht in Beirut oder Umgebung lebst, Anton. Du würdest kommen, wenn Pierre zu bequem ist. Und mein Vizedirektor von der Nationalbank hätte einen Grund mehr eifersüchtig zu sein und der Abteilungsleiter im Finanzministerium, dem auch der Zoll untersteht, würde seine Mühen verdoppeln."

Anton schwieg erleichtert. Mirjam missverstand ihn.

„Habe ich dich mit dieser Aufzählung gekränkt? Männer sind oft lächerlich eitel. Es genügt ihnen nicht befriedigt zu werden, fast jeder will auch noch der einzige sein. Das ist ärmliches Besitzdenken, das ist nicht Sinnlichkeit. Du hattest es doch angenehm mit mir? Dass vor dir der und der mich berührte, hinterließ keine Spuren auf meiner Haut, die deine Nervenzellen beeinträchtigt hätten."

Anton hörte ruhig zu, wie sie die letzten Reste seines Gefühlsmülls, vom Minnesang bis zur Romantik, in die tiefen Schluchten des Libanons warf, Er küsste zur Antwort ihren Bauch. Damit war sie zufrieden und sie reichte die Flasche vom Boden herauf. Von der Affäre mit dem Oberst des syrischen Geheimdienstes musste Anton nichts wissen. Es war nur vorübergehend. Solange die Syrer die Oberchefs spielten. Und Anton war kein Freund von Militärpersonen, wie Mirjam entdeckt hatte.

„Aber warum gerade diese Männer?"

„Eine reiche Witwe ist im Libanon frei wie sonst nur der Mann. Jeder der Männer gefällt mir. Und jeder bietet wichtige Beziehungen. Im Libanon gibt es kein Gesetze, die die gesellschaftlichen Beziehungen zwischen den Menschen regeln wie bei euch. Wenn ich ein Visum brauche, habe ich Pierre, für einen Kredit gibt es Antoine, für eine ruhige Ausfahrt einer Jacht garantiert Abbas. Die Beziehungen ersetzen die Gesetze. Ich bin attraktiv genug, mir die Personen aussuchen zu können, die meine Beziehungen sein sollen. Schade, dass du nichts bieten kannst Anton. Sonst könnte ich dich in Salzburg besuchen."

Anton wollte ihr gerade anbieten, die Mitteleuropasektion der Rauschgift und Waffenhandelsfirma ihres Schwagers zu übernehmen. Dann fand er den Witz nicht angemessen und wiederholte ihren Gag von früher, hielt ihr die Flasche hin und sagte „Trink".

„Du hältst mich wahrscheinlich für chaotisch, mein dicker Anton. Aber so ist es nicht. Ich halte die Sachen streng auseinander. Wenn ich zum Beispiel eine Zeitlang in Paris bin, so ab zwei Wochen, dann glaube ich nicht mehr an die Hölle. Wenn dann noch einige Tage London dazukommen, dann wird mir in der Oxford Street klar, dass es keinen Gott geben kann. Fliege ich dann von London nach Wien, dann trauere ich darüber, dass ich den Glauben an Hölle und Gott verloren habe. Diese Stadt ist viel schöner, wenn man daran glauben kann. Bliebe ich einmal länger als drei Tage in Wien, ich bin sicher, der Glaube kehrte zurück. Am schlimmsten ist für mich, wenn ich aus London kommend einen Tag in Rom bleiben muss. Die ganze Stadt ist in Architektur gegossener Glaube. Wer in Rom nicht glauben kann, hat nichts von der Stadt und sollte sich von ihr fernhalten. Wenn ich im geliebten Hof dieser Zuflucht aus dem Auto steige oder aus dem Hubschrauber und die tückisch steilen Hänge und Schluchten des Libanon wieder frisch in meiner Erinnerung sind, wenn ich mich der sündigen Plätze unter den Pinien besinne und der schmutzigen kleinen Höhlen, wo ich auf einer Decke meine ersten Freunde traf, dann glaube ich wieder auf ganz alte Weise an Gott und den Teufel. Der Glaube ist bei mir eine Frage des Ortes."

Da konnte Anton nicht mithalten. Er hatte das gläubige Erkennen immer für eine Frage des reinen Bewusstseins gehalten, verknüpft mit gesellschaftlichen Wurzeln und Verknüpfungen wie Familie oder Sozialgruppe. In einer plötzlichen biblischen Erinnerung nannte er Mirjam seine Ant-Potiphar.

Sie lachte laut dazu und dozierte.

„Josef war nach der Überlieferung ein leckerer junger Mann und Potiphar wird im alten Testament als reifere Dame geschildert, die sich einen jugendlichen Liebhaber angeln wollte. Ein frühes Beispiel weiblicher Gewaltanwendung. Du hättest bei Potiphar unbelästigt dienen können, mein dicker Anton. Deine Antipotiphar befiehlt dir den nächsten Schluck."

Anton trank nur einen kleinen. Die Flasche wog leichter in seiner Hand. Er fürchtete das Ende dieser Zeit, wenn sie geleert sein sollte.

Sie setzte die Flasche an und leerte sie. Dann streichelte sie Anton über den ganzen Körper. Sein Glied war nicht mehr bereit. Sie küsste es zärtlich und flüsterte: „Du warst so angenehm, Anton. Du warst viel besser, als ich gehofft hatte. Danke, Anton. Denke an deine Mirjam im Libanon in deinem Salzburg. Und jetzt gehe. Zieh dich im Gang an. Gehe bis zur Türe am Gangende. Hinter ihr wird Elisabeth auf dich warten und dich in deinen Raum führen. Erwarte nicht, dass du noch einmal bei mir sein wirst. Gute Nacht."

Anton küsste sie zart und kurz auf beide Brustspitzen und auf den Haaransatz ihres Bauches, nahm sein Zeug, schloss die Tür hinter sich, zog sich rasch an und ging hinaus und hinter Elisabeth her stumm her in seinen Raum, zog sich aus, legte sich aufs Bett und schlief sofort ein.

Den Tag darauf fühlte sich Anton wieder als Option. Er bekam feines Essen in großer Menge, das Elisabeth brachte. Er blieb der Gott des Lichtes. So vergingen der siebzehnte Oktober, der achtzehnte Oktober. Anton wurde in seinem Zimmer langsam streitsüchtig und wollte den Klon treffen. Der neunzehnte Oktober wiederholte die beiden Vortage. Anton hatte seine Unterlagen fast auswendig gelernt. Seit er sie kannte, hielt er das meiste für überflüssig. Aber das war für ihn eine alte Erfahrung. In seinem Beruf musste er jede Menge Überflüssiges wissen, um die paar für seine Leser wichtigen Fakten gewichten zu können. Am Abend des neunzehnten Oktobers teilte ihm sein Körper mit, er müsse nun wieder entscheiden, was er mit seinem Samenerguss tun wolle. Anton wählte wie üblich das Handtuch.

Danach wünschte er sich, etwas weniger von schönen Frauen erregt zu werden. Das hätte sein Leben sehr beruhigt und er war ein Anhänger eines ruhigen Lebens. Aber in Salzburg war es unmöglich, keine schönen, begehrenswerten Frauen zu treffen. Täglich kam er an Dutzenden von ihnen vorüber. Sie kamen ihm auf dem Gehsteig entgegen, streiften ihn beinahe, weil die Gehsteige in Salzburg schmal waren und er breit, sie schauten starr in Auslagen mit Modekleidern, um noch begehrenswerter zu werden, sie kauften solche Textilien mit kundigen, kritischen, aber leuchtenden Augen ein, sie brachten als Kellnerinnen Kaffee mit Torte oder ein Krügel Bier, sie eilten hinter Fremdenführern her, oder sie waren die verführerische Fremdenführerin, sie saßen vor Südseeplakaten in kleinen Reisebüros und waren mehr Versuchung als jedes Werbebild, sie schoben Kinderwägen vor sich her wie im Mittelalter der Keuschheitsgürtel getragen worden sein musste, als Einladung, doch etwas zu unternehmen, sie telefonierten verbotenerweise in Autos, nie mit Anton, sie stiegen in Busse ein und zeigten dabei Bein und Po, sie ließen sich entspannt an Fenstern von Büros sehen, sie standen auf der anderen Seite des Bankschalters. Es war unmöglich, ihnen zu entgehen. Es war unmöglich, sie nicht zu begehren.

Welcher Mangel an solchen Anblicken musste in den ersten Zeiten des Menschengeschlechts geherrscht haben, dass den Männern eingeprägt wurde, jedes frauliche Signal zu empfangen, um das Fortpflanzen zu sichern. Inzwischen war diese Empfänglichkeit der Männer so wichtig geworden wie der Blinddarm. Aber sie hielt sich hartnäckig und kümmerte sich nicht darum, ein Ärgernis für Männer und Frauen geworden zu sein. Natürlich und ganz besonders für die Frauen, die da ständig beschaut wurden, mit Blicken abgetastet. Sie hatten wirklich Besseres verdient und Vernünftigeres zu tun, als ihre Energien mit der Abwehr solcher überflüssiger Lächerlichkeiten zu vergeuden. Erspart blieb es ihnen dennoch nicht. Sie schmückten sich nicht, um Männern zu gefallen. Das war höchstens ein Nebenzweck. Sie machten sich schön, weil sie aus eigenem Antrieb so sein wollten. Als Selbstdarstellung. Für sich.

Andererseits, wenn Anton sich vorstellte, eine schöne Frau würde an ihm vorübergehen können, ohne dass er irgendetwas in seinem Körper davon wahrnehmen würde, so eine Zeit konnte auch nicht Lebenszeit genannt werden. Jede dieser sinnlichen Begegnungen gab ihm einen kleinen Lebensanstoß. Solange die Evolution nichts Besseres erfinden würde um ihn zu erfreuen, wollte er dabei bleiben.

Und nur eine kleine Einschränkung machte er nach der Erfahrung mit Mirjam; von den wunderschönen Exotinnen in Salzburg konnte er sich jetzt besser schützen. Zu viele davon hätten ihn verrückt werden lassen. Schon mit der Erinnerung an Mirjam war sein Lebenssinn völlig ausgelastet.

Dann beschloss Anton, ohne Unterlagen keine weiteren Spekulationen über die sexuelle Evolution und ihren Sinn oder Unsinn anzustellen. Es konnte ja sein, dass andere Leute seine Logik mit Gründen erklärten, die für sein Selbstbewusstsein weniger zuträglich waren als Antons Begründungen. Also trank er den Wein aus und als Elisabeth bald darauf kam, die Kameraüberwachung musste immer noch in Betrieb sein, erbat er eine zweite Glaskanne des sanften, trockenen Roten, erhielt ihn, trank ihn und schlief bald darauf.

Der Morgen des 20. Oktober begann wie die Morgen des 17., 18. und 19. begonnen hatten. Elisabeth kam mit dem reichlichen Frühstück. Anton hatte leichte Durstgefühle, erzeugt vom zweiten Krug Wein gestern Abend. Aber er aß mit bestem Appetit. Sein Libanon Diätplan war völlig in die Schluchten des Libanon gestürzt. Das Wasser jagte fast im freien Fall dem Mittelmeer zu, seine Abnahmewünsche waren Teil der Gischt, sein Gewicht ging aufwärts und aufwärts und zog ihn hinab. Er hatte nur den Tag von der Bekaa bis zum Frühstück im Maronitendorf gehabt, wo vielleicht ein halbes Kilogramm verloren gegangen sein dürfte. Mehr stand nicht auf der Diäterfolgsseite. Alle anderen Tage hatten entweder den status quo verteidigt oder ihn ausgebaut.

„Zieh dich rasch an, mein dicker Anton. Nimm vorsichtshalber die Bergschuhe. Stecke die Sandalen in den kleinen Rucksack. Nimm genug für eine Nacht im Freien mit. Es geht los.“

Mirjams Stimme traf ihn wie der Donnerschlag des Herrn im Alten Testament. Jahwa, seine weibliche Form des Herrn Jahwe, hatte ihn angesprochen. Sein Raum war ganz schön unangenehm mit der Elektronik dieses Bergnestes vernetzt, fügte sein säkularisiertes Bewusstsein dem Mythos hinzu.

Elisabeth kam, als er den kleinen Rucksack gepackt hatte, einschließlich einer halben Rolle Klopapier, man konnte im Gelände nie wissen. Sie führte ihn heute hinaus zur Laube, wo ihn Mirjam das erste mal bewirtet und ausgefragt hatte. Wo er erfahren hatte, dass es vom Bergnest keinen Ausblick in die Umgebung gab.

Mirjam saß schon dort, in einem weit geschnittenen, blassgrünen, hochgeschlossenen Sportlook. Sie wollte ihm den Abschied so leicht wie möglich machen und zeigte keinen Körper. Nur der Kopf der Statue war perfekt ägyptisch wie am ersten Tag.

„Es gibt Hinweise, dass eine wahnsinnige Gruppe von Maroniten den Erzbischof umbringen will."

Man konnte nicht sagen, dass sie um den heißen Brei herumredete. Anton war weniger überrascht als sie erwartet hatte. Er wisse von mehr als einem Bruderkrieg unter den Christen. Sie könne präziser werden. Er war ganz außenpolitischer Journalist in dieser Minute, nicht dicker Anton mit Problemen in der Gegenwart von Mirjam. Sie stieg erfreut auf diese Ebene ein.

„Mitte Oktober 1990 besiegten die Syrer die Truppen des christlichen Generals Aoun in Ostbeirut. Es war der letzte große Versuch dieser mächtigsten Miliz der Christen gewesen, die syrische Oberherrschaft zu bekämpfen, die sich seit dem Einmarsch in Beirut ab 22. Februar 1987 immer mehr gefestigt hatte. Aoun floh mit seinen drei Sternen auf den Schulterklappen über dem gekreuzten Säbel und Dolch und einer hohen Stirn mit beginnenden Hofratsecken in die geschützte französische Botschaft. Seine Mitkämpfer waren weniger gut dran. Die Syrer massakrierten sie gründlich. Nur wenige waren glücklich genug, sich dem libanesischen General Emile Lahoud ergeben zu können."

Anton hatte in seinen Unterlagen nachgelesen. Das war eine der vielen Schlächtereien gewesen. Er sagte zu Mirjam, das habe nichts mit dem Erzbischof zu tun.

„Noch nicht. Ich habe Probleme, die ganzen Verrücktheiten und Brutalitäten und ihre behaupteten Motive geordnet im Kopf zu haben. Wir hatten zuviel davon seit 1975."

Wenigstens da gab es einen sicheren Anfang der äußeren Ereignisse. Die ethnischen und religiösen Spannungen, explosiv gemacht durch die massive militärische Tätigkeit der palästinensischen Flüchtlinge in den Lagern, der Unfähigkeit der eingesessenen Libanesen, einen neuen Ausgleich der innenpolitischen Macht zwischen Moslems und Christen und Drusen zu finden, hatten einen Anlass zum Ausbruch des Bürgerkrieges gegeben. Ein Christ war ermordet worden. Aber am 13. April 1975 schlugen die Christen zurück. Ein Autobus mit palästinensischen Fahrgästen wurde überfallen, die Leute erschossen. Mindestens 150 000 Tote folgten, bei einer Bevölkerung von nicht ganz drei Millionen, das Land wurde ruiniert und war es Ende Oktober 1994 immer noch.

„Der unverzichtbare Anfang, alles Vorhergegangene hätte auch andere Folgen haben können, ist der Vormarsch von Dr. Samir Geagea unter den fanatischen Maroniten. Alle Maroniten glauben, dass Geagea schon 1978 im Auftrag des in Europa hoch gelobten Beshir Gemayel dessen Rivalen Tony Franjieh und 35 Angehörige der Familie und engste Mitarbeiter ermordete. 1982 wurde Gemayel ermordet. Dies nur zur Vollständigkeit. Es hat nichts mit heute zu tun. Entscheidend ist, dass Geagea stets antisyrisch war. Und Tony wurde ermordet, weil er zu den prosyrischen Maroniten gehörte. Das war damals der Zeit noch zu weit voraus."

Anton stimmte ihr zu. Einige Maroniten glaubten tatsächlich, gegen Palästinenser, Schiiten und Sunniten und Drusen und Syrer die alte Vorherrschaft im Libanon zu halten. Sie hofften auf westliche Hilfe wie 1958. Aber die Zeiten hatten sich geändert.

Der Westen unter US-Präsident Ronald Reagan war zur Hilfe bereit. Das stimmte. Aber die Gegenmächte der iranisch gesteuerten Schiiten, der Palästinenser und Sunniten und Drusen waren viel stärker geworden. Sie führten zum berühmten

Attentat gegen das Hauptquartier der amerikanischen Marinesoldaten, als die „lächelnden Märtyrer“ am Steuer ihres gelben Sprengstofflasters den größten Erfolg erzielten, seit der Geiselnahme der Amerikaner in der US-Botschaft Teheran erzielten. Reagan befahl den Rückzug. Da konnten sich auch die Franzosen, die frühere Schutzmacht, nicht allein halten. Der Libanon war frei für Syrien. Und die Syrer schafften es. Ab dem 22. Februar 1987 begannen sie von Beirut aus, die Milizen zu entwaffnen, mit Ausnahme des Südlibanon, wo die Nähe des Erzfeindes Israel dies nicht erlaubte.

„Und dann kam jenes Attentat, das direkt auf den heutigen Tag hinführt. Am 21. Oktober 1990 wurden Dany Chamoun und seine Frau und zwei Söhne von unbekannten militärisch gekleideten Attentätern in ihrer Wohnung in Ostbeirut erschossen.“

Anton hatte das Bild im Kopf. Ein Rotzkreuz-Mann in einem Zimmer mit Polstermöbeln zog eine Decke über einen am Boden liegenden Mann. Er musste etwas gewartet haben, bis der AP-Fotograf seinen Schnappschuss fertig hatte. Der Maronitenführer Dany Chamoun als Leiche.

„Ursprünglich galt dies als Werk des syrischen Geheimdienstes, weil Dany in der Tradition seines Vaters Camille die Westbindung des Libanon gegen die Syrer verteidigte. Aber später wiesen die Syrer überzeugend nach, dass Geagea hoffte, damit seinen letzten großen Rivalen loszuwerden. Ein Irrtum. Denn es war weder für alle Maroniten und erst recht nicht für einen Teilkaiser möglich, die Macht gegen die Moslems und die Syrer zu behaupten. Heuer im April, am 21. genau, wurde Samir Geagea, der sich so mächtig fühlende Chef der rechtsextreme Ex-Miliz ‚Forces Libanaises‘ verhaftet.“

„Er wurde auch beschuldigt, das Attentat vom 27. Februar gegen die maronitische ‚Erlöserkirche der Gottesmutter‘ von Zouk Micheal bei Beirut organisiert zu haben. In der libanesischen offiziellen Verwirrung hieß es, er sei damit israelischen Wünschen nachgekommen, damit vom Massaker des jüdischen Siedlers gegen die Moschee in Hebron, das zwei Tage vorher passierte, abgelenkt werde.“

„Ich bin erschöpft gegenüber diesen Möglichkeiten. Es gibt keinen Wahnsinn, der im Libanon nicht auch wahr sein könnte. Aber wahr ist, dass Geagea-Anhänger im Untergrund, ihre Partei wurde Ende März verboten, mit dem Attentat gegen die Residenz des Erzbischofs in Bkerke ihren inhaftierten Chef freipressen wollen. Sie wollen die Christen zwingen seine Freiheit durchzusetzen. Du, Anton, musst die Warnung an den Erzbischof überbringen."

Das erschien ihm angesichts ihres Kommunikationsraumes mit den Satellitentelefonen reichlich unlogisch. Er sagte es ihr.

„Du hast recht, aber es stimmt doch nicht. Du weißt, dass im Libanon die Parteien in Wahrheit erweiterte Familienclans sind. Bei Christen wie Drusen und Sunniten. Nur die Palästinenser und Schiiten sind anders. Die Familien meines Mannes und meines Schwagers und meine Familie gehören zu jenen Maroniten, die für die Westbindung des Libanon eingetreten sind und dann zähneknirschend die Syrer geschluckt haben, weil nur sie Hilfe gegen Hisbollah und Amal-Miliz und die Drusen bieten konnten und gegen Anerkennung ihrer Vorherrschaft auch bieten wollten. Die Informationen, die ich bekommen habe, sind keine, die man der Polizei übergeben könnte. Dazu sind sie zuwenig präzise. Unser Informant würde sofort aufgedeckt werden, wenn wir die Behörden einschalten würden. Das wäre sein Tod."

„Sonst stirbt eben der Erzbischof."

„Du bist zynisch, mein dicker Anton. Ich bin es hier auch geworden. Der Erzbischof verweigert aus Widerstand gegen die modernen Zeiten die übliche elektronische Kommunikation. Er hat auch berechtigte Angst, dass er dabei abgehört wird. Er arbeitet in allen wichtigen Fällen mit Boten, die er persönlich kennt und denen er traut."

„Beides trifft auf mich nicht zu."

„Nein und Ja. Ich werde dir ein Schreiben mitgeben, das dich einführt. Er wird zuverlässig informiert werden, dass du kommst. Er kennt mich. Meine Familie und die Familie meines früheren Gatten sind große Wohltäter der Kirche und haben den Zugang zum Haus und zum Herzen des Erzbischofs. Du musst ihm sagen, dass er seine Residenz in Bkerke in der Nacht zum 24. Oktober nicht bewohnen darf. Niemand aus unserer Familie kann es sich leisten, dass die Spur der Warnung bis zu ihm zurück verfolgt werden kann. Eine Familienrache auf Generationen wäre die Folge."

Anton mochte nicht gerne in die Rolle des Retters schlüpfen. Er meinte, es sei in den libanesischen Kreisen, die sich dafür interessierten, wohl bekannt, dass er hier gewesen sei. Dann könnte die Familienrache auch ihn treffen. Sie gab das Restrisiko zu.

„Wir haben vorgesorgt, dass dies äußerst schwierig sein wird."

„Wenn die Hisbollah meine Option einlösen will?"

Mirjam lachte das erstemal in diesem Gespräch.

„Ich habe die Option gekauft. Günstig. Für tausend Dollar. Ihre Pläne haben sich geändert. Sie brauchen derzeit keinen westlichen Journalisten als Austauschmenschen für die Regierung."

Die Befreiung von der Hisbollah freute Anton. Die 1000 Dollar kränkten ihn ein bisschen. Oder sollte er sich nicht vielmehr über Mirjams Geschäftstüchtigkeit freuen. Er fragte sie danach. Sie antwortete, es sei jetzt keine Zeit für solche kleine Scherze.

Sie überreichte ihm feierlich den Brief, steckte ihn in seine Jackeninnentasche. Und gegen ihr Versprechen, keine sinnlichen Mittel einzusetzen, umarmte und küsste sie ihn bei diesem Näheanlass.

„Du weißt, wo Bkerke liegt?"

„Ja"

„Ich kann dir keine Tipps geben, wie du dort hinkommst. Alles ist abgesperrt. Aber du bist Journalist. Du musst aufpassen, die Hisbollah haben kleine Kampfgruppen versteckt und die Christen auch. Dein persönliches Gepäck wird dir später zuverlässig übergeben werden."

Das klang ja sehr erfreulich.

„Wir werden dich an einen Ort bringen, von dem aus du dich orientieren kannst. Ich habe hier eine 1:20 000 Karte für die Umgebung von Bkerke, speziell zusammenkopiert. Kannst du mit einer Pistole schießen?"

Anton konnte nicht. Mirjam bedauerte. Aber vielleicht war es besser, meinte sie dann. Die Waffen der Gegner würden im Regelfall ohnehin stärker sein. Er müsse sich durchschleichen, nicht durchschießen. Er würde nicht immer allein sein. Sie hätte Helfer alarmiert. Einzelheiten wollte sie aus Sicherheitsgründen nicht sagen, damit er auch keine verraten könne. Immerhin gab sie damit zu, dass er geschnappt und gefoltert werden konnte, Kein Held und kein Märtyrer sollte er für sie werden. Das Programm sah nach beidem aus.

„Aus Sicherheitsgründen", diesmal lächelte sie verlegen, was nun wirklich noch nie vorgekommen war, „muss ich dich vom Bergnest wieder mit verbundenen Augen wegbringen lassen. Du kommst an einem Ort frei, der ein Straßenschild hat, und auf deiner Landkarte verzeichnet ist."

Sie übergab Anton ein kleines Paket von etwa 20 mal 30 Zentimeter und ein Kuvert aus grobem Papier, wie es Mustapha in der Innentasche gehabt hatte.

„Im Paket ist ein vergoldeter Messingschwenker von bester Handwerksarbeit aus dem achtzehnten Jahrundert, gefüllt mit Weihrauch. Er kann dir im Ernstfall unterwegs eine Art Passierschein dienen und beim Erzbischof als Türöffner. Den Brief darfst du nur persönlich übergeben, an keinen Vertreter. Im anderen Kuvert sind 10 000 US-Dollar für Spesen. Manche Polizisten mögen das so."

„Muss ich sie abrechnen?"

„Frag nicht so blöd."

Das war nun der beste Abgangsmoment, der in dieser Farce möglich war, sinnierte Anton. Sie erhob sich auch bühnenwirksam, umarmte ihn noch einmal, sie küsste ihn nicht mehr, drückte sich nur an ihn und verschwand ohne ein weiteres Wort durch die Tür. Dass Anton formell gar nicht versprochen hatte, für sie zu arbeiten, ignorierte sie. Er packte das zusätzliche Zeug in den kleinen, popig bunten

Rucksack, schulterte ihn und wartete auf die Formalitäten seines Starts.

Zu seiner grenzenlosen Überraschung erschien Klon Hussein und grinste ihn an. Der Kopfverband war einem größeren Pflaster an der rechten Wange gewichen. Der Gehgips war noch oben, aber Hussein hüpfte damit routiniert in der Laube auf und ab. Wenn es nicht die große Personalknappheit war, dann war ihr Einfall, ihn mit Hussein fortzuschicken, schon von psychologischer Gemeinheit. Aber Anton irrte sich. Hussein dankte ihm, dass er das Kuvert von Mustapha mitgenommen habe und den Ausweis. So sei Mustaphas Familie in den Genuss von fünftausend US-Dollar gekommen. Und dafür wollte sich Hussein auch bei einem Kreuzesanbeter bedanken. Anton fühlte erstmals Wärme beim Anblick von Hussein. In Salzburg wäre aus seinem Charakter vermutlich ein bärbeißiger Typ geworden, dessen gute Seiten von allen hervorgehoben worden wären. In den Schrecken und Verbrechen des Libanon hatte er diese Chance nicht gehabt. Hussein legte ihm nicht ohne Vergnügen ein dickes rot kariertes Palästinensertuch um die Augen und band es fest zu, prüfte mehrfach, ob es nicht verrutschen konnte. Nur ein sehr Neugieriger konnte bei einem vorbeifahrenden Auto entdecken, dass die Augen eines Fahrgastes verbunden waren. Andere mussten meinen, er schütze sich nur vor Staub und Fahrtwind. Hussein führte ihn mit Zartgefühl in den Hof, setzte ihn dort in ein Auto und befahl loszufahren. Nach einer halben Stunde Fahrt hielt das Auto, Anton musste aussteigen und der Klon führte ihn verwirrend kreuz und quer und auf und ab ein wenig durch die Gegend. Dann nahm er ihm das Tuch ab, wickelte es zusammen und winkte Anton einen Weg schräg hinunter. Er ging in die Gegenrichtung aufwärts. Anton schaute auf seine Uhr: es war 15.10 Uhr, am Donnerstag, den 20. Oktober 1994.

Nach der ersten Kurve sah Anton das erste Willkommensplakat für Papst Johannes Paul II. an einer schmutzigen weißen Mauer kleben. Gleich dahinter stand ein Gebäude, das ein Mittelding zwischen Kapelle und Kirche war. In drei Tagen würde der Papst im Libanon sein und vom Erzbischof begrüßt werden. Oder auch nicht. Der Erzbischof konnte zum Beispiel schon vorher tot sein. Die Christenverschwörer konnten ihre Termine geändert haben. Vielleicht war der Papstbesuch aus Sicherheitsgründen abgesagt worden. Im April war dies für den Besuch von Ende Mai 1994 passiert. Als Strafe Gottes, so Salzburger katholische Lästermäuler, war der Papst kurz darauf im Badezimmer ausgerutscht und hatte am Oberschenkelhals operiert werden müssen. Wenn auch Anton seit seiner Ankunft auf dem Flughafen in Beirut von allen Nachrichten abgeschnitten gewesen war, so konnte der Papstbesuch dennoch nicht abgesagt worden sein, sagte er sich nun nach dem ersten Überlegen. Denn in diesem Fall hätte der freie Anton sich in der Redaktion melden müssen und sein Nichtmelden hätte Alarm ausgelöst und Mirjam war mit solchen Abläufen durchaus vertraut.

Nun hatte er noch diesen Tag und morgen Vormittag, dann sollte die Vorgeschichte durch sein. Das Papstplakat auf der verschmutzten Hausmauer könnte ein Einstieg sein. „Die weiße Gestalt der Hoffnung", der Papst trug immer weiß, „wird sich bemühen, Blut und Schmutz von der jüngsten Geschichte des Libanons abzuwaschen, damit das Land eine neue, strahlende Zukunft gewinnen kann." Nein, das war für die Kirchenzeitung. Seine Zeitung wünschte Deftigeres zu Beginn. Papstemotion erst beim Bericht über die Messfeier. Auch nicht zuviel. Die Weltgroßmoral war dem Chefredakteur für den abendländischen Artikel am Wochenende vorbehalten. Sonst sah die Zeitung die Welt erfreulich sachlich, wenn das meist auch kein erfreuliches Bild der Welt ergab.

Nun sah Anton das Ortsschild Mar Boutros Karm et Tine. Er hatte seinen festen Punkt wieder. Hello Archimedes, grüßte Anton seinen Griechen von noch weiter im Osten, jener Gegend, aus der die Griechen ihre Kultur bezogen hatten, ohne Quellenangaben, ein klarer Fall von historischer Produktpiraterie. Erst spät kamen die Abendländer dahinter. Mar Boutros Karm et Tine, ein langer Name für wenige Häuser. Die Landkarte entfaltet, stand Anton mit dem modischen kleinen Rucksack reichlich kabarettistisch auf der geteerten, schmalen Straße in der vollen Sonne. Anton faltete die Karte zusammen. In dem Ort musste es ein Lokal geben, das Kaffee und Limonade ausschenkte, vielleicht sogar Wein. So islamisch waren auch die islamischen Gegenden des Libanon nicht überall, dass Alkohol verpönt gewesen wäre. Die Fundamentalisten hatten Anton nicht nur menschenrechtlich geärgert und intellektuell in Wut gebracht, mindestens ebenso schlimm war die Limonadisierung ganz Ägyptens und des Nahen Ostens. Dieses süße, klebrige Zeug zu trinken war ein sicherer Weg in die Dschehenna, in die Hölle. Anton war überzeugt, dass dort gegen die Hitze strafweise Seven Up und Coke ausgeschenkt wurden. Mit den Resten seiner protestantischen Erinnerungen hoffte er auf einen trockenen Weißwein im christlichen Himmel. Und unter solchen Gedanken, die angesichts des bevorstehenden Papstbesuches seiner Meinung nach erlaubt waren, wann sonst sollte man sich als Mitteleuropäer mit metaphysischen Fragen herumschlagen, fand er das Bistro. Den Franzosen verzieh Anton in dem Augenblick ihren Kolonialismus und ihren sprachlichen Chauvinismus. Solange ein Nebenergebnis die Sache Bistro in lateinischen, nicht in arabischen Buchstaben war, hatten die Legionäre mit ihren weißen Käppis nicht vergeblich gekämpft.

Das Bistro in Mar Boutros, wie Anton den Namen sofort vereinfachte, war ein ganz kleiner, sehr schmutziger Raum, ähnlich wie in Paris in ärmeren Gassen, aber es hatte eine Laube davor, auch ganz klein, aber schattig, mit einem Tisch und einer hölzernen Sitzbank auf drei Seiten. Da Anton der einzige Gast sein würde, war die Kleinheit der Laube trotz seiner Masse kein Platzproblem. Anton enterte den Ort und bald tauchte ein freies Gesicht auf, mit einer Kette um das Hals und einem Kreuz daran. Alles andere an der Frau unterschied sich so deutlich von Mirjam, dass Anton erleichtert aufatmete. Er konnte jetzt keine leibhaftigen Erinnerungen brauchen. Weißwein, Oliven, Käse, Fladenbrot, Feigen, Datteln, Orangen, Trauben, ausgelöste Walnüsse verwandelten das stark zerkratzte Tischbrett mit kleinen weißen Farbresten und vielen dunklen Rotweinflecken in ein kleines kulinarisches Paradies.

Nach dem Essen, beim vierten Glas Weißwein, begann Anton mit der Ortssuche auf der Landkarte. Er brauchte ein Weinglas lang. Der nächste größere Ort war Bikfaiya.

Wenn der Ortsname Mar Boutros arabischen Ursprungs war, dann war er auf der französischen Karte, herausgegeben vom libanesischen Verteidigungsministerium im Jahre 1963, und dann war das Schild rechtschreibmäßig nicht korrekt. Marj hieß Wiese und das passte.

Vor ihm war ein rostbrauner Streifen, steil abwärts, laut Karte etwa 200 Höhenmeter. Unten, verdeckt von grünen Büschen, hörte Anton in der stillen Laube einen Bach. Der Nahr el Kelb oder Hundsbach, doppelt berühmt, weil an seiner Mündung gab es die Eroberungsinschriften in Stein vom Assyrer Nebukadnezar und dem Ägypter Ramses II. über verschiedene Griechen und Römer bis zu den Engländern und Franzosen gab und nicht weit von diesem Ort hier versteckte die Grotte Jeita sich im Inneren des Berges, vergeblich. Erforscher und Touristen waren ihr auf die Spur gekommen und plagten sie wegen ihrer Schönheiten an Stalagtiten und Stalagmiten und unterirdischen Seen mehr als es ihr im Freien je passiert wäre.

Mit seinem neckischen Rucksack war Anton bestens getarnt, als Fußgänger unterwegs zu sein. Nur ging hier kein Tourist zu fuß. Hier ging überhaupt kein Tourist. Anton hatte nicht vor, weiter zu gehen als bis zu dieser Laube. Dann musste sich bessere Lösungen ergeben. Ein Taxi etwa musste sich hier rufen lassen. Er hatte ein Spesenkonto im Kuvert mit sich und Mirjams „Frag nicht so blöd" würde er sich zu Herzen nehmen. Er wollte nicht schlechter aussteigen als die Polizisten. Außerdem fand er es viel moralischer, sich selber zu bestechen als andere Menschen. Mit dem Taxi musste man hier überall herumfahren können. Es gab Häuser und Orte. Der Weg nach Bkerke war so einfach, dass sich Anton fragte, warum Mirjam so eine Show abgezogen hatte. War er nur das Ablenkungsmanöver für die wirklichen Pläne? Das wäre ihm am liebsten gewesen. Das hätte sie ihm sagen sollen. Hätte er sich dann ordentlich aufgeführt? Für sie am günstigsten war zweifellos, wenn er sich bemühte, was auch immer sonst im Busch sein mochte.

„Wo finde ich hier ein Taxi?"

Die Bistro-Chefin antwortete „Kein Taxi". Anton verstand. Nicht hier im Dörfchen. Aber im Tal unten oder näher im Touristenort Bikfaiya mit etwa 10 Hotels. Trotz Bürgerkrieg konnte die Infrastruktur nicht völlig ausgeblutet sein. Außerdem waren die Syrer jetzt schon jahrelang als Beruhiger im Lande.

„Kein Taxi aus dem Tal, kein Taxi aus Bikfaiya. Muss zwei Tage vorher angemeldet werden. Wegen Papstsicherheit."

Anton erlaubte sich einen altprotestantischen Gedanken über den Papst. Dann fand er Martin Luther doch etwas zu zeitgebunden und milderte den Spruch. Ein privates Auto könnte ihn doch auf die andere Seite des Hundsbaches bringen. Anton fürchtete die steilen Hänge hinunter und wieder hinauf und er fürchtete die endlose Geherei durch die vielen Falten des Libanonhanges, wenn er eine relativ waagrechte Linie versuchen würde. Er könnte doch auch einen privaten Autobesitzer bitten zu fahren. Er erklärte es. Sie schüttelte den Kopf. „Zu gefährlich einen Fremden zu befördern. Wegen Papstsicherheit."

Anton erblickte ein uraltes Fahrrad, das an der Mauer neben der Laube lehnte und beide Reifen enthielten Luft. Er würde das Fahrrad kaufen. Seine Wirtin schaute ihn erst fassungslos, dann belustigt an. Nein, sie würde ihr Fahrrad nicht verkaufen. Sie brauchte es. Er würde es sich nur ausleihen, gab Anton nach. Es würde genügen, wenn er damit auf die andere Seite des Nahr El Kelb gelangen würde. Dort musste er nur noch nach Bkerke abwärts gehen. Das traute er sich zu. Anton erklärte seine Pläne. Er wollte nach Balloune gleich gegenüber. Das Rad wollte er im dortigen Bistro stehen lassen. Nach einer weiteren halben Stunde hatte das Geld die Vorsicht besiegt. Anton zahlte 150 Dollar Leihgebühr. Aus seiner Geldtasche, die er bei der ersten Kontrolle seit vielen Tagen neu gefüllt vorgefunden hatte. Mirjam war ein diskretes Biest. Spesen wurden nicht nur gefordert, sondern auch gewährt. Die vier Säcke bezahlten wahrscheinlich alle Ausgaben Antons auf Jahre hinaus. Drogenschmuggler hatten das Privileg zu gut leben. Mit den 150 US-Dollar konnte sich die Alte ein neues Rad und ein neues Kettchen mit Kreuz kaufen. Aber Anton hatte dafür den finsteren Gedanken in seinem Herzen ausgebrütet, möglichst nahe an Bkerke heran zu fahren und erst dann hierher anzurufen. Die Dame hatte ein Telefon und sie war ganz stolz, dass es funktionierte.

Bei zwei weiteren Gläsern hervorragenden Weißweins und Fladenbrot mit Käse, abnehmen würde er diesmal beim Radfahren, suchte sich Anton anhand der Karte den Weg, der am wenigsten Höhenmeter aufwärts versprach. Diese Route wich Bikfaiya aus, wo es vermutlich neugierige Polizisten gab, und forderte nur vor und nach Hamlaya Steigungen von insgesamt nicht mehr als 100 Höhenmetern. Nachdem er hier nie mehr durchfahren würde, würde sein sehr merkwürdiger Anblick auf einem Rad, verstärkt durch den knallbunten Rucksack, ein dankbares Thema der Dorfgeschichte bleiben. Aber das konnte ihn kalt lassen. Wenn er nur nicht den schrecklichen Fußmarsch zum Hundsbach und wieder hinauf tun musste. Ein wirklicher Mann muss zwischen verschiedenen Werten klar entscheiden können. Das hatte er von der großen Pose seiner Konfession gelernt „Hier steh ich, ich kann nicht anders." Und Anton hatte vor den Steilhängen des Hundsbaches zumindest soviel Abscheu wie Martin Luther vor Papst und Kaiser gehabt hatte.

Er radelte los. Klappte ganz gut. Hamlaya war fast ausgestorben. Fünf alte Leute hatte er entdeckt, die ihn gleichmütig angeschaut hatten. Keine gefürchtete, schreiende Kinderschar hatte sich hinter ihm und um ihn entwickelt. Die Nachmittagsruhe hielt alle in ihrem Bann, obwohl es genau 16.30 Uhr wurde, als er endlich den flachen Querteil der Straße erreicht hatte. Er würde jetzt den Hundsbach queren und sich gemächlich abwärts treiben lassen. Die Bremsen des Rades funktionierten. Er konnte noch vor Einbruch der Dunkelheit Bkerke erreichen. Der Libanon war eben ein erfreulich kleinräumiges Land. Und ein Traum von einem Land dazu, selbst jetzt im optisch übelsten Herbst. Im Quadi, bei der großen Einkerbung, wo zwei Bäche zu einem Hundsbach zusammenkamen, war alles wunderbar grün und angenehm warm. Anton fühlte sich vom Fahren in der Hitze erschöpft und wollte sich auf dem Dach seiner Tour etwas Ruhe gönnen. Der Weißwein aus dem Bistro verlangte außerdem nach etwas Verdünnung mit bestem Libanonquellwasser. Hier musste es verschwiegene Plätzchen am Wasser geben, die auch einen Anton mit nacktem Oberkörper verkrafteten.

Er stellte das Rad etwas weg vom Weg, sodass es als versteckt gelten konnte und kletterte einen steilen, nur schwach ausgeprägten Steig aufwärts, der ihn über die kleine Steilstufe des Hanges neben der Straße führen musste. Oben würde Anton weitersehen. Und nach etwa zehn Metern sah Anton weiter. Das Bachbett erweiterte sich in einer etwa fünf Meter langen Felsbadewanne, die etwa drei Meter breit war. Eine schöne Auswaschung, die es nach den Erzählungen seiner Kollegen auch in der Salzburger Gebirgswelt gab. Zusätzlich gab es hier zwei nackte weibliche Körper, die im Wasser saßen und gemütlich mit der Hand herumplätscherten. Anton blieb stehen und entschied, sein Bad woanders zu nehmen. Zu spät. Er musste entdeckt worden sein und ein Erdbeben auslösender Schreialarm startete einstimmig ganz hoch und in Sekundenbruchteilen mit einer etwas tieferen zweiten Stimme dazu zweistimmig.

Anton jagte zu seinem Rad und floh. Glücklicherweise hatte das Rad kein Schloss und er trug den Rucksack noch auf dem Rücken. So schwang sich Anton ohne Zeitverlust in den Sattel und trat kräftigst in die Pedale und kurvte Hang um Hang, bis die ersten Häuser den kleinen Ort Daraya ankündigten. Hier fühlte er sich wieder sicher und ließ das Rad gemächlich abwärts gleiten. Er war nördlich des Hundsflusses angekommen. Die Frau, die ihn gesehen hatte, und die vor dem ersten Schrei vor Schreck hochgesprungen war, hatte außerdem eine wundervolle üppige Figur gehabt. Anton fühlte sich für Sekunden beschämt, weil er sich vorkam wie die alten Männer, die Susanne im alten Testament im Bade beobachtet hatten. Er konnte sich zugute halten, dass er bei seinem ungebetenen Eindringen sofort geflüchtet war, als er die Lage überblickt hatte. Er war moralisch ohne Schuld am Erschrecken der Frauen. Weil ihm dies gut tat und seine glänzende Idee, ein Fahrrad zu kaufen, ihn glücklich soweit gebracht hatte, hielt er vor dem nächsten „Bistro"-Schild, genau gegenüber dem ersten, in Ballune, gleich nach der Spitzkurve nach rechts, wo man befürchten musste, als unvorsichtiger Fahrer in das Hundsbachtal zu stürzen. Ein türkischer Kaffee mit einem Glas Arrak war seine Bestellung im christlichen Bistro. An der Berghauptstraße gelegen, war es deutlich vornehmer eingerichtet. Sogar eine Toilette wurde angeboten. Anton wagte sich hinein und hielt durch.

Er blickte hinunter, schräg nach Süden, das Mittelmeer war höchstens 10 Kilometer in der Luftlinie entfernt und das Hundsbachtal gab ihm den Geographieunterricht für die Westseite des Libanon. Schluchtartiges Bachgelände, das sich als in der Senkrechten abstürzendes Band in die Landschaft eingrub und dazwischen auf den Hängen zahllose Orte und eine bäuerlich gepflegte Landschaft. Der Libanon war ein Glücksfall der Natur und so waren seine Bewohner seit alters her damit beschäftigt, dem ein bisschen entgegen zu wirken und noch mehr Eroberer hatten denselben Gedanken. Paradiese sollten niemandem sonst bekannt sein und auch den eigenen Leuten nicht als solche vorgestellt werden. Paradiese hält kein Mensch aus, lehrt schon die Bibel.

Anton trank den heißen türkischen Kaffee in ganz kleinen Schlucken und den Arrak in etwas größeren. Dann überlegte er sein weiteres Vorgehen. Er würde noch fünf bis sechs Kilometer der Hauptstraße folgen, bis zur Abzweigung nach Beit Khachbou. Dort hoffte er jemanden zu finden, den er befragen konnte, wie es nun mit den Sperren wegen des Papstbesuches wirklich sei. Der Bistrowirt, ein alter Bauer, verstand kein Französisch mit Ausnahme der Speisen und Getränke, die es hier gab. Er dürfte nur während der toten Stunden das Lokal hüten. Nun winkte er Anton fast aufdringlich zu, er solle mit dem Rucksack zu einer braun gestrichenen Holztür kommen, die neben der Toilettentüre ohne Aufschrift irgendwohin führte. Anton zögerte, das Winken wurde noch dringlicher und Anton wollte nicht unhöflich sein. Der Alte öffnete die Türe, schloss sie sofort wieder. Eine Glühbirne erhellte den Gang ohne Fenster und mit ungelüfteter Kühle. Aber die wirkliche Sensation oder der wirkliche Schreck war eine mittelgroße schlanke Gestalt im dunkelbeigen Leinenanzug, die ihm nervös zulächelte und ihn weiterwinkte. Michel war wieder in sein Leben getreten. Anton war viel zu verblüfft, um Widerstand zu leisten oder zu schreien oder auch nur zu versuchen davonzulaufen.

„Keine Fragen, Anton. Später. Jetzt haben wir keine Zeit."

Er schubste ihn den Gang entlang, drängte ihn über eine rutschige Stiege, führte ihn nach außen, an einer etwa drei Meter hohen Steinmauer entlang, nahm ihn an der Hand als ihm Anton zu langsam erschien, riss ihn um die Ecke in Deckung, als die Mauer nach etwa dreißig Metern zu Ende war, spähte vorsichtig zurück, jagte Anton einen kleinen Hügel hinauf, auf der anderen Seite hinunter bis zur Straße, wo ein Auto mit laufenden Motor stand. Anton hatte sich noch gar nicht gesetzt, da fuhr der Wagen schon los, Michel suchte möglichst gedeckte Umwege, um schließlich in Beit el Kreidi anzukommen, einer Art Streudorf auf dem Berghang mit bester Mittelmeersicht und Jounieh lag als weißer Glanz und nicht als gesichtsloses Betondorf am Strand und Anton bekam leichtes Herzklopfen, als er den noch näheren grünen Hügel schräg nach rechts vor sich sah, aus dem ein riesiger heller Kirchturm ragte und auch die helle Kuppel der Kirche von Bkerke war zu sehen. Er war seinem Ziel ganz nahe. Fast nur ein Katzensprung. Und dafür war er, Anton, notwendig, meldete sich sofort sein Zweifel wieder.

Nun hielt das Auto in einem ummauerten Hof, das sehr feste, eiserne Tor wurde geschlossen und mit zwei Eisenstangen verbarrikadiert, Anton in das Haus gedrängt. Erst als er auf dem bequemen Polsterstuhl saß, atmete Michel auf und strahlte ihn an.

„Willkommen, Anton."

Die Zeit der Trennung schien bei Michel die Intimität zu seiner falschen Geisel sehr verstärkt zu haben. Oder was steckte dahinter? Hatte Michel wieder geschäftliche Verwendung für ihn? Soviel Zufall gab es auch im zufallsreichen Libanon nicht. Michel war wohl eher einer der „Helfer", von denen Mirjam gesprochen hatte. Aber wovor hatte Anton im Bistro gerettet werden müssen? Vor dem Arrak? Doch nicht, denn nun kam eine viel größere Flasche mit dieser Flüssigkeit auf den Tisch und jede Menge Fladenbrot und Obst. Ein frische, junge Libanesin, genaues Alter für Anton unbestimmbar, tischte freundlich lächelnd auf. Michel war stolz auf sie. Kusine Rachel, sagte er erklärend zu Anton. Kein Kettchen mit Kreuz um den Hals. Anton registrierte es erleichtert. Sie wirkte im Vergleich zu Mirjam wie eine Plüschlöwin zu einer Löwin. Lieblich, aber kraftlos.

„Was war los, dass du mich aus dem Bistro geholt hast?"

„Du warst in absoluter Lebensgefahr."

Anton lachte herzlich. Das war absoluter Blödsinn.

„Warum hast du Wahnsinniger den beiden Frauen im Bade nachspioniert?"

Anton lachte noch einmal herzlich. Er habe nicht nachspioniert. Er habe einen Platz für seine Rast gesucht und wollte sich dort waschen. Er sei sofort umgekehrt, nachdem er die Schönen gesehen habe.

„Das war zu spät. Sie haben dich auch gesehen."

„Sie haben es überlebt, nehme ich an."

„Du verstehst noch immer nicht. Es waren die beiden Lieblingsfrauen des geistlichen Scheichs Mussaveni von Bikfaiya. Er ist das geistliche Oberhaupt von etwa 50 Hisbollah-Kämpfern in dieser Region."

Anton nahm gegen den Schock, der ihm auch anzusehen war, einen großen Schluck Arrak. Diese Gegend konnte er aus seinen Urlaubsplänen streichen.

„Die Frauen schlugen Alarm. Die beiden Wächter hatten im Gebüsch geschlafen. Sie durften die Frauen auch nicht anschauen. Alles was die Frauen sagen konnten war, ein dicker Fremder sei plötzlich vor ihnen gestanden. Daraufhin ging der gesamte Schiitenapparat der Gegend auf die Suche nach einem dicken Fremden. Bei dieser Gesamtbewegung erfuhren auch die Christen rasch, wer gesucht wurde, aber noch nicht warum. Da ich wusste, dass du in dieser Gegend allein gelassen werden würdest und ich vermutete, dass du als erstes in das erste Bistro am Wege gehen würdest, daher rief ich dort an. Du warst es. Als ich dann das Rad vor dem Bistro in Ballune sah, wusste ich, wo du warst."

Ganz wahr wäre gewesen, dass er Anton seit dem Aussteigen aus dem Auto und dem fröhlichen Kreisspazieren beobachtet hatte, weil das sein Auftrag gewesen war.

„Aber wenn sie das Rad finden, werden sie alles herausfinden."

„Ich habe das Rad als erstes versteckt. Es wird ein gutes Stück weiter unten in einem Busch gefunden werden, wo ein Fußsteig zum Nahr el Kelb hinunterführt. Die Hisbollah werden annehmen, du bist in diese Richtung geflüchtet."

Das stimmte vollständig. Nun beugte sich Michel, der junge Michel, verschwörerisch zu Anton über den Tisch.

„Sag Anton, sind die beiden Frauen wirklich so schön wie man sagt?"

Was sollte er darauf antworten? Es schien im Libanon mit seinen Verschleierungen noch übler um die Fantasie bestellt zu sein als in Salzburg. Es war schlimm bestätigt zu bekommen, was er wusste, dass nämlich die Männer sich durch nichts abschrecken ließen, sich eine Frau ohne Kleider vorzustellen. Die armen Moslems. Ihre Verhüllungen erregten die Fantasie erst recht. Der westliche Weg schien vielleicht doch der richtigere zu sein, die Überflutung mit weiblichen Reizen konnte deren Wirkung am ehesten einschränken.

„Ich habe sie nur eine gute Sekunde lang gesehen. Und nur eine davon."

„Aber eine Sekunde schauen kann manchmal soviel sein wie eine Stunde."

Woher Michel das wusste, wusste Anton nicht. Es stimmte nur.

„Die eine, die ich sah, hatte den wundervollen üppigen Körper, den die meisten von euch so lieben, große, feste Brüste und Schenkel."

Er erzählte nicht, wie intensiv sich der Haaransatz am Bauch in sein Bewusstsein geprägt hatte, als die Frau in ihrer Überraschung die Arme hochwarf und den Körper durchstreckte. Alles musste Michel nicht wissen. Er konnte ja hingehen, wenn er sich traute.

„Erzähle niemandem sonst davon. Das Geheimnis würde die Runde in der ganzen Gegend machen. Der Scheich könnte gezwungen werden, die Frauen zu verstoßen, obwohl er ganz verrückt nach ihnen sein soll. Wenn der Fremde nicht gefunden wird, kann der Scheich dank seiner Autorität das Ereignis als Vision, als Erscheinung der Frauen hinstellen."

„Wenn der Fremde gefunden wird?"

„Dann müsste ihn der Scheich töten lassen. Oder er würde seine Stellung verlieren."

„Dann werde ich alles tun, damit der Scheich weiter in Freuden mit seinen beiden Frauen leben kann. So wahr ich Anton heiße."

Michel begrüßte die Entscheidung Antons. Das sei auch das beste für die beiden Frauen, die in jedem anderen Fall die unschuldigen Opfer sein würden. Dann lud er Anton ein, hier Gast zu sein und zu übernachten. Er lehnte jeden Widerspruch ab.

Anton wurde in sein Zimmer geführt, ein großer, weißgetünchter Raum mit bestem Mittelmeerblick und eigener Dusche und eigenem WC. Anton machte sich frisch und ruhte ein wenig. Dann fragte ihn Michel nach diskretem Klopfen, ob er die französischen Fernsehnachrichten des Libanon sehen wolle. Anton wollte. Das meiste war Vorbereitung auf den Papstbesuch. Die üblichen Geschichten: Der Papst in Rom freute sich schon so sehr, seine Brüder im Libanon zum Gottesdienst zu treffen und vergaß nicht die besten Wünsche an die Brüder im Monotheismus, an die Muslime, der Architekt des Papstaltares im Stadion erläuterte, warum der Grundriss fünfeckig war, wegen irgendeiner griechischen Kathedralenbauweise, der Innenminister des Libanon sagte, mögliche Papstattentäter hätte nur Spesen zu erwarten, Einzelheiten könne er aus Sicherheitsgründen nicht nennen, das müsse man verstehen, die Vorsteher von zwei Dorfgemeinschaften aus dem Libanon zeigten die Geschenke her, die sie dem Papst überreichen würden, ein gesticktes Muttergottestuch und zwei getriebene Messingkerzenhalter, ein Theologe der Maroniten schnitt die kleinen Vorrechte an, die seine Gemeinschaft trotz der Union mit Rom habe behalten dürfen. Und vorbei war die Viertelstunde. Anton hatte ein bisschen Übersicht. Er erklärte Michel, er müsse morgen den ersten Bericht an seine Zeitung senden. Wir haben ein Telefon bis nach Europa, antwortete Michel stolz. Und dann erzählte er eine halbe Stunde lang, was allein in den christlichen Dörfern hier für den Papstbesuch unternommen worden war. Für einen Geiselnehmer war Michel religiös sehr engagiert. Aber das war vielleicht nur für Anton ein großer Gegensatz.

Das Abendessen überraschte Anton. Er blieb nicht mit Michel allein. Ein kräftiger Mann höheren Alters, ein wirklicher Patriarch, saß bereits im Speiseraum, als Michel mit Anton hereinkam. Anton fasste sofort vollkommenes Vertrauen zum Mann. Er schränkte es ein, ohne eine Miene zu ändern, als er bei den Begrüßungsworten die Samtstimme wiedererkannte, die ihn in einem anderen Bauernhof befragt hatte. Oder war es doch derselbe Bauernhof? Wo war der Ziegenstall? Wo war der Mann, den er „Geruch“ getauft hatte? Und wo blieb Michels Mutter, die 50 Dollar für ihre Kochkunst kassiert hatte?

Samtstimme, auch er hieß Michel, ging nach der Vorspeise an die Aufklärung. Er hob ein Glas roten Weines und nach Trinksprüchen auf die Gesundheit und so kam er zum Thema.

„Da Sie nun Gast und damit Freund der Familie geworden sind und unseren Schutz verlangen dürfen, muss auch einiges aus früheren Zeiten geklärt werden. Wir haben Sie entführt, weil das ein Geschäftszweig unserer Firma ist. Wir haben auch noch einen Autohandel in Jounieh mit Zweigstellen in Tripolis und Zahle. In Beirut sind wir in Verhandlungen, einen guten Platz an der früheren grünen Linie für unser Geschäft zu bekommen, etwa 500 Meter vom Platz der Märtyrer entfernt. Ein teurer Standort, aber wir können es schon riskieren und finanzieren. Wir haben leider keine Flüchtlinge in Europa, die uns viel Geld schicken könnten. Unserer Familie gehören auch nach der Vertreibung eines Zweiges aus dem Schufgebirge durch die Drusen drei Bauernhöfe in diesem Teil des Libanon, die von uns bewirtschaftet werden. Ein Familienmitglied arbeitet bei der Polizei in Beirut, zwei sind auf dem Flughafen Beirut beschäftigt, einem passierte die Panne mit Ihnen, es schaute nur auf das Passbild und gab daher den falschen Auftrag an Michel weiter. Dieser war so unaufmerksam den Fehler nicht zu bemerken. Die richtige Geisel kam einen Flug und eine halbe Stunde später. Wir haben sie bekommen und für nur 5000 US-Dollar gleich wieder freigelassen. Wir fuhren praktisch nur zu einem Nachtbankschalter, lösten den Scheck ein, den er ausgestellt hatte und er erreichte noch sein gebuchtes Hotelzimmer."

Michel Samtstimme machte eine Pause und wollte wohl Lob wegen seiner Humanität hören. Anton war noch nicht reif dafür.

„Wir sind eine typischer gewerblicher Mittelbetrieb im neuen Libanon. Wir haben jetzt 93 Mitarbeiter, davon sind 65 Familienmitglieder. Wir machten im letzten Jahr einen Umsatz von fast zwölf Millionen US-Dollar vor Steuer und die Steuer im Libanon ist noch sanft. Dafür gibt es genug andere Unkosten, wie Sie wissen."

Anton lag es auf der Zunge zu fragen, wie viel des Umsatzes aus dem Geiselgeschäft kam. Aber er wollte dann nicht unhöflich sein und unterließ es. Journalist war er nur im Hinblick auf den Papstbesuch.

„Bin ich hier im selben Bauernhof wie zu Beginn?“

„Nein.“

„Welchen Auftrag haben Sie für mich bekommen?“

„Wir sollten Ihnen beistehen, wenn Sie nicht allein den Weg zur Residenz des verehrten Erzbischofs finden würden.“

„Lohnt sich so ein Geschäft?“

„Nicht bei jedem einzelnen Geschäft kann man Gewinn machen. Die Firma, die uns gebeten hat, ihnen zu helfen, ist eine große Firma. Es wäre sehr unklug von uns, sie zu enttäuschen.“

Wenigstens hatte er eine Grenze der neuen Glasnost, der neuen Auskunftsfreudigkeit auf Libanesisch erreicht. Mirjam war ein hohes Mitglied eines internationalen Konzerns. Samtstimme gehörte hingegen zum Vertretungsbereich der Salzburger Handelskammerpräsidentin Helga Rabl-Stadler. Er sollte sich bemühen, sie einmal zum Studium der Mittelbetriebe in den Libanon zu schicken. Dann würde er dafür sorgen, dass Samtstimme eine Ehrenurkunde der Kammer der Gewerblichen Wirtschaft Salzburg erhielte. Laut fragte er, wie er zur Residenz kommen könnte.

„Sie ist sehr nahe. Und doch sehr ferne. Denn je näher Sie kommen, desto schwieriger wird es, weil die Abschirmung immer dichter wird. Die Brücke über den Nahr El Kelb an der Küste bildet die erste Sperrlinie. Hier im Gelände ist sie bei Beit Kachbou gleich auf der Höhe da drüben. Im Norden geht die Wachzone noch weiter, weil dort die Statue der Muttergottes des Libanon steht und es hier Gerüchte gibt, dass der Papst außerplanmäßig dorthin kommen werde. Ein Kordon fast Schulter an Schulter steht dann direkt an der Mauer der Residenz. Haben Sie schon ihre Presseakkreditierung?“

„Nein. Ich war bisher verhindert. Aber ich bin angemeldet, meine Bilder sind dort.“

„Wir holen das Kärtchen für Sie ab und es wird spätestens morgen Abend hier sein."

„Aber es wird nur persönlich übergeben."

„Im Libanon ist es wie bei euch. Nicht jede Vorschrift wird auch ganz streng beachtet. Wenn alles andere stimmt, bekommen wir den Ansteckausweis. Außerdem kämen Sie gar nicht mehr so einfach bis nach Beirut und wieder zurück."

„So weit ist es auch wieder nicht."

„Sie vergessen die Sperren und die Hisbollah, die einen Fremden jagen."

„Ich würde mich freuen, wenn Sie mir den Presseausweis besorgen könnten."

„Sie brauchen mir nur den Pass mitzugeben."

Anton nickte ein „ja". Was sollte er tun? Krach schlagen? Er hatte sich im Libanon ausreichend lächerlich gemacht. Samtstimme dankte für das Vertrauen.

„Wir werden morgen prüfen, wie wir einen Weg zum Erzbischof finden können."

Nun brachte die wirklich hübsche Plüschlöwin die Süßspeisen, eine Auswahl jener Kalorienbomben, die wohlhabende Türken so rundlich aussehen lassen. Zum Beispiel gab es da eine Schüssel mit sauren, grünen Äpfeln. Aber innen waren Honig und Nüsse in die großzügige Aushöhlung gefüllt und rundherum war das ganze mit Zuckerguss verschlossen. Gibanica und Baklava dienten nur dazu, dass der menschliche Körper seinem Heimatplaneten Erde ähnlicher würde. Einiges kannte Anton nicht, aß es aber mit Begeisterung.

Der Gastgeber sollte nicht sagen können, dass es seinem Gast aus dem fernen Europa nicht geschmeckt habe. Nicht nur das Alphabet kam aus dem Libanon, auch der Bauch, philosophierte Anton. Und vergaß dabei, dass zwei große Täler weiter im Norden der Adonisbach floss mit der berühmten Grotte, wo Adonis starb, aber vorher seine heimlichen Treffen mit der Göttin Aphrodite hatte. Der Kriegsgott Ares war eifersüchtig auf den Schönling und killte ihn. Anton konnte seine Figur nicht mit der des Adonis vergleichen. Es musste also mehr als eine Methode geben im Libanon zu essen. Aber Anton hätte sich sicher damit getröstet, hätte er an diesem Abend daran gedacht, dass die Liebe einer Aphrodite, der schönsten Göttin der Griechen, auf jeden Fall eine fatale Sache war. Ein Mann, der auch nur einen Funken Verstand und etwas Überlebenswunsch hatte, musste rennen, was das Zeug hielt, wenn diese Aphrodite schmachtend am Horizont auftauchte. Der naive Königssohn und Hirte Paris überreichte nichts ahnend den goldenen Apfel an sie und unterschrieb damit sein Todesurteil, welches dann im trojanischen Krieg vollstreckt wurde.

Anton sprach nicht der Aphrodite zu, sondern dem Arrak. Und dann durfte er brav allein ins Bett gehen. Das war die gute, die menschengemäße Lösung für so einen Abend. Als Erinnerung würde ihm mindestens ein Kilogramm mehr Körpergewicht bleiben. Das würde eine zählebige Erinnerung sein.

Am Morgen sprach Anton der Kaffekanne zu, um den Durst und die etwas deutlichen körperlichen Spuren zu verwischen, die der Weißwein und der Rotwein und der Arrak von gestern in ihm hinterlassen hatten. Ab sofort verordnete sich Anton Alkoholeinschränkung. Es musste gearbeitet werden. Er erbat sich von Plüschlöwin Rachel Papier und Kugelschreiber, Schreibmaschine und Computer hatten sie leider nicht hier, sondern im Büro in Jounieh und begann die Story.

„Die Bauern an den fruchtbaren Hängen des Libanon warten auf den ersten Winterregen. Mit ihm beginnt das neue Wachstum nach dem langen, verbrennenden Sommer. Die Christen des Libanon erwarten sich vom ersten Besuch eines Papstes einen religiösen Regen der Erneuerung und des Wachstums. So formulierte es der maronitische Priester im Dorf Kfar Selouane, dem höchstgelegenen unter dem Berg Kenise, als ich ihn nach dem Gottesdienst am vorigen Sonntag aufsuchte. Am morgigen Sonntag hat Papst Johannes Paul II. Gelegenheit, mit seiner charismatischen Erscheinung und seiner Predigt, die schwer geprüften Christen zu ermuntern.“

Das war fromm genug für den Anfang. Anton ließ weg, dass der maronitische Pfarrer ihm dies ausführlich erklärt hatte, während sie auf die bewaffneten Abholer der vier Säcke Drogen warteten und ein alter Mann mit altem Gewehr in der Ecke saß. Zur Sicherheit. Auch noch dies zu schildern und zu erklären, hätte die übliche Länge eines Vorberichtes bei weitem überschritten und musste daher weggelassen werden.

„Einige hundert Meter entfernt von der kleinen Dorfkirche mit einem sehr niedrigen Turm steht eine sehr kleine Moschee mit einem sehr niedrigen Minarett. Der grausame Bürgerkrieg hat dieses Dorf auch gestreift, aber nicht zerstört, wie viele andere. Man bemühe sich, die nachbarlichen Beziehungen, die in Kfar Selouane nie in gewalttätigen Hass ausgebrochen waren, wieder zu verbessern. Denn unter der Oberfläche gebe es auch hier jene Gegensätze, die anderswo zu Mord und Verwüstung geführt hätten, gab der Pfarrer zu, dessen bäuerliche Erscheinung gut zu seinen Gläubigen passt."

Das war nun genug Kompetenz aus den Bergen, die die anderen Zeitungen nicht haben konnten. Nur er hatte geplant, solange vor dem Papstbesuch im Libanon zu sein, wie die Nachforschungen in anderen Redaktionen Österreichs ergeben hatten.

„Der Papst wird alle seine Kraft aufwenden müssen, um die Versöhnung in Gang zu setzen. Die relative Ruhe im Libanon resultiert aus der übermächtigen Gewalt der Syrer, nicht aus der Überzeugung der libanesischen Milizchefs der Bürgerkriegszeit. Ihre Entwaffnung hat sie zwar geschwächt, aber ohne Syrer würden sie die aufbauwillige Regierung des Milliardärs Rafik Hariri bald beiseite geschossen haben.

So kommt der Papst in die merkwürdige Lage, dem syrischen Präsidenten Hafez el Assad danken zu müssen, einem Politiker, für den der Terror zum üblichen Mittel der Machtausübung zählt. Auch für die Christen hat Assad nie eine Ausnahme gemacht. Der Libanon ist nicht nur landschaftlich in hunderte Kleinräume zerteilt, auch politisch hat das

Gezerre von Christen, Sunniten, Schiiten, Drusen und Palästinensern die prunkvolle Tonvase der Schweiz des Nahen Ostens in einen blutgefärbten Scherbenhaufen verwandelt."

Das war nicht ganz sein Stil. Aber beim Papstbesuch konnte das Pathos durchgehen.

Nun musste er wieder festen Reportageboden suchen. Nur wo? Sein Aufenthalt im Libanon war journalistisch ein sehr beschränkter gewesen.

Er berichtete kurz vom Papstplakat, er hatte noch zwei gesehen, vom Arrak, den man dabei trinken konnte und vom Wein und von dem Käse und den Früchten. Da er Ex-Protestant war und die „Salzburger Nachrichten" sich gerne liberal nannten und trotz der erzbischöflichen Residenz in Salzburg viele solche Leserinnen und Leser hatten, war diese Abweichung eine wohl kalkulierte Spekulation auf dieses Spektrum. Aber der eine längere Absatz genügte. Nun musste dem Ereignis entsprechend die katholische Mehrheit wieder bedient werden. Diesmal die kritische Gruppe unter ihr. Das waren die besonders anhänglichen Nutzer des kirchlich unabhängigen Kurses der Zeitung.

„Mit Spannung wird erwartet, ob der Papst neben dem Märtyrertum der Christen, das es unzweifelhaft gegeben hat, auch die Mordtaten jener Christengruppen ansprechen würde, die unter christlicher Fahne unbekümmert Palästinenser wie andere Christen abgeschlachtet hatten, soweit sie nur konnten, um die eigene Macht zu erhalten. Aus Gesprächen war zu entnehmen, dass der Papst dies nur in sehr allgemeiner Form tun würde, ausreichend, um der Kritik zu begegnen, er habe diese dunkle Seite der eigenen Gläubigen nicht gesehen und doch so wenig, dass nicht neue Wunden aufgerissen würden. Es wird in Christenkreisen angenommen", – in Wahrheit hatte Anton diese Meinung nur von Michel dem Jüngeren, seinem Entführer, gehört, was weder die Zeitungsleser noch die Kollegen je erfahren würden –, „dass dem maronitischen Erzbischof in der Rollenverteilung die des deutlichen Mahners gegenüber den sündigen, schwarzen Schafen der eigenen Gruppe zugedacht war."

Anton rechnete die handgeschriebenen Zeilen in Druckzeilen um. Er konnte dies ziemlich genau. Er stand bei knapp 100 Druckzeilen. 30 bis 50 konnte er noch schreiben. Der Papstbesuch hatte eine Sonderlänge zugesprochen erhalten. Nun musste sich Anton den zwischenreligiösen Problemen und den Moslems zuwenden.

„Die Christen sind im Libanon in der zweiten Hälfte dieses Jahrhunderts in die Minderheit geraten. Neben den Maroniten, zurückgehend auf einen syrischen Mönch namens Maron im sechsten Jahrhundert, halten sich Griechisch-Unierte und Griechisch-Orthodoxe und Armenier in kleineren Gruppen. Diese bilden wegen ihrer Größe kein Problem. Aber der Papst wird sie an diesem Ort besonders ansprechen müssen, da auf der Weltebene des Gesprächs der christlichen Konfessionen die Beziehungen zur Griechisch-Orthodoxen Kirche besonders heikel sind. Da bekannt ist, dass der Libanonbesuch die Vorstufe zum Besuch des Heiligen Landes ist, so wird der Papst möglichst viele Hemmnisse wegräumen wollen."

Das reichte. Mit den Einzelheiten sollten die Kollegen die zahlreich vorhandenen Fachleute der Salzburger theologischen Fakultät zu Wort kommen lassen. Das wurde von Anton Berger, Ressort Außenpolitik, Ex-Protestant, nicht verlangt. Die Sache mit den Moslems war einfacher und schwieriger. Einfacher, weil die katholische Kirche die sichere Eselsbrücke des gemeinsamen Monotheismus erbaut hatte, wenn auch ein korrekter Moslem dies wegen der Trinität der Gottesvorstellung der Christen im Gegensatz zum reinen Monotheismus Mohammeds nicht so ganz ernst nehmen konnte. Einfacher auch, weil wegen des unüberwindlichen Gegensatzes in der Lehre, keine inhaltlich ökumenischen Gespräche geführt werden mussten wie bei den christlichen Konfessionen. Es ging einfach darum, dass Gemeinschaften, die an Gott glaubten und eine gemeinsame Tradition vom Judentum her besaßen, halbwegs menschlich miteinander umgingen. Gerade dies war schwieriger geworden, seit der islamische Fundamentalismus die Gewalttätigkeit zum Grundsatz erhoben hatte und weit über den Iran hinaus Wirkungen erzielte. Auch tolerante Moslems hatten es verdammt schwer, sich dem Ansturm der Wahnsinnigen zu erwehren. Sie waren in der Regel sogar die ersten Opfer dieser Mörder im Namen Allahs. Auch der Libanon hatte die Schlächtereien unter den Moslems gesehen.

Anton bemühte sich kurz und doch bündig zu erklären, dass der Papst bei Drusen und Sunniten auf wohlwollende Gleichgültigkeit hoffen durfte, bei einigen Personen vielleicht sogar auf praktische Toleranz. Die iranisch kontrollierten Schiiten hingegen würden sich weiter feindlich verhalten und den Besuch als kriegerischen Akt der Kreuzesanbeter werten. Hier würde der Papstbesuch die Feindseligkeiten verstärken.

Aber es gebe wohl keine andere Wahl, wollte der Papst den Libanon nicht überhaupt meiden.

Anton zählte neuerlich, kam auf 170 Druckzeilen und hoffte, dass sein Hobby, der Islam, diesmal die Platzhürde nehmen würde. Er fügte noch hinzu, dass ein Artikel über die Fragen der Sicherheit des Papstes folgen werde. Damit hatte er es. Und nun sollte das berühmte Telefon nach Europa in seine Hände kommen. Er ging auf die Suche nach seiner Plüschlöwin Rachel und fand sie über einem Papstporträt stickend vor. Das stilisierte, bäuerliche, kräftige Gesicht des Polen in Rom war fast fertig. In zwei Tagen konnte es die Wand zieren. Anton kam rasch durch, diktierte, machte Scherzchen mit der Sekretärin und hatte ein kurzes Arbeitsgespräch mit seinem Ressortleiter. Der war zufrieden mit dem Bericht und der Ankündigung des zweiten. Das würde als Vorbericht genügen. Dann die Papstmesse. Möglichst reine Reportage, mit allem anderen würden sie schon überhäuft. Vielleicht ließe sich etwas Originelles finden, etwa der Besuch einer christlichen Familie in Ostbeirut, die aus irgendwelchen Gründen nicht ins Stadium hatte kommen können und nun daheim am Fernseher mitfeierte. Er müsse nicht unbedingt in der großen Kollegenherde auf dem Podest sitzen. „Na klar“, dachte sich Anton. In Salzburg am Schreibtisch ließen sich stets originelle Lösungen finden. Der Kerl sollte hier in die Hitze kommen und in das fast abgesperrte Beirut. Über den Montag brauchte Anton nichts zu schreiben. „Wir haben einen Caritasexperten in Salzburg, der diesen Reiseteil abdecken wird." Protokollarisch höflich, aber gänzlich uninteressiert fragte ihn der Ressortchef, wie er die Urlaubszeit verbracht habe und Anton antwortete, sein Verständnis für den Libanon habe deutlich zugenommen. Was nicht gelogen war. Mehr wollte man von ihm nicht wissen. Mehr sagte er auch nicht.

Rachel hatte während seines Telefonates weitergestickt und die fremdartigen, deutschen Laute belächelt. Nun sagte sie mit ihrer sanften, schönen Stimme „Bitte die Sekretärin für die Aufnahme." Anton lachte und hätte ihr beinahe ganz vertraulich auf die Schulter geklopft. Dann erinnerte er sich, dass er im Libanon war und dass er mit ihr nicht so vertraut war. Er wollte nicht das geringste Missverständnis mehr mit Frauen in dieser Gegend haben. Tut mir leid Rachel, in Salzburg wäre ich ganz anders zu dir."

Er ging ins Zimmer zurück, denn draußen konnten sich die Hisbollahs herumschleichen, auf der Suche nach einem Fremden, der die Todsünde begangen hatte, die Frauen des Scheichs nackt zu sehen. Anton legte sich auf sein Bett und ruhte, bis ihn Michel so gegen neunzehn Uhr aufsuchte.

Als Erstes steckte er ihm feierlich den Presseausweis auf das T-Shirt mit der Festung Hohensalzburg. Anton warb für die Heimat. Als Zweites gab er ihm den Reisepass zurück. Als drittes verlangte er für das Service ausdrücklich keine Spesen und grinste dazu. Vermutlich verrechnete die mittelständische Firma jeden Schluck Arrak, den Anton trank, der Großfirma, die sie mit seinem Schutz beauftragt hatte. Mirjam würde höchstens die Hälfte zahlen. Dann sagte Michel noch, dass Rachel sich über ihn sehr amüsiert habe und er noch einen Artikel durchgeben sollte.

Anton erklärte, warum er diesmal ein leichtes, alkoholfreies Abendgetränk bevorzugen würde und bekam es. Dann setzten sich Michel und er in eine Laube innerhalb der Hofmauer. Samtstimme war noch unterwegs. Ein christlicher Würdenträger in Jounieh verlangte dringend nach einem großen Mercedes. Sein armenischer Glaubenskollege, im Rang noch knapp unter ihm, würde in einem solchen zum Papst fahren. Er hatte nur einen Ford. Nun musste Michel der Ältere die Blamage verhindern.

Ein Krug Wein und der traditionelle Wasserkrug mit dem Schnabelausgießer, der die Kühle besser hielt, standen auf dem Tisch und Fladenbrot lag in einem Korb. Anton mischte wohlerzogen zwei Teile Wasser und einen Teil Wein zusammen. Michel hatte es nie anders gehalten. Die TV-Nachrichten in Französisch klangen deutlich aufgeregter als gestern. Der Papst war 24 Stunden näher gekommen. Sachlich wiederholte sich die Soße, die Beilagen waren andere: diesmal nicht Bergdörfler, sondern Fischer und Städter, nicht der Innenminister, sondern der Außenminister, nicht der maronitische Theologe, sondern die anderen Christenhäupter. Michel schaltete aus.

„Sie haben das Fahrrad gefunden und die Wirtin befragt. Sie hat aus Angst alles geleugnet. Schon vor Tagen sei ihr Rad gestohlen worden. Sie sei sehr froh, dass sie es wieder gefunden habe."

„Und die alten Leute von Hamlaya?"

„Die Gläubigen unter ihnen besuchte der Scheich persönlich. Er berichtete, sie hätten nichts Auffälliges bemerkt."

Anton lachte. Der dicke, kleine Anton auf einem Damenrad in der Nachmittagshitze in einem libanesischen Bergdorf aufwärts keuchend, einen knalligbunten Rucksack auf dem Rücken. Nicht auffällig.

„Ich nehme an, dass der Scheich nicht nachweisen wollte, dass du wirklich vorhanden bist, nachdem sie dich nicht gefunden haben. Es passt viel besser in sein Leben, wenn es dich zu dieser Zeit an diesem Ort nicht gegeben haben sollte. Er dürfte dies alle Zeugen wissen lassen haben."

„Und das genügt?"

„Wenn man Scheich Mussaveni ist, genügt das."

„Und wie wird das ausgehen?"

„Beim nächsten Freitagsgebet wird der Scheich andeuten, dass seine Lieblingsfrauen von einem bösen Geist versucht worden seien."

„Und was wird mit den Frauen geschehen?"

„Sie müssen ab sofort zuhause baden."

„Sie werden mich hassen."

„Sicher."

„Aber nicht mehr sehen."

„Sehr wahrscheinlich."

„Nicht bloß sehr wahrscheinlich. Ganz sicher nicht."

„Nichts ist ganz sicher."

„Ich werde einen großen Bogen um sie machen."

„Angezogen und mit Schleier wirst du sie nicht erkennen. Sie werden aber dich erkennen. Fast jede moslemische Frau könnte eine von ihnen sein."

„Aber wenn die Sache mit dem bösen Geist durch ist, werden sie kein Interesse an der Rache gegen mich haben."

„Sehr wahrscheinlich. Aber wer kann in das Herz dieser Frauen schauen?"

Anton widersprach nicht. Es war wie bei einem Atomkraftwerk. Das ganz kleine Restrisiko blieb. Da fiel ihm sein Fluchtweg ein.

„Ich muss rasch zum Erzbischof und dann zum Papst und dann ins Flugzeug."

„Das Flugzeug ist sehr sicher, der Papst ziemlich sicher, der Erzbischof sehr unsicher."

Nun sollte Michel einen Punkt machen. Die Residenz des geistlichen Hirten lag fast über dem Bach. Ein paar hundert Höhenmeter hinunter, einige hinauf und hinein und den Brief übergeben und weg nach Beirut. Michel lächelte über den Eifer.

„Wenn du über den Bach bist und den Fußsteig durch die Büsche nimmst, triffst du bald einen Polizisten. Neben ihm sind noch zwei Polizisten und diese bringen dich zum Polizeioffizier. Dieser lässt dich untersuchen, findet den Brief, muss seine Vorgesetzten informieren, die Aufregung hinter den Kulissen ist gewaltig, Mirjam ist bloßgestellt und du bleibst als Verdächtiger in Haft. Wenn du Pech hast, wird das bekannt und der Scheich muss handeln."

Die beiden Badenden hatten ihm wirklich noch gefehlt. Aber war die Sache von Mirjam wirklich so wichtig? Sollte er nicht einfach den Erzbischof sausen lassen und zur Papstmesse fahren?

„Ich weiß nicht, was sie weiß. Aber wenn sie 10 000 US-Dollar und Spesenfreiheit nach oben einsetzt, dann ist die Sache ihrer Meinung nach höchst wichtig. Und das hat sie uns für die Hilfe allein geboten. Mirjam ist weder ängstlich im Gemüt, noch unerfahren in politischen Intrigen, noch großzügig beim Geldausgeben und sie vertraut dir, Anton."

Damit hatten sie ihn wieder an der Leine. Er würde weder Held noch Märtyrer werden müssen, das hatte sie ausdrücklich verneint, aber alles vor diesen Zuständen musste er tun. Er hoffte, er konnte die Ereignisse anhalten, bevor er Held oder Märtyrer würde.

„Ich warte auf deine Vorschläge."

„Viele Leute sind unterwegs, um Schlupflöcher zu suchen und zu öffnen. Wir tun alles. Morgen Nachmittag weiß ich mehr."

„Aber das ist doch schon Samstag Nachmittag, am Nachmittag, bevor der Papst kommt?"

„Erst Samstag Nachmittag dürfen Bewohner von hier in die Residenz, um jene Geschenke für den heiligen Vater abzugeben, die nicht bei der Papstmesse überreicht werden können. Diese Schlange ist eine Chance für uns. Du hast auch ein Geschenk im Rucksack?"

„Ja."

„Wir werden dich in einen dicken Bauern vom Berge verwandeln und ich werde dein ältester Sohn sein. Du wirst alt und taub sein und nichts sprechen. Das tue ich. Dann übergibst du dein Geschenk dem Erzbischof und der Brief wird mitgeschmuggelt."

„Und wenn der Sekretär des Erzbischofs die Geschenke übernimmt?"

„Es hieß, der Erzbischof persönlich würde dies tun, wegen der großen Bedeutung dessen, dem die Geschenke gewidmet sind."

Das könnte funktionieren. Die Theorie war bestechend. Und spesenfrei. Fast. Wie Michel sagte, er habe etwas zahlen müssen, um nachträglich auf die Liste zu kommen. Aber der dritte Sekretär des Erzbischofs sei Kunde im Autogeschäft seines Onkels. Daher sei es grundsätzlich möglich gewesen.

„Und wenn dies nicht klappt? Du hast davon gesprochen, dass viele Leute Schlupflöcher suchen."

„Derzeit sind alle so verrückt, dass niemand weiß, was wirklich in der nächsten Stunde vor sich gehen wird. Daher muss man alles Mögliche recherchieren."

„Glaubst du an diese Attentatsgeschichten, die im Umlauf sind?"

Die Zeitungen hatten ungeniert geschrieben. Michel hatte ihm die arabischen übersetzt.

Aber auch das französische Wochenblatt in Beirut hatte sich in einer Papstsonderausgabe sich ganz im Einzelnen darüber ausgelassen wie der Papst ermordet werden könnte.

„Im Superland für Attentate soll ich nicht daran glauben?"

„Aber was ist seriös davon?"

Anton dachte an seinen zweiten und letzten Vorausartikel. Michel, ein Mann nicht ohne Erfahrung in der Kriminalität, war seine letzte Chance, die Gerüchte noch einmal prüfen zu lassen. Er mischte Wein und Wasser und tat dies erstmals, als ob er der Gastgeber wäre und reichte Michel das Glas. Dieser verstand die Geste und schien stolz darauf zu sein, von Anton nicht mehr als Entführer und Verkäufer angesehen zu werden, sondern als gleichberechtigter Mensch.

„Seriös ist, dass alle Hisbollah Gruppen Feuer frei bekommen haben, den Papst zu ermorden. Das läuft unter der auch dir bekannten Formel ‚Himmelfahrt des Papstes'. Stark vermutet wird, dass Scheich Fadel Allah, die oberste Autorität der islamischen Terroristen, seine Zustimmung eingeschränkt habe, dass Attentate nur dann von ihm gutgeheißen würden, wenn der Papst sicher getötet werden könnte. Terrorakte, die sich hauptsächlich gegen die Besucher der Papstmesse und gegen die Umgebung des Papstes richteten, soll er nicht genehmigt haben. Die Regierung vertraut dieser Deutung. Nur deshalb konnte sie ohne Scheu das große Stadion für die Messe anbieten. Du weißt, dass vor dem ersten, dann wieder abgesagten Besuch im Frühjahr in diesem Stadion Sprengstoffbomben gefunden wurden."

„Ist der Innenminister im Sinne des schiitischen Chefcheichs zu verstehen, wenn er sagte, den Papst könne er sicher schützen, aber nicht jeden Christen, der zum Papst komme?"

„Das ist zuerst einmal eine Allerweltsweisheit. Aber die Chancen des Innenministers stehen nicht schlecht. Ich habe dir die Grundmodelle vorgelesen."

Anton erinnerte sich. Da gab es die von den Zeitungen Kennedy-Gruppe genannten Terroristen. Sie versuchten den gezielten Schuss aus dem Spezialgewehr mit der Spezialmunition aus der Ferne. Es sind die Superscharfschützen des Bürgerkrieges, die hier zuschlagen möchten. Aber Innenminister Bechara Merhej hatte den fragenden Journalisten erwidert, der Papst fahre im Unterschied zum amerikanischen Präsidenten im November 1962 in Dallas in Texas nicht im offenen Wagen. Das Papamobil sei mit Spezialplastik so gesichert, dass keine bekannte Munition aus einem Gewehr durchschlagen könne. Der Attentäter müsste direkt von oben schießen. „Nur ein Erzengel käme in die Schussposition" hatte der Innenminister die Unmöglichkeit des Erfolges erklärte. Aber Anton wusste, dass der Papst von Zeit zu Zeit aus diesem Papamobil würde steigen müssen und dann könnte es für Sekunden eine Mordchance geben.

Die „Agca-Gruppe" wurde von den Medien in Anlehnung an das Attentat auf den Papst durch den türkischen Rechtsextremisten Ali Agca so genannt. Durch eine Zusammenarbeit mit Verrätern unter dem Kontrollpersonal könnte ein solcher Attentäter unter die Besucher von Papstauftritten kommen, besonders bei der großen Messe. Hier galt dasselbe wie bei der Kennedy-Gruppe. Der Papst werde ständig hinter Sicherheitsglas aufbewahrt bleiben. Anton war sich da nicht so sicher. Er kannte die spontane Art von Johannes Paul II., sich unter die Menge zu mischen. Er würde lieber ein geringes Attentatsrisiko auf sich nehmen denn als feig zu erscheinen. Und darauf konnten diese Hisbollah Leute ihre Strategie aufbauen.

„Und wenn der Erzbischof plötzlich eine Pistole zieht und den Papst erschießt?"

So hatte ein vorwitziger, natürlich amerikanischer Reporter, den Innenminister gefragt.

„Dann müsste der Erzbischof sehr schnell schießen, bevor die Leibwächter ihn erschießen. Nach unserer Kenntnis kann der Erzbischof nicht schießen."

Die Syrer hätten eventuelle Artillerie- oder Granatwerferzufallstreffer ausgeschaltet. Es sei kein Geschütz aufgestellt und alle 35 000 Mann der syrischen Armee unterstützten die Sicherheit für den Papst. Assad stehe mit seinem Prestige dafür ein, dass Johannes Paul II. lebend den Libanon verlasse. Und vielleicht bald darauf zum Prestigebesuch nach Damaskus käme. Natürlich gab es dann noch die Stinger-Gruppe, die angeblich oder sehr wahrscheinlich von afghanischen Mudschaheddin gestellt würde und den Papst in der Luft abschießen wolle. Aber Israelis und Amerikaner seien eingeschaltet, den Luftraum zu überwachen. Als letztes Modell wurde genüsslich ein Projekt ausgewalzt, das die arabischen Zeitungen „Ronald Reagan Methode" nannten. US-Präsident Reagan hatte an den Iran Panzerabwehrwaffen verkauft, um dafür die amerikanischen Geiseln freizubekommen. Mit solchen Panzerabwehrraketen, relativ weittragend, könnte das Papamobil attackiert werden. Der Innenminister lächelte dazu: die Route des Autos ist kurz und wir haben alle möglichen Abschusspunkte unter Kontrolle.

Jeder mögliche Attentäter gefährde nur sich selbst, da er sicher erwischt werde und er haben nur Spesen, wenn er nicht zum Versuch kommen würde. Aber alle Darstellungen von Innenminister Bechara Merhej hätten die Faszination, die eine „Himmelfahrt des Papstes“ auf die Hisbollah-Fanatiker ausübte, nicht bremsen können. Alle seien seit Monaten vollbeschäftigt. Die politisch motivierten Verbrechen im Libanon hätten vor dem Papstbesuch charakteristisch abgenommen. Und so blieb als Standardwitz der Interviewfetzen übrig, bei dem ein britischer Reporter fragte: „Und wenn James Bond versuchen würde, den Papst zu töten?“ Und der Innenminister bekannte ein, ironisch, nichts sei für James Bond unmöglich, aber er habe die Zusicherung der britischen Regierung, dass James Bond keine Lizenz erhalten habe, den Papst zu töten. Der Aufwand an Sicherheit entspreche dem Aufwand auf der anderen Seite, nicht der Sorge, man könne eine Panne haben.

„Und christliche Attentäter?“

Das sei als Thema ein Tabu, bekannte Michel, da mit dem Papst der höchste aller Christen komme. Er glaube, dass auch die wildesten Anhänger von Geagea nicht gegen den Papst vorgingen, sondern sich an die einheimischen Gegner dieses Faschisten halten würden. Aber er halte es für möglich, dass solche Attentate zur Zeit des Papstbesuches versucht würden, da sie dann die hundertfache Aufmerksamkeit der Medienwelt finden würden.

„Der Sprengstoffanschlag auf die Erlöserkirche der Mutter Gottes am 27. Feburar dieses Jahres forderte zehn Tote und rund 60 Verletzte. Die Doppelbombe war während des Gottesdienstes beim Altar explodiert. Wenn niemand zuhört, sagen dir alle Christen, das konnten technisch nur Christen schaffen. Und schaue auf deine Landkarte, wo das passiert ist. Zouq Mhayel ist der südliche Teil von Jounieh, du siehst es aus dem Fenster deines Zimmers und es ist nur etwa drei Kilometer Luftlinie von der Residenz von Erzbischof Nasrallah Boutros Sfeir in Bkerke entfernt. Wenn das kein überzeugender Hinweis ist, was dann? Alle Christenmilizen, die immer noch gegen die Syrer kämpfen wollen, hassen den einflussreichen Erzbischof, weil er mit ihnen Frieden geschlossen hat. Sein Tod wäre für diese Leute ein Gewinn. Aber der Papst?“

„Aber den Erzbischof zu ermorden, während der Papst im Lande weilte, wäre ein Spitzenattentat für diese Gruppen?"

„Ja. Und da scheint Mirjam etwas zu befürchten. Und du sollst diese Furcht beseitigen."

Damit hatte sich der Kreis geschlossen. Anton entschuldigte sich, er müsse seinen zweiten Vorausbericht schreiben, damit er morgen in Ruhe für Mirjam arbeiten könne. Er würde den Aspekt des Attentates gegen den Erzbischof in seinen Artikel einfügen. Anton vermutete, er würde in Salzburg wieder gestrichen werden, da er einerseits abstrus wirken musste und andererseits das Publikum daheim sich nur über den Papst aufregen konnte, nicht über seinen würdigen Oberhirten im Libanon. Während des Schreibens schaute er von Zeit zu Zeit hinunter zu den fernen Lichtern von Zouq Mhayel und zum schon finsteren Hügel von Bkerke. Erzbischöfe schienen früh schlafen zu gehen, Nicht nur in Salzburg. Anton erwischte noch die Nachtsekretärin, wegen des Zeitunterschiedes, und diktierte den Text durch. Er war frei für Mirjam.

Am nächsten Morgen weckte ihn Michel gegen neun Uhr.

„Wir sollten bis vierzehn Uhr im Hof der Residenz sein."

„Und wo ist mein Gepäck?"

„Schon auf dem Flughafen."

„Ich bräuchte noch etwas Unterwäsche und Socken. Und einige T-Shirts."

„Hast du heute abend."

Die Firma war wirklich tüchtig. Mittelständisch flexibel, würde Präsidentin Rabl-Stadler stolz sagen. Beim Frühstück, serviert von einer sehr herausgeputzten, äußerst frischen Plüschlöwin Rachel, erörterten Anton und Michel das Vorgehen. Die Maske würde Rachel auflegen, Kleider hatten sie von einem verstorbenen Großvater. Die Bergschuhe würden mit original Erde und Lehm ein wenig verschmiert sein. Michel hatte bereits das Einlasszertifikat mit der Nummer 496. Anton wiederholte, dass der Brief nur an den Erzbischof persönlich übergeben werden dürfe. Sonst müsse er ihn wieder mitnehmen, auch wenn dabei die Tarnung platzte. Das gefiel Michel überhaupt nicht. Er müsse an den dritten Sekretär denken, dem er verpflichtet sei und der einiges dabei riskiere. Anton sah das kühler: Der Bursche hatte vermutlich 100 Dollar kassiert und nach Antons katholischer Insiderkenntnis konnte er im schlimmsten Fall als Pfarrer in ein entlegenes Bergdorf geschickt werden. Wenn er ein wahrer Geistlicher war und kein Karrierist im Talar, durfte ihn das nicht schrecken. Michel willigte ein, dass der Brief wieder mit heraus kommen müsse, wenn die Übergabe nicht funktionieren sollte. Aber nur, weil Anton sich auf Mirjam berufen konnte.

Die Maskerade machte Anton Spaß. Das angenehmste dabei waren die warmen, weichen Hände und sympathisch arbeitenden Finger von Rachel gewesen, die lange auf ihm verweilten und ihre mehrmaligen, wie zufällig passierenden Anlehnungen ihres weichen Körpers an seinen. Das Biest plante irgendetwas. Anton gefiel das ganze einerseits überhaupt nicht, andererseits sehr. Er war nicht zu retten. Michel schien vor Vergnügen zu platzen.

Dann zog Anton die Kleider des verstorbenen Großvaters an. Sie passten ausgezeichnet. Den Messingtopf verpackten sie sorgfältig, aber nicht in einer Schachtel. So wollten es die Sicherheitsvorschriften. Den Brief hielt Anton in einer tiefen Tasche verborgen.

Es gab sechs Kontrollen auf der Straße bis zum ersten Tor zur Residenz. Das Zertifikat mit der Nummer und dem erzbischöflichen Wappen genügte allen Polizisten. Noch vor dem äußerenTor der Residenz mussten sie parken. Erst die Wache vor dem Tor der Residenz verglich die Nummer mit dem Ausweis der Betroffenen. Michel zeigte seinen her und für Anton genügte der Hinweis, dass er ein alter, tauber Mann sei. Sie waren durch und passierten einen elektronischen Check wie auf dem Flughafen. Dann wurden die Geschenke durchgecheckt wie bei der Gepäckskontrolle. Der Weihrauch wurde ausgepackt, kontrolliert und wieder eingepackt. Dann standen sie in der langen, malerischen Schlange im weiten Hof. Das Thema für eine Reportage dachte Anton, wagte aber nicht Notizen zu machen. Ordner des Erzbischofs in Uniformchorröcken reihten die Nummern nacheinander. Vor ihnen waren eine äußerst nervöse, ganz magere Oma im schwarzen Kleid mit gesticktem Schleier und eine Enkelin von etwa sieben Jahren, ganz in Weiß herausgeputzt und hungrig und durstig und müde und quengelig. Das Geschenk war nach Antons Meinung ein Monster von gesticktem Altartuch. Hinter ihnen standen zwei würdige Bergmaroniten und trugen ein Kästchen aus Zedernholz.

Um Punkt fünfzehn Uhr öffnete sich eine schwere Holztüre, eine arabische Stimme verkündete psalmodierend irgendetwas. Für die Nummer 496 war der Mensch nicht zu erkennen, der da sprach. Zu weit weg. „Er hat gesagt, dass es losgeht und dass die Geschenke genauso abgegeben werden müssten, wie es befohlen werde“, übersetzte Michel. „Was heißt denn das nun wieder?“ fragte Anton misstrauisch zurück. Michel wusste es nicht.

Zwei Stunden rückten sie langsam vor. Hinter sich noch einmal rund 200 Nummern. Dann waren sie in einer großen Audienzhalle angelangt. Rechts ein Riesenraum, der aussah wie das Gewölbe eines Kaufmanns, der gerade eine frische Ladung Waren bekommen hat. Dort landeten die Geschenke. Etwa zehn Meter weiter standen drei äußerst würdige Männer, der würdigste musste der in der Mitte sein. Das war so üblich. Erzbischof, korrekt Patriarch Nasrallah Boutros Sfeir, dankte persönlich. Das war doch mehr als die anonyme Überweisung, die in Europa üblich war. Neben den drei Würdigen begann die Schar der Sekretäre und Assistenten, die auch im kirchlichen Bereich die Hierarchie so vielfältig sein lassen.

Anton gab widerstandslos sein eingewickeltes Paket an einen Bediensteten, der es zum Haufen legte.

Als Anton nur noch drei Nummern vom Erzbischof entfernt war, zog er den Brief aus der weiten Kleidertasche. Er wollte nicht vor dem Erzbischof in die Tasche greifen. Ein

Sicherheitsbeamter und es gab sicher welche im Gefolge, hätte nervös werden können. Anton machte es auffällig und rechtzeitig. Auch das war ein Fehler. Wie der Blitz schnellte eine geistliche Hand vor und hatte das Kuvert schon in der Hand. Aus Sicherheitsgründen darf dem Erzbischof nichts direkt überreicht werden, flüsterte Michel der arabischen Suada hinterdrein. Er könne den Brief im Sekretariat abgeben. Ein junger Mann, etwa fünf Hierarchiestufen vom Erzbischof auf der anderen Seite, wurde nervös. Das musste der dritte Sekretär sein, der sie auf die Liste gesetzt hatte und der nun einen Skandal befürchtete, den er würde verantworten müssen.

Michel versuchte ihm beruhigend zuzunicken, schob sich vor Anton resolut in die entstandene Lücke und kam gerade noch zurecht, dem Erzbischof den Ring zu küssen, ohne eine störende Pause im Ablauf hervorzurufen und Anton musste den Ring auch noch küssen, was für einen Ex-Protestanten eine absolute Premiere war. Schmeckte kalt und hart und sonst neutral.

Beim jungen Mann angekommen, flüsterte ihm Michel etwas zu, dieser nickte zustimmend. „Wir bekommen den Brief gleich wieder“, versicherte Michel dem aufgeregten Anton. Beim Hinausgehen warteten sie in einer Vorhalle und nach drei Minuten tauchte ein Kanzleiangestellter auf und gab Michel das Kuvert, der es Anton ins Kleid steckte. Alles hatte bestens geklappt, nur das einzig wichtige nicht. Draußen hatten sie keine Zeit für eine Manöverkritik. Sie wurden anhand ihrer Nummer weitergeschoben und bald standen sie vor dem geparkten Auto und mussten schleunigst das erzbischöfliche Gelände verlassen. Um 18.00 Uhr hatten sie alle Sperren retour hinter sich und standen im ummauerten Hof. Eine aufgeregte Rachel empfing sie. „Das Paket vom Flughafen ist angekommen.“ Anton hatte wieder ausreichend Unterhosen und Unterleibchen und frische Socken und T-Shirts und den verdammten Brief hatte er auch noch.

„Was tun?“

Michel schlug vor, auf Michel den Chef zu warten, der bald kommen müsse. Anton stimmte ihm zu, duschte sich inzwischen, zog sich um und wartete. Bald rief ihn eine immer noch wundervoll frische Rachel zum Abendessen. Michel Samtstimme war da.

Es gab kaltes Hammelfleisch, Fladenbrot und Rotwein, nicht das üppige Festessen des ersten Abends. Anton war erleichtert. Der Mercedes war gefunden und ausgeliefert worden. Samtstimme war zufrieden. Die Briefsache bekümmerte ihn.

Sie wendeten das Thema hin und her. Anton wollte sogar neue Instruktionen von Mirjam einholen. Aber die Verbindung kam nicht zustande. Oder sollte sie nicht zustande kommen? Anton wurde wieder misstrauisch. Es gab so viele Einzelteile dieses Puzzles, die er nicht kannte. Er konnte auf völlig falsche Spuren gehetzt werden. Er durfte sich auf keinen Fall ein Gesamtbild zu machen versuchen. Diese gefährliche Verlockung für das menschliche Bewusstsein war die Ursache der meisten wirklichen Pannen. Der Mensch hielt nicht aus, dass er dies und das nicht wusste und erfand die fehlenden Informationen dazu. Das sei der eigentliche Ursprung der Religion behauptete Anton in Kaffeehausgesprächen. Als Journalist musste er mit drei Fakten zufrieden sein, wenn er nicht mehr hatte. Es galt, die anderen zu finden, aber nicht zu erfinden.

In der allgemeinen Erschöpfung schlug Michel der Entführer, wie Anton ihn zur Unterscheidung von Michel Samtstimme nannte, die Familiennamen hatten sie ihm noch immer nicht mitgeteilt, vor, die arabischen Nachrichten im libanesischen Fernsehen anzuschauen. Er würde für Anton zusammenfassen. Anton war alles recht, was die Sackgasse nicht befestigte. Es war Samstag, 22. Oktober 23.00 Uhr. In Rom würde der Papst bald zu Bett gehen und sich körperlich auf die Strapazen der Libanonreise vorbereiten.

Das libanesische Fernsehen berichtete aufgeregt über viele weitere Einzelheiten des Papstbesuches. Auch die Geschenküberreichungen des Nachmittag fanden breiten Raum. Anton war nicht unter den Glücklichen, die für die Ausstrahlung ausgewählt worden waren. Dann sagte der Sprecher laut

Übersetzung von Michel, dass es eine kleine Änderung im Programm des Papstes gebe. Er werde nicht wie veröffentlicht nach der großen Messe im Stadion und der Begegnung mit den Mönchsgemeinschaften im Kloster Beir el Kalaa dort übernachten, sondern zur Residenz des maronitischen Patriarchen nach Bkerke fahren und dort übernachten. Außer Programm werde der Papst Montag vormittag die Muttergottes des Libanon hoch über Jounieh mit einem kurzen Gebetsbesuch ehren und dann wie geplant ein Waisenhaus und ein Flüchtlingsheim der Caritas besuchen. Der Sprecher sagte auch, es sei eigentlich keine Änderung des Programms, da die Verantwortlichen diese Stationen immer gewusst hätten. Es sei nur aus Sicherheitsgründen keine Mitteilung erfolgt. Man erwarte sich dafür Verständnis. Der polnische Papst und bekannte Marienverehrer war wenigstens in diesem Punkt berechenbar geblieben. Die Riesenstatue auf einem Bergpunkt über dem Meer musste nach seinem Geschmack sein.

Die drei Männer waren elektrisiert. Mit dem Papst in der Residenz bekam Mirjams Verdacht des Attentates gegen den Patriarchen eine neue Dimension. Die beiden Maroniten nahmen Anton in einen Raum mit, den er noch nicht gesehen hatte. Sein besonderes Glanzstück waren eine Funkstation und ein Satellitentelefon. Auch mittelständische Firmen des Libanon waren gut ausgerüstet. Diesmal gab es keine Probleme Mirjam innerhalb von fünf Minuten an den Apparat zu bekommen. Die drohende „Himmelfahrt des Papstes" beschleunigte auch die Wellenkommunikation.

Sie hatte diese Nachricht noch nicht gehört. So hatte Anton das Vergnügen, sie eine Zeitlang fassungslos zu erleben. Er sah förmlich, dass sie mit sich kämpfte. Die beiden Michels hörten über die Lautsprecheranlage im Zimmer genüsslich mit. Anton blieb bei der Brutalität. Mirjam gab zu, dass ihr Lieblingsonkel in eine maronitische Verschwörergruppe gestolpert war. Ein Geschäftsfreund hatte ihn eingeführt und dann war er nicht mehr herausgekommen. Er hatte ihr sein Herz ausgeschüttet. Aber nicht sehr präzise. Der Erzbischof sollte sterben. Der Papst sei nicht eingeplant gewesen. Auf weitere Fragen kam das libanesische Familienbewusstsein zu Tage, das Mirjam prägte. Die Sicherheit ihres Onkels war ihr wichtiger als das Leben des Erzbischofs. Der Erzbischof stammte von ganz woanders. Aber sie war andererseits eine treue Christin und war bereit alles zu tun und zu bezahlen, damit der Erzbischof gerettet werden könnte, wenn der Onkel dabei nicht gefährdet würde. Der Papst spielte in ihrem Denken keine große Rolle. Anton erinnerte sie, was sie über Rom gesagt hatte und dass man dort glauben müsse. Sie sagte hitzig zurück, er habe vergessen, dass sie gesagt habe, im Libanon sei ihr Glaube ein anderer und er richte sich nach dem Ort. Anton gab sich geschlagen und meinte, sie müssten nun neu in die Schlacht. Diesen Anton mochte die ferne und doch nahe Frauenstimme. Sie versprach ein Erfolgshonorar von 100 000 Dollar für die Briefübergabe, halbe halbe geteilt für Anton und die Michels und die Spesen nach oben offen. Mirjam vertrat eben eine Weltfirma. Samtstimme nickte anerkennend. Er rechnete wohl schon im Kopf hoch. Anton versprach seine größten Anstrengungen und sie legte auf.

„Ihre Art Aufträge an Land zu ziehen ist bewundernswert."

Samtstimme meinte es diesmal ehrlich. Anton antwortete, dass aus praktischen Gründen diese Firma die Spesen zahlen und verrechnen sollte. Von Salzburg aus würde das schwierig sein. Samtstimme lächelte noch etwas mehr. Diese Europäer waren doch nette Leute.

„Wir sollten nun einmal in Ruhe den Brief lesen. Vielleicht erfahren wir dabei etwas, das uns helfen kann."

„Ich hatte mir das auch gedacht. Aber der Brief gehörte Ihnen."

Mit Samtstimme ließen sich Firmen gründen, die nicht nur einen Geschäftszweig haben konnten. Anton vertraute ihm noch mehr. Sie erhitzten den Brief ganz leicht und als Anton ihn herauszog, war er arabisch geschrieben. Samtstimme begann zu übersetzen.

„An seine Excellenz, den gütigen Vater." Seine treue Gläubige Mirjam habe auf Umwegen erfahren, dass fehlgeleitete

Christen einen Anschlag auf ihn planten und er vom Abend des 24. Oktober bis zum morgen des 26. Oktober seine Residenz nicht benutzen solle. Sie bitte ihn flehentlich ihr zu glauben. Sie könne aber nicht mehr sagen, weil auch sie nur dies erfahren habe. Aber vielleicht würde die Nachricht ihm helfen, mehr zu erfahren.

Anton verstand Mirjam nicht. Der Schmus und soviel Theater. Samtstimme sagte, oberflächlich gesehen hätte Anton recht. Aber es sei gut möglich, dass zwischen den Zeilen etwas stünde, das nur der Erzbischof verstehe. Diese Art der geheimen Information sei im Libanon stets üblich gewesen und seit dem Bürgerkrieg hätte das wieder eine neue Blüte erlebt. Offene Informationen könnten in vielen Fällen nicht riskiert werden. „Ich werde eine Kopie machen, und dann schließen wir den Brief wieder." Nach zwei Minuten konnte Anton das Kuvert ohne Empfänger und ohne Absender wieder in Empfang nehmen.

„Unser einziger Zugang bleibt der dritte Sekretär."

Michel der Entführer wurde wieder realistisch. Samtstimme rief den Sekretär an, bekam ihn ans Telefon und redete entschlossen um den heißen Brei herum. Es gehe darum, den Brief direkt an den Erzbischof zu überreichen. Das entscheidende Argument hob sich Samtstimme solange auf, bis der dritte Sekretär seine Angstabwehrargumente ausgeschöpft hatte.

„Die Übergabe des Briefes ist einen neuen VW-Polo wert."

Der Sekretär wusste nun, dass die Sache wirklich wichtig war und versprach sein Äußerstes. Er werde zurückrufen. Es dauerte eine Stunde, dann klingelte das einfache Telefon im Hause. Der dritte Sekretär bedauerte zutiefst, und angesichts des Polo durfte man ihm glauben. Aber der Patriarch ruhe schon und der erste Sekretär habe ihn sofort hinausgeworfen als er die Bitte vorsichtig geäußert habe. Anton meinte, man müsse nun offen spielen und vom Attentat reden, Samtstimme nickte sein Ja und teilte dem aufgeregten Sekretär mit, dass das Leben des Erzbischofs und seines höchsten Gastes betroffen sein könnten. Der Sekretär entschwand neuerlich und kam bald mit einem Klingeln zurück. Der erste Sekretär habe ihm gedroht, ihn in das letzte Bergdorf zu schicken, wenn er ihn noch einmal störe. Im erzbischöflichen Sekretariat liefen fast stündlich Meldungen über geplante Attentate auf den Patriarchen und seinen Gast ein. Alle Verbrecher und alle Verrückten des Libanon seien aktiv. Er müsse schon ganz präzise sein. Dann würden die Behörden, die wegen der zahllosen Drohungen und Warnungen schon längst aufgehört hätten, irgendwelchen Spuren nachzugehen, in diesem Fall aktiv werden. Aber ohne Wer und Wann und Wo und Wie könne sich der Sekretär in der Sakristei einsperren und er solle erst wieder herauskommen, wenn der Papstbesuch vorbei sei. Er, der erste und verantwortliche Sekretär, könne nicht mit nervenkranken Mitarbeitern arbeiten. Samtstimme konnte den dritten Sekretär beruhigen und bitten, wann immer es sein Dienst erlaube, in Telefonnähe zu bleiben. Der dritte Sekretär rückte mit einer streng geheimen Handy-Nummer heraus, exklusiv zugeteilt nur bis zum Abflug des Heiligen Vaters. Samtstimme dankte.

„Diese Attentatsflut ist natürlich die beste Tarnung, die es überhaupt gibt. Wir müssen mehr erfahren. Ich rufe bei Mirjam an."

Der Versuch schlug fehl. Eine neutrale, männliche Stimme, einer vom Wachpersonal vermutlich, erklärte, die Herrin sei nicht erreichbar. Aus Sicherheitsgründen dürfe er nicht sagen, wo sie sei und wann sie wieder erreichbar sei. Dass der Anruf besonders dringlich sei verstehe er, aber fast alle Anrufe seien besonders dringlich. Er werde den Anruf und den Anrufer gerne notieren. Gegen diesen Bürokraten gab es keine Chancen. Anton legte wütend auf. Als er auf die Uhr schaute, war der Tag gesprungen. Es war schon Sonntag, der 23. Oktober, 01.00 Uhr und sechs Minuten. Sie begannen noch einmal die veröffentlichten Programme zu studieren. Da fanden sie heraus, dass der Patriarch den Papst nicht zum Abendessen und Gebet mit den Mönchsgemeinschaften begleiten werde. Wo würde er sein? Das Handy gab schläfrig

Auskunft: er kehre gleich nach der Messe im Stadion in die Residenz zurück. Samtstimme beauftragte ihn sofort, einen Übergabetrick für den späten Abend zu organisieren. Der dritte Sekretär, VW-Polo geschädigt, versprach sein Bestes. Nun musste Anton sein Arbeitsproblem lösen. Wenn er nicht im Stadion sein könne, dann müsse er die Papstmesse vom Fernsehen aus beschreiben. Und er erläuterte die Wünsche seines Chefs. Samtstimme versprach eine Spitzenfamilie. Er, Anton, werde zufrieden sein. Das Bett rief Anton. Er war schon zulange auf. Er konnte nicht 18 bis 20 Stunden arbeiten. Das konnte nur der Papst. Er war über 70 und Anton erst knapp über 40. Es konnte also nicht am Alter liegen.

Anton schlief bis zum seligen Mittag. Dann klopfte ihn Michel der Entführer aus dem faulen Wachsein zum späten Frühstück. Rachel, frisch und hübsch wie immer, hatte Croissants gebacken und starken Kaffee zubereitet und Butter und Honig und Marmeladen ausgewählt. Sie flirtete ungeniert mit Anton und Michel der Entführer sah es mit Vergnügen. Anton kam nicht hinter das Konzept und wurde stark verunsichert. Er würde am Montag mit der AUA abfliegen. Selten hatte er den Augenblick mehr herbeigesehnt, wo er im Sitz fühlen konnte, wie die Maschine abhob und damit die Heimreise endgültig würde.

Das Tal des Nahr El Kelb, des Hundsflusses, konnte Anton leider nicht besuchen, da der ganz nahe Teil mit der berühmten Jeitta Grotte noch immer gefährlich war wegen möglicher Hisbollah-Leute des Scheichs Mussaveni und der Teil am Meer mit den berühmten Inschriften für diese Tage Sperrgebiet war. Anton begab sich in sein Zimmer und ruhte, obwohl Rachel ihn mit den letzten Stichen für das Papstporträt provozieren wollte bei ihr zu bleiben.

Drei Stunden vor Beginn der Papstmesse holte ihn Michel der Entführer aus dem Bett. Die Höflichkeit verlange es, schon jetzt zur Familie zu kommen und mit ihr Abend zu essen. Dann könne er als Gast seiner journalistischen Arbeit leichter nachgehen. Das sah Anton ein und kleidete sich an.

Er nahm seinen Notizblock, den er im kleinen Rucksack hatte und einen Kugelschreiber. Es war nur ein kurzer Weg, am Hang entlang. Das vorletzte Haus, ein sehr kleines, mit abgeblätterter Farbe und Lücken im Putz, einer Schar gackernder Hühner im Hof ohne Mauer, nur mit einem löchrigen Maschendrahtzaun als Abschirmung und einem wütenden Haushund, an einer kurzen Kette, fiel aus dem Rahmen der Häuser von Beit el Kreidi, die alle an der Aufschließungsstraße von der Bergstraße weg lagen. Es hatte schon von außen das Kleid der Armut an.

Das setzte sich innen fort. Die Haustüre schloss nur unvollständig, als ob sie von einem anderen Haus hierher versetzt worden wäre. Es gab einen lichtlosen Vorraum, der frisch gewaschen war und trotzdem schmutzig wirkte. Michel klopfte an einer Türe, deren Farbe im Dunkeln nicht zu erkennen war und sich beim Öffnen schmutziggrau in vielen Streifen sich präsentierte. Im kleinen Raum mit einer Muttergottes und einem Kreuz und einem Farbfernseher mit einer höchsten 30-Zentimeter-Bildfläche saß ein Mann mit einem kompletten Bein und einem, das unter dem Knie endete, auf einem etwas breiteren Stuhl, an dem die Krücken lehnten. Selbst gefertigte Holzgehhilfen. Ein weißes gesticktes Tischtuch mit einer grässlich grünen Zeder als Mittelpunkt schmückte den einfachen Holztisch, um den drei Sessel standen. Der Mann erhob sich mühsam und begrüßte erst Michel und dann Anton. Er hieß Tannous Aoun, wie Anton vorher gehört hatte, war mit dem letzten Christenchef nicht verwandt, wie leicht zu sehen war.

Er sprach kaum französisch, sodass Michel den Dolmetscher spielen musste. Das ärgerte Anton, denn er hatte gerne direkten Zugang zu seiner Quelle.

Um das steife Klima aufzulockern, das auch von einem schwachen, übel schmeckenden Arrak nicht zu bessern war, tastete sich Anton vorsichtig vom Rande dieser Existenz aus vor. Er notierte sich in aller Ausführlichkeit den Namen, das Geburtsdatum (07. 11. 1967, er sah zwanzig Jahre älter aus), den Geburtsort (Beirut), den Lebensort (Beirut), Schulen usw. Dann kam ein leckerer gebratener Hammel auf den Tisch, eine Frau, die viel jünger aussah als dieser Mann, servierte und verschwand sofort wieder. Es sei die Schwester, die am Wochenende hier sei, um sich ein wenig um ihn zu kümmern, erklärte Michel. Tannous sei unverheiratet und er werde es auch schwer haben eine Frau zu finden: er sei behindert und arm. Da lasse sich keine Familie gründen. Die Regierung zahle ihm keine Rente, die Miliz des Generals Aoun habe ihre Kasse geschlossen, seit er über die französische Botschaft ins Ausland geflüchtet sei. Er habe schon mit dreizehn Jahren, im Dezember 1980, begonnen, für die christliche Miliz in Ostbeirut zu kämpfen. Als Kind einfacher Geschäftsleute, Gemüsekaufleute an der Straßenecke erfuhr Anton auf Nachfrage, sei dies ganz normal gewesen. Die Eltern seien dann bei einem Vorstoß der Amal-Miliz getötet worden, Die Wohnung lag nur etwa 100 Meter von der grünen Linie entfernt. Seither habe er nur für das Militär gelebt. Er sei nicht Scharfschütze gewesen, er sehe auf einem Auge nicht gut, er habe hauptsächlich Munition geschleppt und hin und wieder, wenn Not am Mann war, habe er mit der Kalaschnikow geschossen. Beim Sturm der libanesischen Armee und der Syrer gegen Aouns Truppen war er das erste mal mit den Schrecken des Kampfes konfrontiert worden. Er sah zwei Kameraden, die Munition für eine MG-Stellung schleppten, im Feuer eines syrischen Panzers die Hände hochwerfen, und ihre Körper wurden weggeschleudert von der Wucht der Geschosse aus dem Turm MG, und dann fuhr der Panzer über beide Leichen drüber, weil er eine Stellung an einer Straßenkreuzung beziehen wollte. Tassounis zitterte noch jetzt in der Erinnerung und das stand grotesk im Gegensatz zum mit Zucker umwickelten Apfel, den die Schwester servierte. Anton hätte gerne auch von ihr etwas erfahren, aber im Libanon waren auch Christinnen nicht so einfach zu interviewen. Er würde versuchen, sie während der Papstmesse in den Raum zu bitten, um wenigstens ihre Körpersprache in die Reportage einbauen zu können.

Dann kam der kleine Obstkorb mit Weintrauben und Feigen und Nüssen und noch einmal der üble Arrak. Das libanesische Fernsehen hatte schon eine Stunde vor der Papstmesse um 19.00 Uhr zu übertragen begonnen und zeigte mit sechs Kameras den letzten Anmarsch der Gläubigen und die sehr genauen Körperkontrollen vor jedem Zugang. Der Altar, der nun tatsächlich ein Dach hatte, das aussah wie die Kuppeln einer griechischen Kirche, stand noch leer. Die Bankreihen für Erzbischöfe und Bischöfe und höchste Äbte rechts und links vom Ehrensessel des Papstes wirkten wie bestellt und nicht abgeholt. Das Fernsehen schwenkte ständig in der großen Zuschauermenge umher und bemühte sich originell zu sein und die beiden Kommentatoren erläuterten pausenlos, was es zu sehen gab. Zumindest behauptete dies Michel.

Der kriegsverletzte Milizionär konnte gerade noch sagen, dass ihn ein Monat später eine Landmine, die zwei seiner Kameraden tötete, noch am Unterschenkel und am Knie so stark erwischte, dass er nur mit viel Glück der Verblutung entging. Nun lebe er ohne Schulabschluss, ohne Berufsausbildung, ohne Wohnung, ohne die Chance auf irgendetwas von den kleinen Zuwendungen seiner entfernten Verwandten. Im Haus dürfe er kostenlos wohnen. Dafür müsse er es in Ordnung halten, soweit er könne. Der Besitzer, ein Schwager seiner Schwester hier, habe eine Wohnung in Tripolis und arbeite dort für eine Speditionsfirma, die hauptsächlich Früchte nach Europa verschiffe.

Dann kam der Papst allen anderen Fragen zuvor. Das Papamobil schlängelte sich kurz durch die vorderste Fahrspur und hinter der Altarbühne ging der Papst von Bord und erschien auf der Vorderseite und wurde wieder stürmisch begrüßt. Die Stimmung würde schon passen. Da war sich Anton sicher. Während der ganzen Messe und der Predigt, die, wie immer bei Papstbesuchen, aus einem viel zu langen Lehrschreiben bestand, in dem der Hinweis auf das Verbot der Pille und der Abtreibung nicht fehlten, saß Tannous Aoun steif auf seinem Sessel und ließ keinerlei Gemütserregung erkennen. Auch nicht bei den sparsam placierten Stellen, wo der Papst die tragische Situation des Landes anriss und zur Brüderlichkeit unter allen Menschen, unabhängig von ihrem Religionsbekenntnis, aufrief. Die verheiratete Schwester saß klein und still im Raum. Hätte Anton sich nicht vorgenommen, auch über sie zu schreiben, hätte er sie nicht bemerkt. Nur einmal sprang sie auf, als ihr Bruder etwas frisches Wasser haben wollte. Anton überlegte und kam zum Schluss, dass seine einzige Chance war, die völlige Apathie hier mit der überschäumenden Begeisterung im Stadion zu vergleichen und diskret das Schicksal der Libanesen in der Vergangenheit und in der zu erwartenden Zukunft einfließen zu lassen. So hatte er seinen Artikel mit 150 Druckzeilen – Papstbesuchslänge – lange fertig, bevor der Papst sich kurz in das Bad in der Menge begab. Der Erzbischof, dessen rundes, ruhiges Gesicht das Fernsehen oft aus der Nähe gezeigt hatte und dessen weißer, gepflegter Vollbart nur deshalb nicht ganz den Nikolauseffekt erreichte, weil um die Lippen, vor allem unter den Nase, der Bart noch dunkel war oder dunkel gefärbt, hatte sich schon davongemacht und Anton gab Michel das Zeichen. Tassounis und seine Schwester schienen bei aller Gastfreundlichkeit erleichtert als sie gingen und Michel blieb kurz zurück, die Spesen für den Besuch, und Anton sprach ihn draußen an und bat ihn, die fünfzig Dollar zu verdoppeln und gab ihm das Geld. Im Haus der Michels angekommen, diktierte Anton seinen Text durch und versprach launig, einen Tag später schon in Salzburg alles nachzukontrollieren. Er war wieder frei und er stellte mit Erstaunen fest, dass der Beruf des Journalisten mit dem den Attentatsverhinderers in Einklang zu bringen war. Mit viel Organisation und ein bisschen Glück. Falls das Attentat gelingen sollte, würde Anton fast am Tatort sein, ironisierte er mit leichter Unruhe seine Lage.

Der dritte Sekretär hatte angerufen und Samtstimme erläuterte. Es gebe einen Fußpfad auf den Hügel von Bkerke von dieser Seite aus. An seinem Ende wäre die übliche Polizeisperre. Aber der Chef der fünf Mann der örtlichen

Exekutive sei ein guter Bekannter von ihm – Anton tippte auf eine 500-Dollar-Bekanntschaft – und würde sie bis zu einem Gärntnertürlein durchlassen. Dieses sei versperrt worden, aber er habe sich aus dem Dienstbotenraum jenen Reserveschlüssel holen können, der unerlaubterweise angefertigt worden sei, um den weltlichen Dienstboten späteres, unkontrolliertes Heimkommen aus Jounieh oder sonstwo zu ermöglichen. Der Schlüssel lag nun als Glanzstück in der Handfläche von Samtstimme. Der Bursche war sein Geld wert. Dann müssten sie sich über ein ganz kurzes Rasenstück schleichen, sie bräuchten nur den Gang der Wachen abzuwarten. Er, der dritte Sekretär, habe auf diese Leute keinen Einfluss, sie kämen aus einer Kaserne in Beirut. Hinter dem Rasen gebe es drei Pinien und viel Oleander. Dort könnten sie sich verstecken. Dann gebe es das nächste Risikostück, das außerhalb seiner Kontrolle lag: eine etwa fünfmetrige Hatz über eine offene Sandfläche zu einem Gartenhäuschen. Dort müssten sie warten, bis im zweiten Stock im dritten Fenster von der Eingangstüre aus gesehen ein elektrisches Licht zweimal rasch ein und ausgeschaltet werde. Das war das Signal, dass er in Kürze aus dem Haus kommen werde und durch einen überdachten Gang in das Gartenhäuschen, einen offenen Pavillon, geweiht dem Heiligen Erzengel Michael, erfuhr Anton auf Nachfrage, eilen werde, um sie von dort in die eigentliche Residenz zu bringen. Sie müssten in seinem Arbeitszimmer warten, während er dem Patriarchen, der seinen Vater gefirmt habe, zu Füßen fallen werde und ihn beim Heil seiner Seele bitten werde, diesen Brief von Anton persönlich entgegenzunehmen. Dann werde er sie wieder zurück ins Gartenhäuschen bringen, wenn der Erzbischof nichts anderes entscheide. Von dort aus seien sie wieder sich selber überlassen bis zur Wache am Fußsteig. Ein VW Polo, wenn er neu ist, hat seine Verdienste. Anton fand von der Ferne kein Haar in der Suppe der Planung. Dort, wo alles offen war, bei der einen Wache, und bei der Frage, ob der Erzbischof sich vom Kniefall beeinflussen lassen würde, hatte der dritte Sekretär das offen gesagt.

„Das muss riskiert werden.“

Anton als Bote der Auftraggeberin Mirjam legte sich fest. Samtstimme nickte auch und nickte Michel zu. Das Duo war wieder in Aktion.

„Michel kennt den Hügel sehr gut. Er hat dort als Kind viel gespielt und als Jugendlicher viel Unfug getrieben.“

Samtstimme gab ein Familiengeheimnis preis. Michel der Entführer grinste dazu. Es war schon alles verziehen. Anton fragte noch, was geschehen würde, wenn sie nicht hierher zurückkehren könnten. Samtstimme sagte, den Pass und den Papstbesuchausweis sollte er mitnehmen, das Gepäck und der Flugschein würde bei einem Schalter der libanesischen Luftlinie bereit liegen.

„Bei welchem Schalter?“

„Beim Schalter, hinter dem Rachel sitzen wird.“

„Hat sie nicht aufgepasst?“

Anton erinnerte sich an die Anfangspanne der soliden Firma. Samtstimme gab es diplomatisch zu.

„Sie wird am Montag im allgemeinen genau aufpassen und in diesem Fall ganz genau.“

Die Plüschlöwin Rachel war Anton ab sofort etwas unheimlich. Aber sie konnte es nicht merken, da sie nicht da war. Sie schlief vermutlich schon, um morgen ganz genau aufpassen zu können.

Anton zog die Bergschuhe an. In der Nacht waren sie verlässlicher als die Sandalen. Spätestens am Flughafen konnte er sich umziehen. Dann galt es das Kuvert mit den Spesen von Mirjam zu sichern. Anton würde es in seiner Jackeninnentasche stecken lassen. Und dann lächelte Anton Samtstimme an.

„Ich möchte die 50 000 US-Dollar.“

Samtstimme lächelte zurück.

„Selbstverständlich. Das Geld ist hier.“

Er schlug ein Packpapierpaket auseinander. Schöne kleine Dollarstapeln mit Banderole lagen sauber nebeneinander. Er zählte, gab Anton das Päckchen jeweils zur Kontrolle. Als die 50 000 beisammen waren, nahm Samtstimme sie wieder in die gepflegten Autoverkäuferhände, wickelte sie in ein Papier, faltete dieses sorgfältig und schlug mit raschen geschickten Bewegungen ein breites Klebeband drüber. Er reichte das Päckchen Anton. Nun war dieser geschlagen. Er konnte es nicht gut zum Erzbischof schleppen.

„Ich überreiche sie Ihnen zu treuen Händen, bis ich zurück bin. Wenn ich nicht zurückkomme, senden Sie das Paket bitte zum Flughafen oder wenn auch dies schwierig ist, mit einer Banküberweisung oder einem Scheck an mich. Die Adresse haben Sie ja durch den Pass."

Samtstimme lächelte fein ob dieser nun wirklich überflüssig oft wiederholten Mängelrüge bei Antons Entführung, als Rachel falsch gelesen hatte oder so ähnlich.

„Das Geld gehört Ihnen, wenn die anderen 50 000 uns gehören."

Anton schaute ihn erstaunt an.

„Wenn der Brief in der Hand des Patriarchen liegt."

Anton nickte. Das war Mirjams Bedingung gewesen. Samtstimme umarmte und küsste ihn auf beide Wangen, erstmals und das war auch der Abschied, Michel wurde auf gleiche Weise Lebewohl gesagt. Rachel erschien nicht. Samtstimme drehte sich um und ging. Anton und Michel verließen das Haus und gingen auf dem Weg Richtung Tannous Aoun. Es war 22.30 Uhr, Sonntag 23. Oktober. Der Papst dürfte gerade zum kurzen Nachtessen bei den ausgewählten Mönchen eingetroffen sein. Der Erzbischof wartete vermutlich unruhig auf das höchste Oberhaupt seiner Kirche. Der dritte Sekretär schaute in seinem Arbeitszimmer öfter auf die Uhr als ein nichtneurotischer Mensch es tun durfte und wartete auf den Anruf von Samtstimme, der den Abmarsch der beiden melden würde. Eine Stunde war als Zeit für den Anmarsch vorgesehen.

Die Nacht war dunkel und wolkig. Erstmals kündigte sich der November an, der Regen bringen würde. Anton benutzte seine Taschenlampe, das Modell der österreichischen Bundesheeres mit dem Lichtschlitz in der Schutzkappe, das in Salzburg im US-Armyshop zu kaufen war. Michel warnte ihn. Er sollte dies nur nach Absprache mit ihm tun. Man wisse nie, wer sich in der Nacht hier versteckt halte.

Anton stolperte hinter Michel her, roch ganz kurz ein Rinnsal von Wasser, das musste der Bachrest sein. Gleich darauf ging es steil aufwärts durch harte Büsche, während es vorher steil abwärts über verbranntes Gras und durch winterkahle Weinranken gegangen war. Anton begann zu keuchen und Michel der Aufmerksame verlangsamte das Tempo beträchtlich. Sie kletterten in der Dunkelheit an Ästen aufwärts.

Der Fußsteig war keine wirkliche Einkerbung in den steinigen Boden, er war mehr eine Lücke im Gebüsch, deren Verlauf man kennen musste, um nicht vor Oleander oder anderen Sperren kapitulieren zu müssen. Ohne Michel wäre Anton hier bis zum Morgen herumgeirrt. Anton litt nicht nur unter der ungewohnten Bergaufgeherei, die nun schon länger als eine Viertelstunde dauerte, sein absolutes persönliches Maximum, sondern auch an seiner beträchtlichen Breite. Antons Körpers und der Weg waren nicht füreinander geschaffen. So streifte er oft hart an und er spürte die Rissversuche der Dornen am festen Jeansstoff von Jacke und Hose. Michel schlängelte sich nur so durch. Ein kleiner ebener Platz von höchstens zwei mal zwei Meter erlaubte eine Rast. Anton fiel fast auf den Boden und keuchte. Hier habe er sein erstes wirkliches Mädchen getroffen, begann Michel mit Gefühl zu erzählen. die etwas leichtsinnige Tochter eines wohlhabenden Bauern aus Bikfaiya. Als er nach Beirut zog um kurz zu studieren bevor ihn die Miliz von General Aoun schnappte und in der Nachrichtenzentrale einsetzte, hatte sie den Nachbarssohn geheiratet. Anton war jetzt nicht nach solchen Geschichten zumute und erhob sich wieder. Nach etwa 150 Metern blieb Michel stehen. „Die Sperre."

Anton durfte den Draht fühlen, der in sechs verschiedenen Höhen quer gespannt war.

Michel riss ein wenig daran. Vermutlich war dies so organisiert, dass das Reißen von der Wache als Störung bemerkt werden musste. Diesmal kam aber nicht der treue Wächter, sondern der bestochene Polizist und ließ sie nach hastigem Erkennensflüstern durch. Er führte sie etwa fünf Meter durch das Gestrüpp. Dort war eine Lücke im Drahtzaun. Nach weiteren zehn Metern kam der durchgehende schwere Zaun. Aber sie hatten den Schlüssel für das Türlein. Hinter dem Türlein begann die freie Fläche. Es war der übliche verbrannte Rasen, kein britischer Spezialservice für den maronitischen Erzbischof. Hinten glänzte der Palast der Residenz in einem kurzen Mondlicht, das ein Loch in der Wolkendecke entdeckt hatte. Anton vermutete, dass am Himmel auch Bestechung vorkam. Woher hätte der Mond sonst gerade jetzt das Loch gefunden?

Die drei Pinien und die Oleanderbüsche herum waren etwa zehn Meter vom Rand der Hügelbüsche entfernt. Das Gartenhäuschen war als Schatten teilweise schräg hinter den Büschen zu sehen, auch der überdachte Gang bis zur Hausmauer der Residenz.

Gleich zwei Doppelwachen sicherten das Stück vor den Büschen und das Stück vor der Residenz. Sie gingen so, dass zwischen ihnen möglichst wenig unbewachte Zeit blieb. Als Anton endlich meinte, das System herausgefunden zu haben, tauchte überraschend eine dritte Doppelwache auf, ging zwischen Gartenlaube und Residenz zusätzlich in der Gegenrichtung. Das wurde ganz schön kompliziert. Er wartete, bis er auch den Rhythmus dieser Wache erkannt hatte.

Sie hatten jetzt siebzig Minuten seit dem Verlassen des Hauses in Beit el Kreidi verbraucht. Es war Zeit zu handeln. Anton stieß Michel in die Seite, dieser stieß zurück und beide rannten zu den Oleanderbüschen. Dort war viel mehr Platz zwischen den Büschen als sie befürchtet hatten. Keine Zwänggeräusche durch die Zweige erwarteten sie, sondern einen Meter breite Meditationsgänge. Der nächste Supersprung zum Häuschen des Erzengel Michael war von dieser Stelle aus problemlos und keine 50 000 Dollar pro Partei wert. Der dritte Sekretär hatte einen guten Blick getan. Eine Kompanie hätte vom Oleander bis zum Pavillon eilen können, ohne die beiden Doppelwachen zu beunruhigen. Diese gingen nie in den dunklen Pavillon, der die übliche, etwa siebzig Zentimeter hohe Steinbalustrade aufwies, hinter der man sich bequem zum Verstecken hinlegen konnte. Und der Gang war etwa zwanzig Meter lang, aber die einzelnen Säulen waren keine Rundsäulen, sondern halbkreisförmig ausgebuchtete Apsiden, in denen sich ein Mensch wohl verbergen konnte, solange niemand direkt nachschaute. Der Weg zur Residenz war trotz Doppelwache frei. Anton sah, dass Michel ein Handy zückte und wählte. Das war wohl das Signal für Samtstimme, den dritten Sekretär zu alarmieren. Denn eine Minute später kam das Lichtsignal aus einem Fenster. Ob es das richtige war, konnte Anton nicht überprüfen, aber nur dieses eine wurde wie verabredet hell-dunkel-hell-dunkel. Anton fühlte den Brief in seiner Brusttasche noch einmal nach. Er war an seinem Ort vor dem Spesenkuvert, das ihm Mirjam zum Abschied gegeben hatte und das noch immer ungeöffnet war. Anton zog den Erzbischofsbrief heraus. Er war zu seinem Ärger schweißgetränkt. Warum musste Anton auch nur so schwitzen. Und das feuchte Zeug sollte er glaubwürdig dem würdigen, vom Papst gestressten Oberhaupt der Maroniten in die Hand drücken?

„Mit besten Empfehlungen, Anton Berger, früher Protestant, Briefträger für Mirjam, Nachname unbekannt. Inhalt lebenswichtig. Danke für ihre Bereitschaft, uns so kurzfristig empfangen zu haben.“

Anton Glaubwürdigkeitskrise war voll ausgebrochen. Aber bevor er sich in die tiefste Depression steigern konnte, öffnete sich die Türe, keine der riesigen Residenztüren, sondern eine ganz normale Holztüre, die zum Pavillon führte und nichts weiter zu tun hatte. Eine schmale, dunkle Gestalt kam heraus, schloss die Türe hinter sich, blieb stehen und hustete vor Aufregung. Das war nicht gut. Denn der eine Doppelwachposten kam gerade um eine Hervorwölbung des Palastes herum und empfand den Huster als Alarm. In einigen Sekunden waren sie an der Tür, einer fasste die schmale, dunkel Gestalt, hielt ihr den Mund zu, der andere Wachmann ließ seine Faust kräftig auf den Hinterkopf des armen

Menschen nieder. Dann wechselten sie einige Worte auf arabisch untereinander. „Bauern aus dem Norden", schnaubte Michel verächtlich, „nicht einmal ordentlich arabisch sprechen sie, nur den Dialekt für die Schafe und Ziegen." Die beiden Wachen schleppten den Ohnmächtigen fort. Der dritte Sekretär hatte erklärt, er habe keinen Einfluss auf diese Wachen. Das wurde nun bestätigt.

Ein Bergdorf des Libanon durfte sich auf einen frischen, jungen Geistlichen aus dem Stab des Erzbischofs freuen. Den langen Weg vom Berg ins Tal und wieder zurück würde er nicht in einem neuen VW-Polo zurücklegen können.

„Idiot."

Michel erlaubte sich das Schlussurteil über seinen gescheiterten Verbündeten. Anton schaute traurig auf das Kuvert hinab, das nun den Erzbischof nie erreichen würde. Und er schaltete ganz kurz die österreichische Bundesheertaschenlampe ein und der schmale Lichtschein durch den Lichtschlitz zeigte zwei schwache, hastig geschriebene Wörter auf französisch auf der Rückseite. Bombe-Reliquie war schwach und nicht vollständig zu identifizieren. Antons Schweiß war anscheinend ein mögliches Mittel für die Hervorbringung der geheimen Nachricht gewesen. Vielleicht war es Zufall oder der Geheimschriftmensch hatte einen Zeitfaktor eingeplant, der nun abgelaufen war. Anton zeigte dem wegen des Lichtes aufgeregten Michel den Text.

„Scheiße."

Michel war ganz seiner Meinung. Anton war dafür, nun einfach Krach zu schlagen und aufs Ganze zu gehen. Michel widersprach. Der Papst würde im Laufe der nächsten Stunden hier eintreffen. Sie hätten keine Chance, zu irgendjemand wichtigem vorzudringen, bevor es nicht zu spät war. Alles war sie erreichen konnten, war eine äußerst unangenehme Verhaftung und eine unbestimmte Zeit in einer Zelle. Anton fand die Aussicht auf seine Verwickelung in ein mögliches Papstattentat auch nicht heiter. „Österreichischer Journalist in unklarer Rolle im Libanon" war der harmloseste Titel, den sich Anton vorstellen konnte. „Ex-Protestant als

Papstattentäter" war das andere Ende der möglichen Titelskala. Anton erinnerte sich, dass er mehr als eine lässige und sehr kritische Aussage über Papst Johannes Paul II. geäußert hatte. Viele Journalisten hatten dies getan. Aber im Lichte dieser Nacht würden alle ironischen Sprüche des Anton Berger eine Zeitlang ernst genommen werden. Zum Beispiel die nette Idee, die österreichische Konfessionsbezeichnung römisch-katholisch (r.-k.) wegen der Kirchenpolitik des Papstes in hoffnunglos katholisch (h.-k.) zu ändern.

Krach war Unsinn. Michel hatte Recht. Um die Residenz des Patriarchen blieb alles ruhig. Die beiden Soldaten hatten ihr Opfer zur nächsten Autorität gebracht. Es war möglich, dass der verantwortliche Wachkommandant, sicher aber die nächste Instanz, den dritten Sekretär des Erzbischofs identifizieren konnten. Wenn er nach einigen Kaltwassergüssen aufwachte oder auch ganz von alleine, würde er heftigen Erklärungsbedarf haben. Anton und Michel kamen überein, dass er einmal in Gewahrsam gehalten werden würde. Zeit für ihn und seine wirren Entschuldigungen würden die Polizei und der erzbischöfliche Apparat erst nach der Abreise des Papstes haben.

Anton und Michel mussten sich auch rasch entscheiden. Sie lagen auf dem kühlen Marmorboden des Pavillons. Unter sich hätten sie das schon etwas abgenützte Relief des Erzengels Michael fühlen können, von dem der Pavillon seinen Namen bekommen hatte. Dann kam Anton der Blitzgedanke. Michel hatte in seine Jackentasche einen dicken Filzstift gesteckt, bevor sie losgingen. Falls wir getrennt werden und uns benachrichtigen müssen, als Notbehelf und kleine Zusatzchance, hatte Michel dazugesagt. Anton hatte das für überflüssig gehalten. Nun war es aber die Rettung.

„Gib mir deinen Filzstift. Ich schleiche bis zur Türe und schreibe die Wörter vom Brief auf die Hausmauer daneben. Sie ist sehr hell. Die Wache muss das bemerken. Mehr können wir nicht tun."

Michel widersprach. Das sei ein unnötiges Risiko. Denn sie könnten dabei entdeckt werden. Auch wenn der Clou gelingen würde, wäre Mirjam nicht verpflichtet zu zahlen, da der Brief nicht an den Erzbischof übergeben worden wäre. Anton widersprach, das sei für ihn keine geschäftliche Frage, sondern eine moralische. Michel zuckte mit der Achsel. Ihm sei eben nicht zu helfen. Wenn Anton erwischt würde, würde Michel allein flüchten. Anton willigte ein. Michel übergab ihm den grünen Filzstift, den er vorher sorgfältig abwischte. Keine Fingerabdrücke von ihm sollten oben sein. Anton nützte die Pause des einen Doppelwachpostens, der zweite hatte nach dem Zwischenfall mit dem Sekretär seine Kontrollgänge noch nicht wieder aufgenommen, um problemlos zur Tür zu kommen. Wie ein ordentlicher Lehrer auf den Pappkarton schrieb Anton „Bombereliquie" auf die Mauer der Residenz. Den Rest musste Gott besorgen. Er eilte zurück und warf sich keuchend, diesmal nicht wegen der körperlichen Anstrengung, sondern wegen des seelischen Stresses, neben Michel auf den Boden.

Die entferntere Wache ging vorbei und merkte nichts. Michel drängte zum Rückzug. Anton musste ihm folgen. Erst im Oleander unter den Pinien setzte sich Anton noch einmal durch. Er durfte einen neuerlichen Kontrollgang abwarten. Michel eilte bereits zur bestochenen Kontrollstelle voraus, um die Flucht vorzubereiten. Die Wache kam wieder. Anton sah sie nun von weiter weg und nicht sehr deutlich. Vermutlich waren es dieselben Soldaten. Sie gingen nämlich wie magisch angezogen auf die Türe zu und wichen damit etwa fünf Meter vom normalen Weg ab. Nun blieben sie stehen und mussten die Schrift entdeckt haben. Das Alphabet kam aus dem alten Libanon, aus Phönizien. Es war einen tolle Sache, mit dieser epochalen Landeserfindung das Leben des Papstes und eines Erzbischofs zu retten. Es war das erste mal, dass Anton an das Wirken des Weltgeistes glauben konnte. Die berühmte Hegelsche List der Geschichte hatte sich ihn ausgesucht. Mehr konnte das katholische Universum von einem früheren Protestanten in dieser Lage nicht erwarten.

Nun blieb der eine Soldat stehen, der andere ging einige Schritte und kam mit einem Kübel zurück, der irgendwo in einem Schatten neben der Residenzmauer gestanden hatte. Er musste dem Gärtner gehören, der die Blumen zu pflegen hatte, die die Residenz in einem schönen, schmalen Kranz umgaben. Der Soldat nahm einen feuchten Fetzen aus dem Kübel, Anton konnte es fast tropfen hören, und wischte und ribbelte die teure Inschrift weg. Dann trug er den Kübel zurück und die beiden setzten den Wachgang fort.

Leute aus dem Norden, ohne Französisch und ohne lateinisches Alphabet, hatten diese Störung ihres dienstlichen Lebens beseitigt. Wäre Anton eine Comicfigur gewesen, hätte er jetzt zerplatzen müssen und seine Fetzen hätten bis zum Jupiter fliegen müssen. Aber er war keine Comicfigur, sondern ein stark übergewichtiger Mitteleuropäer, der nun aufgab und bei der nächsten Gelegenheit die zehn Meter freie Fläche überquerte, und ohne Worte Michel durch das Labyrinth der Büsche den Hügel von Bkerke abwärts folgte. „Kein Held und kein Märtyrer" hatte sie ihm aufgetragen und er hatte es befolgt. Erfolg hatte er auch keinen gehabt. Aber vielleicht war seine Mission auch nur ein Ablenkungsmanöver gewesen, um die wirkliche Spur zu verwischen. Anton hatte am Ende des Fußsteiges, knapp vor dem Geruch des Baches, schon drei verschiedene Fantasieartikel über die Sache im Kopf fertiggeschrieben. In jeder Fassung stieg er gut aus.

Die 50 000 Dollar, auf die er nun verzichten musste: er hatte doch nie wirklich vorgehabt, im Libanon auf solche Weise zu Geld zu kommen. Etwas anderes waren die vermutlich 10 000 Dollar Spesenvorschuss von Mirjam, die er im noch immer nicht geöffneten Kuvert in der Jeansjackeninnentasche mit sich trug. Diese ließen sich moralisch rechtfertigen als Schmerzensgeld für die entgangene Urlaubszeit im Libanon, wenn Anton außergewöhnlich großzügig gegen sich war. Und als er am Bachrinnsal stand, war er außergewöhnlich großzügig gegen sich. Der Hügel von Bkerke lag ganz ruhig hinter ihm. Keine Explosion erschütterte die stille

Nacht. Der Papst würde in Kürze eintreffen und die paar Stunden Schlaf genießen, bevor er nach einer Frühmesse in der Hauskapelle und einem Kurzfrühstück, die Muttergottes des Libanon mit einem oder mehreren Mariengebeten ehren würde und dann das caritative Wirken der Kirche mit seinem Besuch im Waisenhaus und im christlichen Flüchtlingslager bekräftigen würde, bevor er das Land mit dem Flugzeug wieder verließ.

Anton leuchtete neben dem Bachbett seine Uhr an. Zehn Minuten nach Mitternacht. Es war schon Montag der 24. Oktober. Noch heute würde er im Flugzeug nach Wien sitzen. Die Begrüßungsstimme, protokollarisch freundlich „wir begrüßen Sie an Bord der Austrian Airlines“ würde ihm diesmal als ganz persönliche Engelsstimme und Begrüßungshymnus vorkommen. Er würde das ganze Bordmenu essen, er würde zweimal um die Mozartkugeln bitten und er würde kleine Flaschen Champagner leeren, so viele er nur bekäme. Er würde dafür den Bordpreis bezahlen, wenn es sein musste. Er hatte es satt, im Libanon einem sinnlosen Diätplan nachzulaufen. Dieser Entschluss etwa vierzehn Stunden vor dem Abflug kam zwar etwas spät, dafür war er endgültig. Anton würde von den Spesendollars im Kuvert einen vierwöchigen Entschlackungsurlaub in der Schroth-Kuranstalt in Obervellach in Kärnten finanzieren. Eine Semmel pro Tag. Das hatte ihm schon einmal ein Minus von zwölf Kilogramm gebracht. Er hatte mehr als ein Jahr davon gezehrt. Die Wiederholung war dringend fällig.

Michels Handy summte sanft, aber aufdringlich. Er legte sein Ohr dazu, sagte nur ein paarmal „hmhm“ und „jaja“.

„Sie haben Onkel Michel. Wir müssen hin.“

„Wir?“

„Ja, sie wünschen auch den Österreicher zu sehen.“

„Wer?“

„Hussein ist dabei.“

„Scheiße.“

Anton konnte sich ein Leben ohne seinen Klon vorstellen.

„Wo sind sie?"

„Wir müssen zum Eingang der Grotte. Dort warten sie auf uns."

Bestelle dir ein paar Hisbollah-Burschen und du kannst das touristische Juwel der Gegend auch nach Mitternacht besuchen. Was musste geschehen, damit jemand mit dem Scheinwerfer in der Hand für ihn die Eroberungsinschriften etwa sechs Kilometer weiter südlich ausleuchtete? Anton, Kreuzritter aus Österreich, befiehlt. Schließlich kannte Anton als österreichischer Patriot die Sage über die Entstehung der rot-weiß-roten Fahne seines Landes. Ein Babenberger Herzog war in den Kreuzzug gezogen und hatte vor der Burg Akkon, auch im Libanon, so tapfer gegen die ungläubigen Muselmanen gekämpft, dass der Kettenpanzer ober und unterhalb seines breiten Ledergürtels voller Blutflecken gewesen war. Rot (Blut) – Weiß (saubere Haut) – Rot (Blut) bedeutete der harmlose Farbenwechsel. Man solle nicht behaupten, die Österreicher hätten keine kriegerischen und imperialistischen Traditionen. Sie haben nur derzeit eine geschichtliche Ruhephase, in der sie damit nicht angeben wollen. Dieser Gedankengang beruhigte Anton seltsamerweise und er fragte zuerst, ob der Scheich Mussaveni dabei sei, wegen der nackten Frauen und er fragte dann, was zum Teufel los sei. Bei der ersten Frage war sich Michel überraschend sicher. Kein Mussaveni. Ist zwar sein Territorium, aber nicht seine Gruppe und nicht sein Problem. Das Problem sei, dass es Auslegungsunterschiede über gegenseitige Zahlungen gebe. Und die seien jetzt und hier zu regeln, fragte Anton. Sie sollten in Jounieh verhandelt werden, aber der Onkel wollte noch zuwarten und die Hisbollah nicht.

„Und das geht dann gleich so gewalttätig zu?"

„Das ist nicht gewalttätig. Das ist nur dringlich. Sie brauchen vermutlich Geld. Der Papstbesuch hat sie finanziell völlig ausbluten lassen. Die Vorbereitungen für ‚Die Himmelfahrt des Papstes' wurden ohne Rücksicht auf Kosten organisiert. Und Teheran zahlt anscheinend nicht mehr viel und nicht regelmäßig."

Anton fand diese Nebenfolge des Papstbesuches eher heiter. Er suchte den Nachthimmel ab, während sie eilig Richtung Hundsbachtal marschierten, um einen Hubschrauber auszumachen, der den Papst auf den Hügel von Bkerke bringen würde. Oder fuhr er im Auto? Oder war das Ganze nur wieder ein Trick der Regierung gewesen, um die Attentäter zu ärgern und Johannes Paul II. schlummerte schon längst im vorbereiteten Bett im Kloster Beir el Kalaa, einen Schutzengel beim Kopfpolster und vier Sicherheitsleute vor der Tür? Er, Anton, sollte sich nicht zum Retter der Welt hochstilisieren. Das brachte ihm nichts und der Welt noch weniger.

Die Transportfrage hätte Anton beantworten können, wenn sie fünf Minuten später bei der Höhle eingetroffen wären. Während er so gerade einige hundert Meter im Bachesrauschen durch die Tropfsteinwunder vorwärts ging, war vom Meer her ein kleines rotes Licht rasch näher gekommen und hatte sich unter gedämpftem Knattern wie eine ferne Bremse auf den Hügel Bkerke gesetzt. Der Papstflug war aus Sicherheitsgründen weit über das Mittelmeer verlegt worden. Über Land nur ein möglichst kurzes Stück.

Ein trockenes Stück Nebenhöhle, bereits hinter dem See, war der Versammlungsort. Das elektrische Licht war eingeschaltet. In der Grotte Jeitta, zugleich eine Hauptquelle des Hundsbaches oder Hundsflusses, war man auf festem Tourismusboden und daher waren die Leitungen in Ordnung. Wären nicht einige Kalaschnikow zu sehen gewesen, hätte man meinen können es sei ein verspäteter Kaffeeplausch, der hier stattfinde. Es gab tatsächlich türkischen Kaffee. Er musste in der Nebenhöhle der Nebenhöhle gemacht werden. Anton sah kein Küchengerät.

Die Trockenheit der Höhle bewirkte, dass keine Tropfsteine entstanden waren. Nackter, rauer Fels, bis zu zehn Meter Höhe bis zur Decke, etwa zwanzig bis dreißig Meter in einem vielfältig ausgebuchteten Oval. Es war nicht festzustellen. welche dieser Buchten Ausgänge verbargen.

Onkel Michel saß zwischen zwei Männern in arabischer Kleidung, die Anton nicht kannte. Höhere Hisbollah-Leute vermutlich. Im Dreieck wurde Platz gemacht für Michel und Anton. Etwas abseits, aber in Hörweite sah Anton seinen Klon, noch immer mit Gips, aber nur mehr mit kleinem Pflaster auf der Wange. Diese Gruppe war insgesamt acht Mann stark, vermutlich Unterführer oder so ähnlich. Zwei Leute standen weiter am Höhleneingang, wirkliche Wächter und drei Leute standen verteilt an der Wand mit ihren Kalaschnikows. Musste ganz schön laut werden, wenn man hier schoss, dachte Anton mit Schaudern. In der Position konnte auch Samtstimme bei den Spesen nicht allzu erfolgreich verhandeln.

Er war auch in der Defensive als sie kamen. Die Herren sprachen arabisch und Anton konnte nur körpersprachlich folgen. Da das Thema recht verschlungen war, kam er nie dahinter, um was es ging. Niemand fand es nötig an ihn aufzuklären. Er wurde nur plötzlich auf französisch gefragt, von einem der Hisbollah-Chefs, wer im Bergnest wem befohlen habe, Hussein dem Khalil oder umgekehrt. Khalil mußte der kleine, dünne Mann sein, der nicht da war. Er war schon tot, was Anton nicht wissen konnte. Anton antwortete aus seiner kleinen Sicht. Dann bellte Hussein wichtigtuerisch dazwischen und fragte ihn, was die Herrin über Märtyrer Khalil gesagt habe und damit erfuhr Anton von seinem Tod. Anton dachte nicht daran, den toten Führer als seine Quelle anzugeben und log gekonnt. Das Palaver ging weiter. Antons Auskünfte schienen die Lage von Samtstimme leicht verbessert zu haben. Er sprach nun freier. Offensichtlich war seine Firma für den Tod von Khalil mitverantwortlich gemacht worden. Michel verteidigte sich und nach Antons Meinung war er durchgekommen. Ein Hisbollah-Mann zog nun eine Art Pergament aus der Tasche, aber es war nur gutes Papier und lud Samtstimme zum Unterschreiben ein. Samtstimme Michel weigert sich theatralisch, die Zahlen wurden noch zweimal verändert, dann unterschrieb er. 85 000 Dollar zahlte die mittelständische Firma für unbekannte Leistungen. Wie hatte es Samtstimme so zutreffend formuliert: die Steuern im Libanon waren niedrig, aber andere Verpflichtungen hoch. Zwei Stunden waren sie in der kühlen Grotte gesessen. Anton hatte nur einen türkischen Kaffee bekommen und praktisch keine Informationen.

Nun folgte der private Teil, die Stimmung war nach der Unterschrift entspannt. Michel der Entführer hatte nicht unterschrieben. Samtstimme war anscheinend Alleinchef, ein Patriarch, wie es gerade bei mittelständischen Firmen auch in Salzburg nicht selten war. Der mögliche Nachfolger hatte vor allem geduldig zu sein.

Hussein war herangehumpelt und hatte Anton überraschend zutraulich von vergeblichen Attentatsversuchen erzählt. Die „Marines"-Gruppe der Hisbollah hatte mehrere Sprengstoffauto vorbereitet gehabt, um wie am denkwürdigen 23. Oktober 1983 gegen die US-Marineinfantristen erfolgreich zu sein. Ein Lieferwagen mit Air France Abzeichen war im Flughafenbereich nicht einmal auf 1000 Meter an das Papamobil herangekommen, ein mittlerer Omnibus, mit als Mönchen verkleideten Hisbollahs als zweite Fracht neben dem Sprengstoff zum Kloster Beit el Kalaa unterwegs, wurde von syrischen Truppen ruhmlos auf einem versteckten Parkplatz in Besitz genommen und der ganz besondere Trick, sich einen deutschen schwarzen BMW zu besorgen und die Nummertafeln des BMW-Dienstwagens des griechisch-orthodoxen Bischofs von Beirut zu wählen ging schon drei Tage vor dem Papstbesuch in die Hose. Der Bischof hatte sich zum Anlass des Papstbesuches sich einen neuen, großen Amerikaner gekauft. Anton verstand nun, warum diese Hisbollah-Gruppe Geld brauchte. Anstelle der ersehnten „Himmelfahrt des Papstes" war ihr Geld in den Himmel gefahren. Für so viele Misserfolge gab es sicher keine Zuwendungen von der islamischen Seite. Der libanesische Innenminister hatte schon recht gehabt, als er den gierigen Attentätern im günstigsten Fall „außer Spesen nichts gewesen" vorhergesagt hatte. Aber die Maroniten hatten nicht auf der offiziellen Spesenrechnung des Ministers gestanden. Sie waren auch nicht öffentlich gehandelt worden. Und sie hatten privilegierte Zugänge zu den Orten und Personen und konnten daher planen, wie es den Hisbollah-Leuten unmöglich war. Anton blickte auf die Uhr. Es war Montag, knapp nach 03.00 Uhr früh. Der Papst würde noch etwa vier Stunden in der Residenz schlafen, dann die Messe feiern, dann kurz frühstücken und im gepanzerten Auto das kurze Stück zur Muttergottes fahren, wenn er überhaupt in Bkerke sein sollte, was Anton in der Grotte nicht wissen konnte.

In der entspannten Atmosphäre beschlossen die drei Chefs, gemeinsam aufzubrechen. Sie kamen wieder am unterirdischen See entlang, dessen Ufer Anton sehen konnte. Die Deckenbeleuchtung war hier leider nicht eingeschaltet. Aber Anton war ja nicht als Tourist hier gewesen und hatte außer Angstschweiß keinen Eintritt gezahlt. Er kannte die harten Bräuche von der Salzburger Fremdenverkehrsindustrie, wo auch „ohne Geld ka Musi" zu kriegen war.

Sie gingen alle vor die Grotte auf den kleinen Vorplatz, der auf zwei Seiten von hohen Büschen umgeben war. Aus den Büschen kamen nun mehrere Bewaffnete und befahlen auf arabisch irgendetwas. Alle setzten sich und Anton beeilte sich, nicht aufzufallen. Die Kalaschnikows wechselten die Besitzer. Aber das konnte nur das Vorspiel gewesen sein, befürchtete Anton. Solche Leute kommen nicht zufällig zu dieser Zeit an einen solchen Ort und spielen Räuber und Gendarm. Dann wurden sie auf Arabisch aufgefordert, in den ersten Höhlenvorraum zurückzugehen. Dort war inzwischen die Lampe eingeschaltet worden, und Kara der Kurde saß stolz auf einem Sessel mit einem Polster, erhaben über die am Boden hockenden Gefangenen. Er entdeckte Anton und schien überrascht.

„Was machst du hier?"

„Das ist eine gute Frage. Aber im Libanon muss man mit Überraschungen rechnen."

Kara lachte und da die neue Autorität französisch gesprochen hatte, beugten sich ihr alle und sprachen auch französisch.

Der Hisbollah-Chef, der links neben Samtstimme gesessen hatte, ein groß gewachsener, sehr massiger Mensch, ein

Anton plus 20 Zentimeter und plus fünfzig Kilogramm, redete gleich los. Er erläuterte dem Kurden, dass die Panzerabwehrraketen amerikanischer und französischer Bauart bereits im Hafen von Jounieh liegen würden, aber wegen des Papstbesuches sei es zu riskant gewesen, sie wie vorgesehen über Aaintoura auf die Ostseite des Libanon zu bringen. Schwierig war die Antwort auf die nächste Frage des Kurden, warum der Geldbote der Hisbollah-Gruppe beim Übergabeort aufgetaucht sei und fünfzehn Millionen Dollar Anzahlung übernommen habe. Das sollte laut Abmachung zeitgleich mit der ersten Lieferung geschehen. Aber am Warenübegabeort sei niemand von der Hisbollah eingetroffen. Der zweite Chef der Hisbollah, ein würdiger, aber nur mittelgroßer alter Mann, versuchte den Palaverschmäh. Er sprach von der immerwährenden Freundschaft der Iraner zu den Kurden, was nun wirklich ein Witz war und dass Vertrauen in diesem Geschäft wichtiger sei als kleine zeitliche Verzögerungen. Das schien den wilden Kara zu ärgern. Anton als außenpolitischer Redakteur hätte zur Freundschaft der Iraner gegenüber den Kurden auch die Aufzählung mehrerer Massaker und Verrate beitragen können und er hätte den Viereckskampf der Kurden gegen Iraner, Türken, Iraker und gegen die eigene Uneinigkeit, um nicht zu sagen, politische Unreife, eine gute Viertelstunde lang auswendig vortragen, analysieren und bewerten können. Aber der Rat eines solchen Fachmannes wurde hier nicht verlangt. Kara wollte das Geld zurück und damit wurde die Lage ernst.

Als Hitzkopf Hussein mit der Hand in sein Kleid fuhr, war die Kugel eines Kurden schneller dort. Der erste Tote verbesserte das Klima nicht, aber er drängte die Überlebenden zur Eile. Der massige Hisbollah-Mann sprach nun wieder arabisch. Kara nickte. Ein Mann der Gefangenen erhob sich, begleitet von gleich drei Bewaffneten und ging hinaus. In der Zwischenzeit erzählte Kara ganz spezielle Witze für Anton, Witze aus der Bekaa wie eine nächtliche Fahrt mit seinem Mercedes 500 Meter im Kreis. „Rund herum saßen die Hisbollahs und vermuteten, der Teufel fahre dort und wagten nicht zu schießen.“ Kara war bestens gelaunt. Der Geldkoffer kam an. Offensichtlich waren die Hisbollah-Leute auf den schlimmsten Fall vorbereitet gewesen oder sie hatten nur kein Versteck gehabt, das ihnen sicherer erschien als ihr eigenes Auto. Kara befahl zu öffnen und zwang Samtstimme zu zählen. Dieser war, wie Anton wusste, und anscheinend auch Kara, ein Fachmann dafür. Eine Million fehlte bereits. „Spesen“ sagte der massige Hisbollah. Dann erhöhte der Kurde den Einsatz und verlangte misstrauisch eine Echtheitsexpertise. Michel Samtstimme bewältigte auch diesen Expertentest zur Zufriedenheit des Kurden. Das Geld wechselte den Besitzer. Der wilde Kara versprach, höflich auf französisch, die Auszahlung der Millionen bei der Waffenlieferung. Und die Spesenmillion müsse zurückgezahlt werden, wenn die Waffen nicht geliefert werden könnten. Spesen seien das Geschäftsrisiko der jeweiligen Firma. Das wusste Anton inzwischen auch. Ein Blick auf die Uhr bewies Anton, dass es nur eine Stunde gewesen war, die der wilde Kara beansprucht hatte. Es war knapp nach vier Uhr früh. Die Hisbollahs brachen mit ihrem toten Hussein auf. Sein Tod brach keinem von ihnen das Herz. Die Träger schienen über den schweren Körper zu fluchen. „Bande“ dachte Anton.

Draußen wurde nach auf Arabisch ausgehandelten Einzelheiten ein Konvoi gebildet. Der wilde Kara und die beiden Hisbollah-Chefs an der Spitze setzten sich in einen geräumigen Geländewagen mit offensichtlich schusssicherer Karosserie, dann Samtstimme, Michel der Entführer und Anton in einen ganz gewöhnlichen alten Fiat ohne Türen. Dann die Hisbollah-Kämpfer, zusammengepfercht auf einem ihrer drei Transportautos, mit heruntergelassenen Planen und Fesselungen an den Beinen und Armen und schließlich die kurdischen Kämpfer, etwa zwanzig an der Zahl in zwei solide aussehenden Geländefahrzeugen, deren hinterer, kastenförmiger Aufbau nicht serienmäßig war, sondern mit kleinen handwerklich gefertigten Schießluken für die rauen Sitten in der Bekaa umgearbeitet worden war. Anton hatte den nicht originellen Verdacht, dass dort auch ein MG aufgepflanzt war, das bei Bedarf eine Schießluke auf jeder Seite zur Verfügung hatte. Die restlichen Hisbollah-Autos blieben vor Ort zurück.

Der wilde Kurde wollte ein Stück durchkommen, ohne die Hisbollah oder die libanesische Polizei fürchten zu müssen und sich dann über den Libanon in seine kleine Zone in der Bekaa zurückzuziehen, war Antons Deutung.

Damit waren alle zufrieden, mit Ausnahme eines libanesischen Unteroffiziers, der als nun schon fünfte Kontrolle vor der Autobahnbrücke in Mameltein nördlich von Jounieh die Kolonne stoppte. Die anderen vier Kontrollen hatten sich wie erwartet der Autorität der Hisbollah-Leute gebeugt. Es waren Moslems gewesen: dreimal Polizei, einmal Militär. Dieser Bursche hier trug ein Kettchen mit Kreuz um den Hals und zwei billige Bronzesterne auf der Schulter. Aber er wollte seine Bedeutung zeigen, ließ seine fünf Mann mit Gewehr im Anschlag antreten und befahl auszusteigen. Anton und die beiden Michels waren sofort draußen, weil sie türlos unterwegs waren. Ihr Fahrer blieb abwartend sitzen. Er wartete das Vorgehen im Führungsauto ab und zischte ihnen etwas zu, das Anton nicht verstand und das die beiden Michels ignorierten. Sie hatten schon jene Zone erreicht, wo nur mehr ein Schritt für das Eintauchen in die Dunkelheit nötig war. Das Scheinwerferlicht der Kontrolleure war ziemlich kurzatmig. Die Batterie war schwach.

Ob jemand im letzten Auto die Nerven verloren hatte oder vom ersten Auto einen elektronischen Befehl bekommen hatte, hat Anton nie erfahren. Jedenfalls schoss plötzlich ein MG und traf den übereifrigen Unteroffizier. Mehr konnte Anton nicht sehen, dann hatte ihn Michel schon in die Dunkelheit gerissen. Es gab eine wilde Schussfolge, während der sich die drei nach vorne vorarbeiteten, den kleinen Abhang zwischen der Autobahn und dem beginnenden Buschgelände des Berghanges ausnützend. Die Schießerei schien wie erwartet zugunsten der Kurden ausgegangen zu sein, denn der vorderste Wagen mit allen Chefs machte plötzlich fast einen Sprung vorwärts. Da brach plötzlich ein lauter Knall durch die Nacht und schüttelte den schweren Geländewagen durch. Der kleine Kontrollor musste in der Nachbarschaft eine mächtige Armeehilfe haben, die auch Gewehrgranaten gegen leicht gepanzerte Fahrzeuge besaß. Diese Leute hatten offensichtlich ganz ruhig der Nacht gepflogen, bis die Knallerei sie rasch wach werden ließ. Dem einen Knall folgten rasch eine ganze Anzahl. Ein Maschinengewehr ratterte ganz eifrig dazu.

Der Geländewagen kam brennend auf die drei zugestürzt und rollte dachüber an ihnen vorbei. Aus der offenen Türe rutschte bei der halben Umdrehung des Wagens ein dunkler Gegenstand und landete vor Antons zittrigen Füßen. Er fühlte einen Griff und fasste automatisch zu und rannte mit der neuen Last in der rechten Hand weiter. Die drei hatten das Geländeloch unter der Autobahnbrücke erreicht. Dort kam von einer einsamen Straßenlampe fahles Licht. In diesem Licht blickte Michel der Entführer auf Anton und entdeckte den Koffer. „Das Geld", schrie Michel sofort, sicherte sich mit einem raschen Griff den Wertgegenstand. Nun hatten es die beiden Michels noch eiliger davonzukommen und Anton hatte Mühe, die nächsten zweihundert Meter zu folgen. Aber am Ende der von Büschen gedeckten Strecke mussten sie stoppen und Anton kam nach. Beide erkannten, dass sie ihn entweder erschlagen mussten oder mitnehmen. Sie nahmen ihn mit.

Ein Rückblick zeigte nur einige gestikulierende Soldaten auf der durch Brände hell erleuchteten Autobahn. Etwas näher glühte das Cheffahrzeug. Anton dachte, dass die Hisbollah-Leute kaum vom Auto gekommen sein konnten und dass die Kurden in ihrem stählernen Gefängnis rasch von der Explosion und der Hitze getötet worden sein mussten. Kara, der wilde Kara, der solange den Gefahren der Bekaa getrotzt hatte, starb bei diesem simplen Zwischenfall auf der Autobahn. Ein Tod, den er nicht verdient hatte, kritisierte Anton das Schicksal.

Die nächsten Häuser an der Küste lagen einige hundert Meter nach der Brücke. Dorthin rannten die Michels. Anton hielt sie für verrückt. Der mit Büschen bewachsene Berghang bot mehr Aussicht auf eine erfolgreiche Flucht. Aber Anton war eben kein Ortskundiger. In Mameltein war der Anlegesteg für die Motorboote, an den die Besucher des großen Kasinos am Berg oben von Beirut aus heranfuhren, oder wieder zurück. Samtstimme klopfte an ein Fenster des ersten Hauses, das direkt am Meer lag, und sofort kam ein Gesicht an die Scheibe. Die Schießerei und die Explosionen hatten viele Häuser zum Leben erweckt. Samtstimme deutete mit den Armen und nach einem Armzeichen rannte er zur Türe. Sie war offen. Ein Mann im schlampigen Flanellunterzeug empfing sie. Misstrauisch schaute er auf Anton. Samtstimme beruhigte ihn. Vom Zimmer aus konnten sie sehen, dass sich vor der Autobahnbrücke sich immer mehr Wirbel bildete. Anton hoffte wenig menschenfreundlich, dass dort oben alle tot seien, damit niemand das Fehlen der drei verraten könnte. Als Minimum stellte sich Anton vor, dass kein möglicher Überlebender vor heute, 16.00 Uhr, sprechfähig sein würde. Dann säße er wieder im Flugzeug nach Wien.

Samtstimme analysierte, schon wieder am Tisch sitzend, aber weit genug weg vom Fenster, um nicht von draußen gesehen werden zu können.

„Wir müssen hier warten und hoffen. Unser Freund kann jetzt nicht mit dem Motorboot losfahren.“ Wenn die Behörden oben meinten, sie hätten alle Leute, dann wären sie hier gerettet. Sonst müssten sie die Harmlosen spielen. Sie wollten einen österreichischen Journalisten im Anschluss an den Papstbesuch mit dem Lebensschicksal eines einfachen Fischers und Touristentransportierers vertraut machen. Auf den Rat von Samtstimme klemmte sich Anton wieder den Papstbesuchsausweis auf die linke Seite der Jeansjacke. Der aufgeweckte Mann ließ in einem Nebenraum Geschirr klappern und einen Wasserhahn laufen. Er machte wohl Tee oder Kaffee für sie.

„Warum fuhr der verrückte Kurde durch das schwer bewachte Jounieh und nicht direkt hinauf zum Libanon?“

Anton sah auf der Landkarte viele Möglichkeiten, wie sich nach kurzer Fahrt durch Abzweigungen die Route verschleiern ließe.

„Die Hisbollah-Leute hatten ein Abkommen mit den in Jounieh eingesetzten Moslems. Sie würden den Papstbesuch hier nicht stören, dafür dürften sie geschäftliche Transporte im vernünftigen Ausmaß durchführen.“

„Das heißt, dass es während des Papstbesuches besonders sicher war, Rauschgift oder Waffen zu befördern?“

„Aber nur für diese Gruppe auf einer bestimmten Route, die von den bestochenen Leuten kontrolliert wurde.“

„Aber warum ließen sich dann die Hisbollah wie Schafe von den Kurden durch die Gegend fahren?“

„Die Polizisten und Soldaten waren nicht für die Befreiung von Hisbollah-Leuten bezahlt worden. Sie wussten auch nichts von den Kurden. Für sie war es eine etwas merkwürdige, aber nicht ungewöhnliche Kolonne. Solche Geschäftsfahrten sind für Jounieh nichts Einmaliges. Nur in der Regel nicht mit dieser Rollenverteilung von Siegern und Besiegten. Die Hisbollah-Chefs versuchten keinen Verdacht zu erregen. Ihre Trümpfe mussten sie woanders auf Lager haben. Der Kurde kam auf einer für ihn günstigen Route frei. Der ganze Norden des Libanon stand ihm nach Jounieh offen. Ich nehme an, sie haben ihn auch damit geködert, dass ein Teil der Waffen irgendwo nördlicher lagere.“

„Und der Soldat vor der Brücke?“

„War ein verrückter Maronit. Wahrscheinlich wollte er mit seinem Theater zusätzlich Geld herausschinden. Spesen direkt. Aber die Kurden missverstanden ihn.“

Anton überlegte still bis der Tee kam. Könnte so gewesen sein. Aber er hatte mindestens eine Unbekannte mehr, als er Gleichungen hatte. Und dann, so wusste er aus schmerzlicher Erfahrung seiner Schülerzeit, war keine Lösung möglich. Der Mann kam mit dem Topf und drei Tassen. Leicht verschlafen stieß er an den Koffer, den Michel unter den

Tisch gelegt hatte. Der Koffer stieß dumpf an ein Tischbein. Das Geräusch erinnerte alle wie der Blitz an das Geld. Vierzehn Millionen echter US-Dollar. Fünfzehn Millionen Vorauszahlung weniger eine Million Spesen.

Samtstimme winkte den Mann fort. Er sprach ab sofort im Flüsterton.

„Es ist jetzt bald sechs Uhr früh. Wir bleiben hier bis gegen Mittag. Um 13.00 Uhr fliegt der Papst ab. Wir werden die Maschine sogar sehen können. Dann werden die Sicherheitsmaßnahmen sofort gelockert werden. Der Mann hier bringt Sie zur Aussteigestelle auf dem Flughafen Beirut. Es braucht nur eine halbe Stunde, wenn er will. Aber mein Rat ist, lassen Sie ihn langsam fahren und schauen Sie sich den Libanon und Beirut einmal von der Küste aus an. Es ist ein Traumblick. Gegen vierzehn Uhr sind Sie auf dem Flughafen. Sie haben zwei Stunden Zeit für das Einchecken. Da geht sich noch ein türkischer Kaffee mit einem Arrak aus. Im Cafe Damaskus' auf dem Flughafen gibt es die beste Kombination von beiden. Nicht in das große Speiserestaurant gehen, Anton, dort ist alles mittelmäßig, nur die Preise sind hoch."

Es gibt keine wirksame Ablenkung gegen die Anwesenheit von vierzehn Millionen US-Dollar.

„Ich will die Hälfte. Mindestens."

Anton musste anfangen. Ein neuer Anton, der seine Kollegen in der Redaktion durch seine Härte erschreckt hätte. Ein libanesisch trainierter Anton, der nicht bereit war, seine Leistungen in dem Geschäft dieser mittelständischen libanesischen Firma zu schenken. Es musste Gerechtigkeit geben. Gerecht war halbe halbe. Mindestens. Er hatte den Koffer aufgehoben und mitgetragen. Ohne Anton wäre kein Geldkoffer auf dem Tisch. Und er holte ihn theatralisch unter dem Tisch hervor und legte ihn oben hin, die Teekanne beiseite schiebend. Fast schwarz war er, ziemlich stabil, aber kein massiver, völlig starrer Geldbehälter. Er konnte unverdächtig als Reisekoffer durchgehen.

„Ich habe den Koffer gefunden und mitgetragen. Obwohl ich in Lebensgefahr war."

Anton hielt seinen Anfang für unwiderstehlich. Aber er war nur stark und Anton hatte seine stärksten Argumente vorweg verbraucht. Sie würden sich bei Wiederholungen psychologisch abnutzen. Samtstimme gab zu, dass Anton große und unwiderlegbare Verdienste um den Geldkoffer habe.

„Aber wer hat dieses sichere Haus gefunden? Ohne dieses Haus würden Sie, lieber Anton, schon libanesischen Polizisten antworten müssen, woher dieses Geld komme und wie Sie mit den vielen Toten dort in Verbindung stehen."

„Aber wir sind hier und die Behörden sind mit dem Massaker oben zufrieden und suchen nicht weiter und sie werden Sie nicht bitten, hierher zu kommen. Auch Sie müssten antworten."

Anton war kein Kindergartenkind. Das sollte Samtstimme gleich einberechnen. Der Wert des sicheren Hauses war vorhanden, aber er verlangte ohnehin nicht das ganze Geld.

Samtstimme dachte nach. Michel der Entführer, der den Geldkoffer unverschämt an sich gerissen hatte, wollte etwas sagen, bekam aber von seinem Onkel keine Sprecherlaubnis. Ein Blick tötete seine Mundmuskel. Helga Rabl-Stadler, die Präsidentin der Kammer der gewerblichen Wirtschaft in Salzburg, die Anton jetzt wieder in den Sinn kam, erklärte vor der „jungen Wirtschaft" stets, dass die Alten die Jungen in die Entscheidungen einbinden sollten. Vor den älteren Wirtschaftstreibenden betonte sie, der Wert der Erfahrung könne auch in dieser ständig sich erneuernden Welt nicht hoch genug eingeschätzt werden. Hier schien dieser Teil gespielt zu werden.

„Es könnte schwierig sein, das Geld außer Landes zu bringen."

Anton konterte gelassen, er habe erfahren, dass der Libanon hier sehr großzügig sei.

„Aber man muss die richtigen Leute kennen."

„Mit sieben Millionen Dollar lernt man rasch die richtigen Leute kennen. Außerdem habe ich schon Kontakt mit einem leitenden Mitglied einer Weltfirma im Libanon."

Der Hinweis auf Mirjam überzeugte Samtstimme. Er streifte einmal sieben Millionen ein, die er gar nicht verdient hatte und begann den Poker um das andere Geld mit einem Gegenvorschlag.

„100 000 Dollar mit der Zusicherung, sie durch alle libanesischen Kontrollen zu bringen."

Der Mann musste in dieser Nacht einen Gehirnschaden erlitten haben. Anton fand das Angebot keiner Antwort würdig und trank verächtlich vom dünnen Tee. Vom Mann im Haus hatte er seit Gesprächsbeginn nichts mehr gehört. Er dürfte wohl an der Absperrung sein und gemeinsam mit einigen Dutzend anderen Gaffern Nachrichtenbrocken aufzufangen versuchen. Es war inzwischen hell geworden. 06.12 Uhr sagte seine Armbanduhr dazu. Schon länger als eine Stunde waren sie hier. Unbehelligt. Die Chancen stiegen, nicht in die Sache verwickelt zu werden.

„Ich gebe Ihre Verdienste um das Geld zu, Anton. Aber Sie müssen auch unsere Verdienste würdigen. Und unsere Lage verstehen. Wie bleiben hier im Libanon. Wir müssen mit dem Geld alle Nachfragen abdecken, die von jenen Leuten kommen werden, die von der Sache etwas wissen beziehungsweise etwas begründet vermuten. Vierzehn Millionen Dollar sind für diese Kreise sehr viel Geld. Wir müssen auch alle Spuren verschleiern, die das Geld mit uns in Verbindung bringen könnten, wir dürfen es keineswegs rasch ausgeben. Jahre wird es unverzinst liegen müssen, mit allem Geldverlust und allem anderem Risiko. Sie können mit Ihren 100 000 Dollar sofort zur Bank gehen oder sie auf drei oder vier Banken aufteilen. Damit Sie verstehen, wie sehr unsere Firma Ihre Verdienste in dieser Sache zu schätzen weiß, erhöhe ich auf 200 000 Dollar. Sie können sich nicht mehr leisten, ohne im Ernstfall unangenehme Fragen beantworten zu müssen."

Michel Samtstimme hatte seine schwache Stelle erwischt. Anton war kein Gauner und hatte keine Absicht einer zu werden, weil ihm klar war, dass sein Talent dafür begrenzt war. Er wollte seine Lebenseinkommenssumme aufbessern, ohne sein Leben ändern zu wollen. Das war seine Achillesferse, aber er würde sie nicht bloßlegen. Da müsste Samtstimme noch lange werken. Im Trojanischen Krieg hatte Achill neun Jahre erfolgreich diese verwundbare Stelle heraushalten können. Und Anton würde am Nachmittag im Flugzeug sitzen.

Die Zeit arbeitete für ihn. Er musste hier nichts erobern.

„Es wäre ein so unglaublicher Zufall, wenn ich in Wien kontrolliert werden würde, dass ich diesen Zufall im Libanon vermuten würde."

Im Drohen war Anton schlecht. Er überzeugte Samtstimme nicht. Dieser war nun an der Reihe, durch gelassenes Teetrinken Überlegenheit auszudrücken. Es stimmte auch. Anton hatte gegen österreichische Zöllner und Gesetze keine Hilfsmittel in der Hand. Samtstimme gegen libanesische schon. Der Rechtsstaat war nun einmal für Bürger errichtet, die sich ans Recht halten.

Anton nannte als letztes Angebot, er wolle fünf Millionen. Das sei angesichts der verhältnismäßig geringen Verdienste der Firma um das Geld fast ein Geschenk.

„Aber niemand von uns hat wirkliches Verdienst um dieses Geld. Es ist praktisch gefunden worden, uns vor die Füße gefallen und wir könnten uns auch entschließen, es an die rechtmäßigen Eigentümer zurückzugeben. Ich kenne einige der Kurden, die dies vermitteln könnten. Wir bekommen einen kräftigen Finderlohn und sind moralisch reinweiß."

Samtstimme war ein Ekel. Er hatte Anton auch auf dem Gebiet der Moral, wo er sich immer noch als Alleinherrscher geglaubt hatte, in die Enge getrieben. Da musste er durchhalten.

„Der Vorschlag gefällt mir. Ich bin einverstanden."

Damit hatte Samtstimme nicht gerechnet. So wie Antons Drohung ins Leere gegangen war, so Samtstimmes Angriff mit der Moral. Er suchte merklich nach Auswegen.

„Ihr Einverständnis freut mich. Ich hoffe Sie haben auch die Geduld und die Zeit dafür. Sie können in diesen Wochen bei mir wohnen, Rachel wird für Sie sorgen. Ich bin sicher, dass Sie nach einem Monat oder zwei Ihre 100 000 Dollar bekommen werden. Die Kurden sind misstrauische Menschen und nach dem Todesfall ihres wichtigen Verbindungsmannes werden sie es erst recht sein. Aber ich gebe mir gute Chancen, sie zu überzeugen. Versprechen kann ich keine abgeben."

Samtstimme war ein raffiniertes Stück Mensch. Er hatte es wieder geschafft, für Anton Alternativen zu finden, die für diesen nur sehr schwer annehmbar blieben, wenn er nicht seinen Beruf an den Nagel hängen würde oder er müsste sich gegenüber seiner Firma in Salzburg eine Blöße geben, die er nicht erklären können würde. Warum blieb er plötzlich einen Monat im Libanon oder zwei oder drei, wenn Samtstimme es wollte? Er war ihm beim Verhandeln mit den Kurden ausgeliefert. Und dabei konnten unüberprüfbare Spesen entstehen, die Samtstimme dirigieren konnte, ohne dass Anton ihn kontrollieren könnte. Verbrechen lohnten sich nur für Verbrecher, und auch nur für die erfolgreichen. Anton hatte den Kode dieses Spruches geknackt.

„In Österreich würde ich gesetzlich und ohne Steuer 140 000 Dollar bekommen, wenn ich vierzehn Millionen als Fundgegenstand abliefere. Das heißt übersetzt auf diesen Fall. Ich brauche 300 000 Dollar für die Abwicklung, damit mir sicher 140 000 bleiben."

Er kapitulierte vor Samtstimme. Das gute Gewissen als Ruhekissen kostete in dem speziellen Fall 6,7 Millionen Dollar. Samtstimme, die schon 200 000 Dollar geboten hatte, war von diesem Katapultrückwärtssprung des forschen Halbe-Halbe Unterhändlers überrascht. Der vollbiologische Geschäftscomputer von Samtstimme, wohl ein uralter Pentium levantinischer Herkunft, arbeitete aber rasch, sicher mit 100 Megahertz im biochemischen Prozessor.

„Ich bin im Namen der Firma grundsätzlich einverstanden. Von den 300 000 Dollar sind nur die restlichen Spesen zu bezahlen, die auf Ihre Person entfallen. Alle Spesen, die auf Michel und mich entfallen, tragen wir selbstverständlich aus eigener Tasche."

Anton fragte leicht verwundert und empört, wo denn noch Spesen seien. Samtstimme klärte ihn freundlich auf.

„Unser Freund hier riskierte eine lebenslange Haft, als er drei verdächtigen Attentätern Zuflucht gewährte. Da nun das Risiko deutlich geringer ist, als am Anfang vorauszusehen war, würde ich 10 000 Dollar pro Person vorschlagen. Das genügt nach meiner Erfahrung auch, ihm für die Zukunft das Reden zu verschlagen. Dafür sollte er bei der Motorboottaxifahrt zum Flughafen und zurück mit 1000 Dollar gut bedient werden. Er gibt Ihnen zehn Fahrtabschnitte für das österreichische Finanzamt. Dann sind 10 000 Dollar in Reserve zu behalten, wenn die Grenzleute und Zöllner beim Flughafenanlegesteig Probleme machen. Michel, der dich spesenfrei begleiten wird, wird diese Operation übernehmen. Sollte dafür kein Geld nötig sein oder weniger, wird er es dir nach der Kontrolle übergeben. Damit sind an Spesen 21 000 Dollar von den 300 000 abzuziehen."

Samtstimme hatte gewonnen. Der mittelständische, erfahrene Unternehmer hatte gegen den journalistischen Einzelkämpfer und wirtschaftlichen Amateur doch bedeutende Vorteile. Er war überlegen, schlicht und einfach gesagt. Anton würde Helga Rabl-Stadler in Zukunft viel aufmerksamer und mit viel mehr Respekt zuhören, wenn sie über die Leistungen ihrer mittelständischen Unternehmen sprach. Er wusste nun, was dahinter steckte und wie weit er von solchen Fähigkeiten entfernt war.

Samtstimme befahl Michel dem Entführer, den Geldkoffer zu öffnen, zählte 21 000 Dollar weg, legte davon 11 000 zu einem Haufen und gab 10 000 an Michel weiter. Dann zählte er Anton 279 000 US-Dollar heraus und schloss nachher den Koffer sofort und schickte Michel mit ihm weg. Sie hatten hier also ein sicheres Versteck. Anton hatte keines, bekam aber vom zurückgekommenen Michel eine mit einem Reißverschluss zu schließende Einkaufstasche und einen großen Plastiksack. Beides war für den Flughafen unauffällig, da die Tasche die Aufschrift „Flughafen Beirut" trug und dort im Souvenirladen zu Dutzenden hing und der Plastiksack aus dem Duty Free kam.

Nach dem Abschluss wurde die Firma wieder sehr kooperativ, freute sich Anton. Er steckte sein Geld in den Plastiksack und den Sack in die Einkaufstasche und zog den Reißverschluss zu. Anton war von sieben Millionen Dollar auf 279 000 zurückgefallen. Im großen Kasino auf dem Berghang oberhalb von Mameltein hätte er dafür lange spielen können.

Samtstimme war nun gelöst und befahl Michel, eine Kleinigkeit zum Frühstück aufzutreiben. Das erwies sich als nicht notwendig, weil der Hausherr zurückkehrte und frisches Fladenbrot in der Hand trug. Er berichtete auf arabisch an den Chef, an Samtstimme.

Dessen Auswahl aus der langen Rede hieß, dass offiziell der Zwischenfall als Krach zwischen Kurden und Hisbollah-Gruppen ausgegeben werden würde.

Die libanesische Armee und Polizei seien erst nach dem Ende der Kämpfe am Tatort erschienen, hätten aber leider keinem der Kämpfer das Leben retten können. Die möglichen Toten oder Verwundeten der offiziellen Exekutive wurden im TV-Bericht zwei Stunden später nicht einmal erwähnt. Dafür sah Anton den Papst bei der Muttergottes des Libanon. Sie stand fast direkt oberhalb von ihm. Auf dem Hügel von Bkerke hatte es bisher keine Explosion gegeben. Das TV hätte eine solche wohl nicht ganz unterdrücken können, da ausländische Medienleute den Papst umgaben. Die Maroniten mussten eine Panne gehabt haben.

Es gab guten Kaffee. Samtstimme empfahl sich nach der zweiten Schale. Ein Auto der Firma holte ihn ab. „Autohändler müsste man sein“, dachte sich Anton giftig und resigniert zugleich. Wenn man nicht Autohändler war, sollte man sich nicht zuviel darüber ärgern, keiner zu sein. In der Abwesenheit seines Onkels und Chefs taute Michel auf und der Mann des Hauses rückte mit einem wirklich guten Arrak heraus, und mit kaltem Hammelfleisch und frischen Gurken und Tomaten und Paprika und Oliven dazu. Sie becherten gemächlich den Vormittag durch, bis die Zeit der Abfahrt kam. Anton lag etwas schwer im Sitz des Motorbootes. Michel schien deutlich frischer zu sein. Anton war einfach glücklich, endlich auf der Heimreise zu sein. Er hatte 279 000 US-Dollar, möglicherweise eine Kleinigkeit von den 10 000 an Spesen für den Flughafen und dann noch die nicht gezählte Dollarsumme von Mirjams Kuvert, wahrscheinlich aber 10 000 US-Dollar. Das war für drei Wochen Libanon doch genug, fand ein selbstgenügsamer Anton. Die Millionen, so sah er nun ein, hätte er seelisch nie geschafft. Er war eben kein mittelständischer Unternehmer, sondern ein Redakteur der „Salzburger Nachrichten", gesichert gegen Armut und gegen Reichtum. So war es und so sollte es sein und so sollte es bleiben.

Der Weg durch den Zoll verlief reibungslos. Michel trickste nicht, in dem er etwa einem Zöllner Geld gab, mit dem er es sich später wieder teilte. Anton erhielt die 10 000 Dollar in der Halle ohne einen Hunderter Schein weniger. Michel würde deshalb von Samtstimme gerügt werden und würde noch länger auf die Nachfolge warten müssen. Anton bekam seinen großen moralischen Anfall, hervorgerufen und gestärkt vom guten Arrak, und schenkte die 10 000 Dollar zurück für den vom Bürgerkrieg besiegten Tannounis Aoun. Vielleicht konnte er einem Opfer ein wenig über die Runden helfen. Mit einer guten Prothese zum Beispiel konnte er wieder für viele Berufe arbeitsfähig werden. Michel schien sich wirklich zu freuen. Samtstimme hätte den Kopf geschüttelt. Im Land, in dem Handwerk seit sehr als 6000 Jahren betrieben wurde, gab es sicher ein Sprichwort, das dem deutschen „Ein jeder ist seines Glückes Schmied" entsprach. Samtstimme hätte dem Sprichwort aller Erfolgreichen ganzen Herzens zugestimmt.

Michel sagte, er müsse in die Stadt zurück, umarmte ihn und meinte, er solle ihm nichts Übel nehmen. Anton versprach dies großzügig, sah ihn hinausgehen zu einem Taxi, dessen Fahrer ihm bekannt vorkam. Aber er wollte dies nicht auch noch herausfinden. Er wollte auf keinen Fall Zeuge werden, wie das nächste Opfer der Firma abgeschleppt wurde. Er machte sich auf die erfreuliche Suche nach Rachel, der ewig frischen Plüschlöwin, die an einem der Schalter sein Rückflugticket und sein Gepäck verwaltete.

Der Papst war sicher schon irgendwo bei Zypern und suchte mit 900 Stundenkilometern Rom heim. Die Polizisten und das Militär zogen sich vom Flughafen sehr eilig und sehr chaotisch zurück. Seine AUA-Maschine würde in einer Stunde abfliegen. Wunderbar. Der Arrak wirkte auf Anton besänftigend und Antons großes Herz wurde noch sentimentaler. Er hätte dem nun toten Hussein einen Drink spendiert. Das ging ja nicht, wegen dem Islam. Aber er hätte ihm einen neuen Anzug und ein frisches Hemd geschenkt. Daran fehlte es Hussein bestimmt, Jetzt nicht mehr natürlich. Anton war nicht betrunken, nur beschwingt und er sah alle Details ganz deutlich, was die Details nicht wissen konnten. Anton wusste aus Erfahrung, dass viele Details wussten, dass er sie in diesem Zustand leicht übersah.

Aber die immerfrische Plüschlöwin Rachel war unübersehbar hinter dem VIP-Schalter. Anton rollte mit seiner dollarschweren Tasche auf sie zu. Beim VIP-Schalter war kein Verkehr. Sechs Schalter weiter weg drängten sich etwa zehn Leute, die auch mit AUA fliegen wollten. Das war nett von Samtstimme, ihm spesenfrei, wie er hoffte, eine VIP-Behandlung und noch dazu von der lächelnden Rachel anzubieten. Sie hatte den Flugschein unter ihrem Tisch. Antons Gepäck, ein Koffer und eine gelbe Segelleinentasche, die nicht viel abgenutzt worden waren aufgrund der Ereignisse, hatte sie auch besorgt. Ein tüchtiges Mädchen. Schade eigentlich, dass sie nicht auf dem Flughafen Salzburg arbeitete.

„Wo möchten Sie die Einkaufstausche unterbringen?"

Sie fragte freundlich und sachlich.

Anton war etwas verwirrt und zögerte. Vor einem leeren VIP-Schalter durfte man ein Mensch sein, war kein Objekt, das rasch durchmusste. Das Geld hätte er lieber bei sich getragen. Aber im Reisegepäck würde er es am sichersten aus dem Libanon hinausbringen. Als Bordgepäck musste er damit durch die Kontrolle. Beim Reisegepäck gab es zwar diese Kontrolle auch, aber hinter den Kulissen, und Anton musste dem Anblick des Geldes im Röntgenschirm nicht als Person standhalten. Rachel, ganz geduldige Servicefrau, lächelte ihn weiter strahlend an, ohne ihn zu beeinflussen. Selbst musste man den Mann sein lassen. Auch das wusste sie also. Anton entschied sich für die Reisegepäckslösung und steckte die Einkaufstasche in die Segelleinentuchtasche. Rachel heftete die beiden Gepäckskupons auf seinen Flugschein. Dann sah Anton vor seinem geistigen Auge, wie sich Rachel oder ein Helfershelfer seine Reisetasche vom Band nahm und den Geldsack herausholte und als Geste des Hohnes libanesische Zeitungen hinein gab. Er holte die Einkaufstausche mit dem gefüllten Plastiksack aus der Reisetasche zurück. Rachel lächelte immerfrisch dazu. Anton ging zurück zur Warterundbank und studierte mangels anderer Tätigkeit die Bordkarte. Nichtraucher, Fenstersitz, wie der Papst es gehabt hatte in seiner Sondermaschine. Rachel bediente einen typischen Geschäftsreisenden mit Köfferchen, telefonierte oft, vermutlich privat, wie Anton glaubte behaupten zu dürfen. Dann rief sie ihn zu sich: „Mein Onkel möchte Sie dringend sprechen. Er ruft Sie im VIP-Raum 3 an."

Anton giftete sich. So eine unnötige Störung hasste er. Seine Bordkarte nahm er gleich mit. Man konnte nie wissen, wie lange so eine Störung dauern konnte. Rachel sagte er etwas zerstreut auf Wiedersehen und Dankeschön und sie strahlte frisch wie immer zurück. Die Einkaufstasche hielt er fest in seiner linken Hand. Anton war inzwischen auch neugierig, was Samtstimme ihm wohl noch zu sagen habe. Er setzte sich in den bequemen VIP-Polstersessel und bestellte einen türkischen Kaffee mit einem Gläschen Arrak. Er würde ja nicht der Pilot sein.

Samtstimme hatte ihm zu sagen, dass Mirjam trotz des Misserfolges zufrieden war und einen Teil des Erfolgshonorares auszahlen würde. Er hätte Anspruch auf 10 000 US-Dollar spesenfrei und er bitte um die Angabe eines Bankkontos. Anton könnte aber auch warten, dann würde Michel das Geld in bar vorbeibringen. Anton entschied sich blitzartig für die

Barzahlung. Samtstimme bedankte sich und wünschte ihm für die Reise alles Gute.

Anton wartete und dachte nach. Es war keine Bombe bei den Reliquien explodiert. Mirjam musste die gute Nachricht bekommen haben und er musste damit etwas zu tun haben. Sonst hätte sie nichts gezahlt. Da irrte er sich. Die Zahlung sollte nur die Wahrheit ein Stück verschleiern. Eine Weltfirma hatte dafür ein Spesenkonto. Während Anton seinen Arrak süffelte und auf Michel wartete, hätte ihm Mirjam diese Geschichte erzählen können, die ihr der geläuterte Sünder, ihr Lieblingsonkel, nach dem guten Ausgang doch anvertraute.

Eine fünfköpfige Verschwörergruppe wollte ihren Chef Geagea freipressen. Dazu hatte sie als Terrortat mit nachfolgender Erpressung den Erzbischof in die Luft jagen wollen. Dieser war ihr politischer Feind, weil er sich von ihnen abgewandt hatte und mit den Syrern packelte. Dass dieser Wechsel eine reine Überlebensstrategie war, konnte man solchen Fanatikern nicht erläutern. Der Erzbischof wusste natürlich, dass etwas nicht stimmen konnte. Aber er konnte diese Leute, die früher vertraulichen Zugang zu ihm gehabt hatten, auch nicht öffentlich ans Messer liefern. So blieb das ganze ein Drahtseilakt ohne Netz.

Die Verschwörer wiederum profitierten vor ihren Ortskenntnissen. Während eines kleines Kampfes mit eingesickerten Amal-Milizionäre hatte ein Mitglied der jetzigen Verschwörer einen teilweise verschütteten Fluchttunnel unter der erzbischöflichen Residenz entdeckt, der über einen Kellerraum bis in die Hauskapelle führte. Dieser Tunnel wurde wieder hergerichtet. In der Hauskapelle war im Altar ein großer Reliquienschrein, der einen Mittelfingerknochen des heiligen Evangelisten Lukas und eine Haarlocke der heiligen Kaiserin Helena, der Wiederauffinderin des Kreuzes Christi, enthielt. Historiker sehen solche Sachen sicher anders als Gläubige, und Kirchenoberhäupter haben zwischen beiden zu pendeln. Wirklich prachtvoll ist der Schrein, in dem die religiös hoch bedeutenden, äußerlich sehr unansehnlichen Kostbarkeiten in je einem goldenen Gefäß untergebracht sind. Er wurde aus bestem Zedernholz getischlert, eine vergoldete, riesige Silbervorderwandplatte zeigte, wie die heilige Helena den sterbenden Evangelisten Lukas besuchte. Für den teuren Inhalt war der Schrein nur mit einem sehr primitiven Schloss gesichert. Er war im Altartisch eingebaut und ließ sich von dort ohne Mühe herausheben. Das war gut so, denn in Zeiten der Verfolgung musste dieses Herzstück der maronitischen Volksfrömmigkeit leicht in Sicherheit gebracht werden können.

Nun war es nicht so, dass die Sicherheitsfachleute für den Papstbesuch nicht auch den Reliquienschrein untersucht hätten. Am Altar feierte schließlich der Papst mit dem Patriarchen eine heilige Messe. Montag, den 24. Oktober, um 07.00 Uhr früh. Die Verschwörer als kirchliche Insider erfuhren von dieser quasi offiziellen Programmänderung des Papstbesuches – keine Übernachtung bei den Mönchen im Kloster Beit El Kalaa, sondern Fahrt zu Residenz des Erzbischofs usw. – drei Monate vorher. Der Papst kam ihnen nur Recht. Das war überhaupt das größte, das sie machen könnten. Die Verschwörer ließen sich von einem elektronisch geschulten Uhrmacher im Bazar einen Wecker bauen, der am 24. Oktober um 07.15 Uhr die Bombe hochgehen lassen musste. Es sei so, sagte der eine Verschwörer zum Uhrmacher, dass ein Freund von ihm heirate und sie ihn nach dem langen Abend vor der Hochzeit rechtzeitig wecken wollten. Er sollte ein Liebeslied aus dem Libanon als Weckruf einbauen. Für den Mann kein Problem. Die Bombe bastelten sie lieber selber. Fast zwanzig Jahre Bürgerkrieg hatten Fachkenntnisse hinterlassen.

Der Erzbischof hatte nach langem Sträuben die ungläubigen Sicherheitsleute auch an seinen Reliquienschrein lassen müssen. Die erste und letzte Kontrolle erfolgte eine Woche vor dem Papsttermin. Dann wurden nur noch der Kapellenraum und die Umgebung täglich geprüft. Der erste Sekretär des Erzbischofs hatte dies in einem unschuldigen Gespräch mit einem Verschwörer ausgeplauscht. Die Terrorgruppe kam nach der Sicherheitsprüfung durch den Tunnel, legte die Bombe in den Schrein und schloss den Wecker an und wartete gelassen. Papst und Patriarch in einer Explosion würden die Weltbedeutung von Geagea unterstreichen.

Die nächste Stufe dieser Geschichte war nur in einem strengst geheimen Dossier der libanesischen Regierung zu finden. Falls dieser Bericht wirklich archiviert worden sein sollte und nicht gleich wieder vernichtet. Der Sicherheitsmann, der im Gang vor der Hauskapelle den Zugang überwachte. hörte um fünf Uhr früh ein Liebeslied mit einem sehr körperbetonten Text aus der Kapelle ertönen. Er stürzte hinein, fand die Quelle, stellte den Unfug ab, die Bombe wurde entfernt. Papst und Patriarch feierten die heilige Messe ohne beunruhigt zu sein. Sie erfuhren nie davon.

Was auch in diesem Dossier nicht stand, auch nicht stehen konnte, hätte der christliche Uhrmacher aus Ostbeirut hinzufügen können. Aber er wäre nie auf den Gedanken gekommen, dass er Papst und Patriarch gerettet hatte. Als nämlich dieser eine Verschwörer ihm erklärt hatte, dass mit dem Liebesliedwecker der verschlafene Bräutigam geweckt werden sollte, hatte der Uhrmacher die unerfahrenen Angaben des Kunden verbessert. Der Bräutigam sollte in den Genuss des ganzen Liedes kommen, sechs herrliche Strophen, die alle wichtigen Körperteile der idealen Braut schilderten, mit musikalischen Zwischenspielen von Flöte und Saiteninstrument. Eine Viertelstunde sinnliche Aufputschung gewährte der Uhrmacher dem unbekannten Bräutigam, bevor der Wecker sein Klick machte. Und die Uhrzeit 07.00 Uhr war für einen Bräutigam am Hochzeitstag viel zu spät. Er musste, so wollte es die gute Tradition, mit der allerfrühesten Sonne aus dem Bett. Der traditionsbewusste Uhrmacher stellte daher den Wecker aus eigener Vollmacht auf fünf Uhr früh. Und weil er wirklich ein Fachmann war, baute er diesen Stundentrick in die Mechanik ein. Auf dem Zifferblatt blieb es bei sieben Uhr. Ein wirklich fähiger Handwerker baut nicht nur Geräte, er denkt mit und erfreut so seine Kunden mit dem psychologisch richtigen Produkt.

Anton war beim zweiten Arrak als Michel durch die Tür kam. Er entschuldigte sich mit dem Stau auf der Zufahrtsstraße. Seit der Papst weg sei und die Sperren auch, versuchten die Beiruter, die verlorenen Autokilometer nachzuholen. Anton antwortete etwas schläfrig, er sei rechtzeitig da, es sei erst der erste Aufruf für den Flug gewesen und er komme schon ohne Eile in den Flieger. Er dankte für das Kuvert und für die Aufrichtigkeit der Samtstimme. Er hätte auch nichts davon sagen müssen.

„Wir sind eine solide Firma, Anton. Wir sind in der Levante tätig, aber keine Levantiner. Wir haben einen guten Ruf zu verlieren."

Sie tratschten noch ein bisschen miteinander, bis der letzte Aufruf für den Flug der Austrian Airlines kam. Anton ging problemlos durch alle Kontrollen. Der Anblick des Geldes im Röntgenschirm schien niemanden zu stören. Dann hieß es warten, bis der Weg zum Flugzeug frei war. Anton döste arrakvoll dahin. Einmal huschte Rachel zu ihm und brachte ihm als „letztes Abschiedsgeschenk" des Bruders eine Originaltracht aus den Bergen, gut verpackt in einer Reisetasche aus dem Souvenirladen des Flughafens in einem Plastiksack des duty free. Anton hätte Rachel fast gefragt, ob sie ihn heiraten würde.

Beim Gepäckscheck, Sicherheit wurde auf dem Flughafen Beirut groß geschrieben, identifizierte Anton seine beiden Stücke und ging mit zwei Reisetaschen an Bord. Nichtraucherplatz, Fensterplatz, Champagnerplatz, Mozartkugelplatz. Nachdem Anton beschlossen hatte, die Schrothkur in Obervellach zu buchen, wollte er sich beim Rückflug aus dem Libanon keinen Zwang antun. Die Waage im Flughafen, die Anton in einem Anfall bestiegen hatte, zeigte 90 Kilogramm. Das hieß, dass Anton fünfzehn Kilogramm zugelegt hatte. Ohne die Schrothkur im Bewusstsein eine Katastrophe. Genau genommen hat die etwas klapprige Waage 92 Kilogramm angezeigt. Aber allen Beirutreisenden ist vertraut, wie ausgeleiert die Waagen auf dem Flughafen sind. Außerdem muss man einem übergewichtigen Mann wie Anton in einer so gewichtigen Frage zugestehen, auch zu sich nicht ganz aufrichtig zu sein. Selbst wenn er in diesem Zunahmefall eigentlich keine persönliche Schuld finden konnte. Die Libanesen waren schuld an der Zunahme, aber sie hatten auch das Geld für die Abnahme mitgegeben. Anton fühlte angenehm mit den Fingern der rechten Hand die beiden Geldkuverts und dachte liebevoll an die eine Reisetasche mit 279 000 US-Dollar, einen Meter über sich in der Ablage.

Neben ihm saß ein Kollege der „Kleinen Zeitung", auch zurück vom Papstbesuch, Sitzplatz in der Hitze auf der Herdentribüne im Stadion. Günter Lehofer hieß er und er löcherte Anton mit überflüssigen Geschichten und Fragen. Er, der Herr Berger, sei ja einige Tage mehr im Libanon gewesen. Anton war nicht in der Stimmung für den Kollegentratsch. Er ging aufs Klo und als er zurückkam, nahm er demonstrativ einen Fensterplatz zwei Reihen weiter hinten. Die Maschine war nur zu einem Drittel besetzt. Dann holte er Mirjams zweites Kuvert heraus und zählte 10 000 US-Dollar. Dazu kam das Kuvert mit den 10 000 US-Dollar Spesen, die Mirjam ihm früher gegeben hatte. Mit seinen 279 000 in der Reisetasche hatte er fast die 300 000 geschafft, die sein letzter Wunsch gewesen waren.

Es musste jenes Schwanken gewesen sein, das aus einer Mischung von zuviel Arrak und zuviel Champagner entsteht. Vielleicht war es sein islamisch fundamentalistischer Kopf, der die Zöllner in Wien-Schwechat misstrauisch machte. Oder die Tatsache, dass er als einziger aus dem heißen Beirut mit Bergschuhen ankam. Anton hatte in Beirut nicht die Energie gehabt, auch noch die Schuhe zu wechseln. Als er wie üblich den grünen Ausgang „Nichts zu verzollen" ansteuerte, bat ihn ein höflicher Staatsbeamter zur Routinekontrolle. Anton öffnete geschockt die Einkaufstasche. Er wollte es hinter sich bringen. 279 000 Dollar in einer Plastiktasche waren erklärungsbedürftig. Der Duty-Free-Plastiksack aus Beirut in der Tasche fand natürlich des Zöllners fachliches Interesse. Er lächelte im Vorgenuss des Erfolges. Anton öffnete die Klicker des Plastiksackes und bereitete sich auf Ausreden vor. Im

Sack waren arabische und französische Zeitungen aus Beirut, die alle über den Papstbesuch berichteten. Der Zöllner nickte erst überrascht, dann aber verständnisvoll dem beruflich so eifrigen Redakteur der „Salzburger Nachrichten“ zu. Hier war einem kritischen Leser bewiesen worden, wie ernst die Journalisten ihren verantwortungsvollen Job nahmen. Dagegen war die leichte Betrunkenheit nach dem Flug eine lässliche Sünde. Anton wurde in Gnaden entlassen. 20 000 Dollar hatte er in seiner Tasche. Aber im Augenblick dachte er nicht an das Geld, das er hatte.

Er ging belämmert durch die Eingangshalle zum Taxi, das ihn in das Wiener Büro seiner Firma bringen sollte. Rachel hatte bei ihrem Abschiedsbesuch die Tasche und den Plastiksack ausgetauscht. Beides gab es auf dem Flughafen Beirut ja zu Dutzenden, wie sich der naive Anton in Memeltein gefreut hatte. Die immerfrische Plüschlöwin hatte zwei gleiche Taschen mitgebracht, eine mit der Originaltracht in den Bergen, die andere mit den Zeitungen. Sie war immerfrisch gewesen, Anton hingegen arrakvoll. Sie hatte ihm züchtig die Hand gegeben, dazu hatte Anton seine Tasche mit dem Geld abstellen müssen, weil er in der anderen Hand schon die Tasche mit der Tracht gehalten hatte. Samtstimme musste innerlich vor Lachen zersprungen sein. Eine Organisation war einem Einzelkämpfer eben stets überlegen. „Die Kraftquelle und die Erfolgsquelle einer erfolgreichen mittelständischen Firma ist ihre Organisation“, hörte Anton die engagierte Salzburger Handelskammerpräsidentin Helga Rabl-Stadler vor der versammelten Salzburger Wirtschaft auf dem Handelskammertag ins Mikrofon sagen. Anton stimmte ihr in der Erinnerung an diese Worte erstmals aus vollem Herzen zu.

Salzburgs Festspiele 1995 hatten neben Aufführungen auch Partys zu bieten. Anton durfte aushelfen, weil der türkische Generalkonsul eingeladen hatte. Der Chefredakteur meinte, er könnte sich diesen Burschen einmal kurz vorknöpfen und über die Kurdenpolitik der Türkei befragen. Sie sei ja wirklich ein Skandal, wenn man auch deshalb den kurdischen Terror gegen Urlauber nicht zu entschuldigen gedenke. Den berühmten Bassisten, der der Mittelpunkt dieser Feier sein werde, den habe die Kultur schon so abgelutscht, dass ihn Anton vergessen könne.

So stand Anton nun im besten dunklen Anzug mit fast silberner Krawatte im dritten kleinen Raum des Empfanges und ließ den Champagner im Glas perlen. Der Generalkonsul hatte genau den Schmus geantwortet, den seine Regierung seit Monaten verbreitete. Chefredakteure glaubten ja nie, dass Generalkonsuln keine Neuigkeiten erzählen durften, wenn sie im Amt bleiben wollten. Chefredakteure wussten natürlich, dass Generalkonsuln nichts Neues sagen würden. Aber hier zählte der Glaube. Natürlich war der türkische Generalkonsul ein wichtiger Mann, aber nicht für die Sparte Neuigkeiten.

So tümpelte Anton durch die Party wie ein beleibter Frosch durch ein Feuchtbiotop.

Die wunderschönen Exotinnen, drei hatte Anton schon in diese Kategorie eingereiht, blieben kühl. Seit dem Libanon hatte Anton ein Gegenmittel gegen seine enttäuschenden Empfindungen. Er wusste um seine Unzulänglichkeit gegenüber diesen Reizen. Reisen bildet.

So wie ein Erdbeben plötzlich aus dem stillsten Tal in Sekunden einen ungeheuren Ort der völligen Fassungslosigkeit für seine Bewohner machen kann, so erschien gegen 23.30 Uhr eine Frau mittleren Alters, dem Jargon nach hieß das voll erblüht, aber noch deutlich vor der Faltenzeit. Sie wurde von den Männern umringt wie der einzige Brunnen in der Wüste.

„Mirjam Hraoui von der weltweit höchst erfolgreich agierenden Firma ‚Libanon Import-Export‘ und Begleiter beehren uns mit ihrem Besuch.“

Der Generalkonsul der großen Türkei wand sich vor Höflichkeit und Galanterie.

Mirjam hielt ihren ägyptischen Statuenkopf unbefangen hoch und ließ ihren Körper, von dem ihr Kleid viel zeigte, in die Runde wirken. Der Mann neben ihr hatte nicht die neue Supergröße für Männer, nämlich über 1,90. Er war so um die 185 Zentimeter groß. Er hatte auch nicht den übertriebenen Schulterteil und Brustkasten der Endteilnehmer an einer Misterwahl. Er kam direkt aus jener Grotte im Libanon und war die Wiedergeburt des Herrn Adonis, perfekt klassisch harmonisch.

Anton nach seiner Schrothkur in Obervellach, er hatte vor der unbestechlichen Waage der Kuranstalt nach dem Libanon 90 Kilogramm zugeben müssen, kam sich mit seinem Traumgewicht von 70 Kilogramm bei 170 Zentimeter Größe erbärmlich vor.

Mirjam sah ihn nicht in seiner Ecke. Anton bemerkte noch, dass nicht sie die Beute dieses Adonis-Burschen war, sondern dass sie ihn vorführte als ihre Beute. Aber dann entschied er, er habe genug Libanon fürs Leben gehabt und verließ die Party unbemerkt und sofort durch den hinteren Ausgang.

Der Autor

Günter Lehofer, geboren 1944, ist Magister der Germanistik und Geschichte und war 40 Jahre lang Redakteur einer Tageszeitung. Seine bisherigen Veröffentlichungen: Ein Besuch in Kärnten – Thriller; zehn Wanderbücher (zuletzt Kärntner Nockberge, Kärntner Seen, Wandererlebnis Waldheimat, Wanderparadies Burgenland).